我的裸婚爱情

WO DE LUOHUN AIQING

玉朵朵 著

广西人民出版社

图书在版编目（CIP）数据

我的裸婚爱情 / 玉朵朵著. —南宁：广西人民出版社，2011.10
ISBN 978-7-219-07525-8

Ⅰ.①我… Ⅱ.①玉… Ⅲ.①长篇小说-中国-当代 Ⅳ.①I247.5

中国版本图书馆CIP数据核字（2011）第182078号

监　　制	彭庆国
策划编辑	曾蔚茹
责任编辑	林晓明
责任校对	周娜娜　覃结玲
封面设计	王　霞
印前制作	麦林书装

出版发行	广西人民出版社
社　　址	广西南宁市桂春路6号
邮　　编	530028
网　　址	http://www.gxpph.cn
印　　刷	广西大一迪美印刷有限公司
开　　本	880mm×1240mm　1/32
印　　张	10.5
字　　数	200千字
版　　次	2011年10月　第1版
印　　次	2011年10月　第1次印刷
书　　号	ISBN 978-7-219-07525-8/I·1411
定　　价	24.80元

版权所有　翻印必究

目录

Chapter 1　意外怀孕 …………………… 001

Chapter 2　顽疾难解 …………………… 022

Chapter 3　爱情有价 …………………… 042

Chapter 4　置业风波 …………………… 059

Chapter 5　致命打击 …………………… 076

Chapter 6　犬牙交错 …………………… 097

Chapter 7　矛盾激化 …………………… 120

Chapter 8　夫妻分歧 …………………… 137

Chapter 9　裂隙难补 …………………… 158

Chapter 10	外债婚房	176
Chapter 11	互相爱慕	196
Chapter 12	婆媳大战	212
Chapter 13	决意离婚	228
Chapter 14	挥斩孽情	250
Chapter 15	情起车祸	265
Chapter 16	意外流产	279
Chapter 17	一夜情事	294
Chapter 18	因为爱情	311

Chapter 1　意外怀孕

　　任盈盈看着眼前小小的卧室，心里别提多窝气了。

　　她身旁，许文嘉小心翼翼地赔着笑脸，"盈盈，先暂时住着，等过几年咱们再换大的。"

　　任盈盈恨恨地扔掉手中的钥匙，"你不是说有八十平方米吗？我瞧着怎么跟鸽子笼似的。说实话，到底多少平方米？"

　　许文嘉想弯腰去拾钥匙，但一看孕中女友满脸的挑剔，就缩回了手，火上浇油的事就不干了，省得影响腹中胎儿的身心健康，"外面不还有个小院子吗，那还有二十平方米呢。"

　　这数字算起来很简单，任盈盈却听得暴怒，"敢情你家的房是这样算面积的？许文嘉，我们还是不要结婚了！"

　　许文嘉慌了，"盈盈，别生气别生气。咱们不就是过渡过渡嘛，等孩子生下来，咱们再换大的。"

　　满心欢喜而来，没想到会是这种局面，任盈盈哭了，"呜呜呜，等孩子生下来，你说得好听，等孩子生下来黄花菜都凉了。不行，这房子我是绝对不住的。我给你一个月时间,不,十五天,十五天后如果解决不了房子问题,我想咱这孩子也别要了。与其带他到这个世界来受罪,不如不让他来好了。"

许文嘉更慌了,"宝贝,别这么说,孩子听见了多伤心啊。"

"说,到底换不换?"

"怎么换啊,你也清楚咱们目前的状况。"

任盈盈与许文嘉是高中同学。

高中时,一来学习紧张,二来许文嘉太过腼腆,功课中等长相却极为出众的任盈盈压根就看不上他。可是,大学毕业第二年的一次高中同学聚会上,任盈盈发现许文嘉竟然变了个人似的。他不只谈吐风趣,举手投足间更是透着一丝优雅气质,这是她喜欢的男人类型。于是,整个聚会过程,任盈盈的目光一直追随着许文嘉。

任盈盈不知道的是,许文嘉自高中时代就暗恋着她。这份暗恋不仅没有随着时光飞逝而消失,还越来越强烈。强烈到大三时,周六他时常从北京赶到武汉,偷偷看看她后周日再从武汉赶回北京。为此,他逃过票缺过课,但他不后悔。他之所以没向她表白,不是不敢,也不是没有自信,而是他知道她大二时谈了男朋友,那个男生是武汉当地人,当时,备受打击的他酗酒抽烟,消沉了将近半年。之后,他告诉自己不能放弃,任盈盈只要没有结婚他就还有机会。也就是因为这份恒心和坚持,他等来了自己爱情的春天。他知道任盈盈和她男友毕业前夕挥泪分手,也知道她回原籍进了郑州五十七中当音乐老师。于是,他怂恿一直有联系的高中同学搞了那次同学聚会。而且,已经研究任盈盈脾性五年的他成功吸引了她的目光。

当然,这些事任盈盈一直被蒙在鼓里。同学聚会结束回家后,她把高中毕业的全班合影拿了出来,她发现,除了青涩,许文嘉的长相确实比其他男同学强很多。那晚,任盈盈努力回想高中时代的许文嘉,可惜,对他的记忆实在少得可怜。可这并不影响那天过后许文嘉的影子一直在她脑海里出现。

任盈盈为自己突然迸发的情感焦虑而发愁时,许文嘉正处心积虑地创造偶遇之机。五十七中是重点中学,可任盈盈是非重点学科的老师,不用怎么坐班的她,下班时间难以掌握。他等了很多次也没等来她,直到一次暴雨来袭。

郑州市似乎每次暴雨之后,路面积水常常过膝。

那天,望着黄而浊的污水,许文嘉没有犹豫直接蹚过去了。大街上被淹的出租车一辆接一辆,打车是行不通的,公交车可以坐,可那堵啊,十分钟走不出十米。许文嘉就这么蹚着水赶到了五十七中。

那时候,站在传达室的任盈盈正"望水兴叹"。

见到纱裙飘飘的任盈盈时,许文嘉心中高兴得无法用笔墨形容,他蹚到学校门口,佯装惊讶,"任盈盈。"

任盈盈难掩开心,"许文嘉,这么巧。"

就这样,两个人开始了交往。当然,捅破那层窗户纸的是许文嘉。任盈盈虽然看似新潮前卫,其实不然,在男女关系这方面,她还是相当矜持的。

如果不是任父任母借休工休假的机会外出游玩,两个年轻人或许会一直很"矜持"地谈下去。

那天下班后,两个人在外面吃了晚饭,那是家价位不高味道却很不错的火锅店。吃完饭轧着马路把女友送到楼下时,许文嘉左看右望找小卖铺买水喝。

任盈盈略为犹豫了会儿,"去我家喝吧!"

许文嘉挠挠头,"第一次去你家还是正式些吧。"

任盈盈扑哧一声笑了,"我爸妈去云南旅游了。"

进了任家后,刚开始许文嘉还算老实。可是,正是青春年少荷尔蒙分泌旺盛的年轻小伙子,哪会一直规矩下去,况且,两个人正恋得如胶似漆。

他把喝空的杯子放在面前茶几上,然后轻轻吻了任盈盈。两个人已经不是第一次接吻。任盈盈自然地回应他的吻。吻着吻着,许文嘉就有点把持不住。他的手开始不老实,从任盈盈腰间慢慢往上摸索。

那会儿正是初夏,郑州气温已不低,任盈盈穿着件无袖连衣裙。

许文嘉的手先从袖口摸索到她胸前,隔着胸罩摸索了一会儿后手伸向她身后,准备去掉这层障碍。被他吻得身子瘫软的任盈盈说:"讨厌,你干什么呢?"许文嘉嘴唇凑到她耳边,说:"我想爱爱你。"任盈盈听罢挣扎着要起身。许文嘉却一把掀开她的裙子并迅速脱掉了它,看到眼前坚挺的乳房,他喃喃地说:"盈盈,你真美。真的,哪都美。"

任盈盈下意识地双臂交叉放在胸前,"文嘉,别这样,我怕。"

有点着急的许文嘉拉开她的手,"盈盈,你怕什么呢?我爱你。"

任盈盈抓起被他扔在一边的裙子捂在胸前,"我知道,文嘉,可是……"

许文嘉觉得体内有把熊熊烈火,烧得他很难受,他很想尽快熄了这把火,让这份难言的难受尽快消失,"既然知道就让我好好爱你。"说完,不容分说地抱起任盈盈走向卧室。把她轻轻放在床上,他贴上去狠狠地吻住了她。许文嘉最后一丝理智彻底消失。

任盈盈被挤压得喘不过气来,可是,一种奇异的电流在身上游走的感觉又让她舍不得推开他,她只好做出一些本能的反应。殊不知,这种轻轻的呻吟更像是一种无声的邀请。于是,他们的处男处女时代就这么结束了。

躺在床上，许文嘉无比激动，他觉得眼窝都是酸酸的。他没有料到任盈盈仍是处女，大学时代男女同学恋爱后同居的比比皆是，可是，任盈盈居然守住了。他不伟大，他有处女情结，可这有什么错？试想，哪个男人不希望自己的妻子是完全彻底地属于自己的呢？是的，他发誓他一定娶她为妻。同时，他也暗自下定决心，他一定竭尽所能让她幸福快乐。

但是，任盈盈哭了，哭得梨花带雨，"文嘉，我妈知道后会把我赶出家门的。"

任母是大学教授，为人清高，早在任盈盈前往武汉上大学时就放下话，如果任盈盈敢在婚前做出不检点的事，她就当没有这个女儿。

许文嘉打心底里害怕这未来岳母。可是，这时候显然不是考虑这些的时候，他安慰她，"放心吧。我会在她把你赶出家门前娶你过门。"

于是，任盈盈猫一样缩在他怀里，"说话要算数。"

就这样，任父任母外出的十天内，任家便成了他们俩的爱巢。初尝男欢女爱，许文嘉总觉得身体里面有把火，常常把他烧得心浮气躁，他觉得只有任盈盈能浇熄它。任父任母回来后，没有爱巢了的他万分恐惧，总担忧任盈盈会爱上其他男子，担忧一旦失去了任盈盈，那把火就会把他烧得形神俱灭。在这种患得患失的心态下，任盈盈每每看别的男人一眼他都会紧张万分。

于是，任父任母回郑州一周后他就把任盈盈带回了家，并向父母郑重地介绍，任盈盈是他女朋友。那会儿，许文嘉的母亲李晓琼还是十分喜欢任盈盈的，漂亮时尚，而且出身书香门第。

李晓琼因为文化不高，四十多岁时就被所在的国有企业清退回了家。因而，在她心里，有个教授妈妈的任盈盈简直就是她儿子许文嘉的绝配。因为喜欢，她就想与未来儿媳多交流，所以，每次任盈盈到许家，李晓琼都会拉着她的手问长问短。

李晓琼很了解自己的儿子，她有自己的考虑，她不担忧儿子，每个母亲都觉得自己的子女是最好的，她也不例外。但是，她担忧未来亲家看不上她家，高知家庭与工人家庭是有点区别的。她暗暗地想，如果未来儿媳带着肚子，未来亲家就是想反对也无法反对了吧。

有了这种心思，任盈盈一进许家的门，李晓琼就拉着老伴许兵外出买菜遛弯。次数多了，许文嘉就明白了母亲的意思，于是乎，只要母亲一出门，他就把任盈盈扛进自己房间，急不可待地想与任盈盈的身子来个亲密接触。

任盈盈总是万分担忧，害怕被许父许母撞破，她总是哀求，"文嘉，别这样，万一你妈知道会看轻我的。"

开始，许文嘉总是一笑而过。任盈盈见他丝毫不在意，就开始抵抗，许文嘉这才说："他们出去就是给我们腾地呢。"这才回过味儿的任盈盈又羞又怒，连续两周不愿踏进许家的门。

俗话说，常在河边走，哪能不湿鞋。虽然任盈盈每次都执意采取措施，可是，还是不幸中招，她惊恐万分地发现，她怀孕了，而这时候许文嘉还没有正式见过她的父母。她意识到出大事了。

许文嘉也没了主意。

见任盈盈突然不来自己家，儿子也失魂落魄，李晓琼便一个劲地盘问儿子，得知任盈盈有孕后她一拍大腿，"终于等到了！"

许文嘉被母亲这种略显夸张的惊喜表情惊得呆了，"妈，你等着让盈盈未婚先孕呢？！"

李晓琼用手指重重地点儿子的脑门，"傻小子，盈盈那教授妈妈会瞧得上咱这种家庭?!"

这是实情,许文嘉从与任盈盈日常接触中就能感觉到。虽然不喜欢母亲这种态度,可还是为这种无心之失造成的事实暗自开怀,"就是,现在盈盈怀着咱家的孩子,她妈说什么也不该再反对了吧?!"

李晓琼笑着点头。

可是,任家那边却没有他们母子俩想的乐观。

首先,任盈盈一直自责悔恨着。一个未婚女孩子哪能做出这种不知廉耻的事呢?

任母林秀萍一直把这种事看做不知廉耻。任盈盈大学毕业那年,林秀萍学校中有一名女学生因为和男友偷吃禁果而怀孕流产大出血,凌晨被学校送到医院急救。当时,这位清高的老教授在家里说过,"这么多年的书白读了,一个女孩家怎么可以做出这样不知廉耻的事呢?就是不为自己想想,也得为父母想想,以后让父母怎么抬起头来做人。"

母亲说这席话时,那种恨铁不成钢的表情直到现在还历历在目。任盈盈庆幸自己在学校守住了最后一道防线,没有成为母亲口中"不知廉耻"的女孩。

可是,仅过一年,她不仅破了戒而且怀了孕。她一边自责一边骂自己,任盈盈啊任盈盈,你怎么可以这么犯贱呢?这些事婚后再做也不迟,你真是放荡的坏女人。

可产生这些念头都是短暂的瞬间,在想念许文嘉的时候,她无比无奈地发现,男人女人之间的相爱确实不仅仅是思想上的,身体上同样无比渴望彼此爱抚。

就这样,在不断地自我开解下,她不再埋怨许文嘉,有时候晚上躺在床上把手放在还平坦的小肚子上时,她内心有一股自己也无法解读的暖流,她腹中有了她和他爱的结晶,她觉得神奇的同时还有一丝庆幸。

其实,男人和女人在对待爱情上有很大差异。男人得到了心爱的女人后会自动把她视为己有,虽然也惶恐也紧张,可那种占领了女人的身体就等于占领了女人的全部这种意识是根深蒂固的。说到底,这是因为男人们没有"破处"的明显证据,他们不会因此事在这个社会中受到歧视和冷遇。但是,女人就不同了。自从身体跟许文嘉完全亲密接触后,任盈盈就发现自己变了。这种变化是不自觉中形成的,没有计划没有刻意,也阻拦不了。她意识到自己比他更患得患失,虽然在他面前她竭力不表现出来。可是,不在他身边的时候她不自觉地会想,他在干什么呢,会不会跟别的女孩子在一起?这无关信任与否,她相信,这是女人们都有的潜意识中的行为,是首次经历过性爱的女人必走的心路历程。

在这种心态下,每每许文嘉进入她身体前,她都会告诫他,"你要保证,你这辈子只能爱我一个。"

这种时候,她说什么许文嘉都会回答:"肯定了,当然了。"

事后,任盈盈又止不住后悔。

这是恶性循环,即便后悔,下一次依然会重演。

因此,接受自己怀孕这个事实后,她就开始思索,这么下去迟早会被母亲发现,既然已经这样,还不如早点结婚。结婚后,监护她的大权从母亲手中移交到许文嘉手中,即便母亲知道她未婚怀孕,但也不至于再埋怨她了吧。

心里有了决定后,她就和许文嘉商量他首次登门的事。心里有点怯的许文嘉提议,先由任盈盈给父母透个信,否则,在她父母没有一点心理准备的时候上门,他害怕出现意外事件。

心里身上都有鬼的任盈盈选择在晚饭时候和父母说，因为那时候父亲任旭军在。任旭军虽然也是教师，但比林秀萍懂人情世故，已迈进五十岁门槛的他处理事情比林秀萍理性豁达。

桌上菜色精致，任盈盈却没心思吃，她一直观察母亲情绪是否良好。见母亲面带笑容跟父亲谈论学校里的趣事，她在心里组织好语言后小心翼翼开了口，"妈，我谈男朋友了。"

林秀萍一愣过后，静静盯着任盈盈。

在母亲这种目光下，心里本就很怯的任盈盈肩膀直往饭桌下垂，她觉得母亲肯定看穿了她身体里的秘密。她咬着牙硬撑着，几分钟后，林秀萍终于收回目光，边夹菜边问许文嘉的家庭及个人情况。

任盈盈丝毫不敢隐瞒，实话说了。林秀萍听后当时没接话，直到一家人吃完饭她才说："不行。"

任盈盈急了，说："怎么不行，你又没见过许文嘉。"

在林秀萍心里，在恋爱这个问题上女儿应该像高高在上的骄傲公主，喜欢她的男孩子不仅家世个人条件要好，还要围着女儿转。显然，女儿这种急切的态度惹得她很不悦，她不慌不忙地说："我的女儿怎么可能嫁入那种小市民家庭？"

任盈盈不乐意了，说："许文嘉虽然在私营企业工作，可他是公司的顶梁柱，很有发展前途，怎么就成小市民了？"

林秀萍没跟女儿继续辩论，她依然采取一贯的高压政策，说："我觉得不行就是不行。"说完，不等任盈盈再开口，端着一摞子盘子和碗进了厨房。

见母女俩闹僵了，一直沉默的任旭军开了口，"我也觉得你妈顾虑得对。买猪看圈，猪好不好与圈有直接关系。"

遮掩计划即将泡汤，而且很希望得到父亲支持的她却没想到父亲根本不是自己的盟军，任盈盈顿时急了，"许文嘉怎么不好了？"

任旭军看了女儿一眼后进了书房,"没说猪不好,是没相中圈。"

任盈盈看看书房,再回头望望厨房,"什么猪啊圈的,又不是你们结婚,反正我愿意。"说完,气呼呼地进了自己的房间。

父母的态度任盈盈不敢实话告诉许文嘉。被他催得急了,她信口撒了个小谎,"这阵子我妈身体不太舒服,你晚些再来。"

俗话说听话听音,可误认为任父任母没有反对意见的许文嘉只顾兴奋了,他显然没听出这个音。得悉未来岳母身体不舒服,和母亲李晓琼商量过后他便提着两盒脑白金,两瓶黄金酒,两盒西洋参就登门探望未来岳父岳母了。

这是这辈子李晓琼准备的最贵重的礼物。她想,这样应该不会被未来亲家看扁了吧。另外,这样也显示自己家准备娶任盈盈的诚意了吧。

看着没打招呼就登门的许文嘉,前去开门的任盈盈傻了。

她愣神的工夫,许文嘉提着礼物进门了,"叔叔阿姨,我是许文嘉。"

于是,任家空气瞬间似乎冷冻了。

现场交流沉闷而尴尬。任盈盈从来不知道一向清高的母亲居然也这么尖刻。看着表情阴沉的母亲,她突然想到了《双面胶》里的丽娟母亲,那个弄堂里的上海女人。而眼前,她的教授母亲正做着相同的事。

母亲问:"母亲下岗了,那父亲呢?"

已经意识到任家并不是自己想象的那样欢迎自己,许文嘉立刻汗湿了后背,"我爸爸在直属库办公室管后勤。"

"后勤?做什么的?"

"就是办公室用品采购,处室用车调配等。"

"那就是打杂的了。"

许文嘉被这个"打杂的"打击到了，好半晌他才回过神来，"他只安排，不做具体事。"

林秀萍淡漠地笑了，"这社会有条不成文的规矩，那就是男找女往下找，女找男往上看。"

任盈盈没等母亲说完，就站起来了，"文嘉，你改天再来。"

早已汗流浃背的许文嘉有点犹豫，就这么走了他担心下次登门更难。可被母亲冷傲态度激怒了的任盈盈一把把他推到门口，"他们谁反对都没用。你娶的是我，又不是他们，杵在这听他们说难听话干什么。"

就这样，还没从未来岳母蔑视的目光中回过神来的许文嘉被任盈盈推出了门。

之后，如许文嘉所料，无论他怎么样讨好巴结，在任家跟他说话的永远都只有任盈盈一人。

再后来，林秀萍开始给任盈盈张罗着相亲。而且，林秀萍对许文嘉从来不避讳，她当着他的面夸即将相亲的对象的家庭多么优越，个人条件多么优秀。听得许文嘉心惊胆战，他十分担忧真有一个特别优秀的男人勾走了能烧熄他身体烈火的女人。

见儿子小老头似的长吁短叹，一直冷眼旁观的李晓琼发话了，"还嫌咱家配不上她家，再等下去她家姑娘谁都配不上。跟我们耗，她耗得起吗？"

许文嘉一想也是，任盈盈怀孕已经是既定事实，她早晚都得嫁给他。考虑到他这边再多去几次还是热脸贴人家的冷屁股，不只这样，还要继续忍受林秀萍的冷嘲热讽，这种煎熬实在不想再多承受一次，因而，他暗自决定少去任家几趟。他是这么认为的，即便林秀萍发现了任盈盈怀孕，也不过是母女俩吵场架而已，这是家庭内部矛盾，不会上升到什么高度，最多在家里骂骂，难不成林秀萍还能真逼女儿去堕胎？他想，只要让任家明白他有非任盈盈不娶这种态度就好了。

超过四十五天，任盈盈的孕期反应来了，不能闻油烟味，也不能吃太多。为防被母亲发现，她不再和父母同桌吃饭。林秀萍以为这是女儿在抗议，也就没多想。可是，任盈盈却忍不住了，她发现，许文嘉来自己家的次数越来越少了。

于是，身体难受、心里煎熬的她给许文嘉发了条赌气性质的短信，内容很短但很有力量：这周安排时间陪我去打胎。

接到短信后的许文嘉慌了，第二天中午一下班就把任盈盈叫出来，"盈盈，咱们是相爱的，既然孩子来了咱就应该迎接，怎么能有打胎这种想法呢？"

任盈盈使劲忍住在眼窝里打转的泪，"怎么生？你连我家都不去了，生下来我自己养啊?!"

"我不是不想去，是不敢去。"许文嘉万分沮丧，追到了多年倾慕的心中至爱，未来岳母却是他抱得美人归的最大障碍，而且这个障碍他根本不知道从哪方面下手"铲除"。

任盈盈见男友如霜打的茄子般，心里的委屈不禁就散了，"咱还是先不要这个孩子，以后结婚了再说。"这是突然而至的念头，她实在不想让母亲发现。

许文嘉快速摇头，"如果你妈知道你已经怀孕，会不会……"

任盈盈满脸震惊地看着男友，"你想都不要想。"

许文嘉有点泄气，"那我再想想办法。"

哪里有什么办法好想，林秀萍相不中的是整个许家，任盈盈再次哭得梨花带雨。

许文嘉不愿意女友这么难过，只好违心地说："如果你实在不想要，我……我陪你……去医院。"

任盈盈听后哭得更伤心。

许文嘉意志消沉了，什么事都提不起他的兴致，想到周六要陪任盈盈去医院流掉他们爱的结晶，他就难受得无法言说。

一直关注事态发展的李晓琼再次追问。

略知一些常识的许文嘉希望任盈盈流产后能喝一些营养汤，便向母亲如实相告首次登门的情形。

李晓琼听后直接蹦起来，指着许文嘉的鼻子说："她要敢堕胎就别进咱许家的门。"

李晓琼的大嗓门招来了许兵，他同样不同意任盈盈打掉许家第一个子孙。

许文嘉很烦躁，"咱们有什么资格不同意，盈盈又不是咱家什么人。"

李晓琼一愣，"盈盈不是相亲找着对象了吧？！要不然咋会想到去流产？"

母亲这么一说，许文嘉就坐不住了。回想起未来岳母说的那几个男孩，条件确实比他好得太多。突然间他恐惧起来，但还犹自强撑，他大声地说："盈盈不是那样的女孩。"

见儿子这样，李晓琼小声嘟囔起来，"有那样的娘整天念叨着，这事还真说不准。文嘉，要不要我和你爸登门去见见她爸妈？"

双方父母还没见着面，离结婚那个最终目的还差着十万八千里，许文嘉很担忧满嘴唠叨话的母亲惹怒未来岳母。但是，如果想在眼前这僵局中再打开一个新局面，双方父母见面未尝不是一个好办法。权衡再三后许文嘉先和母亲沟通："妈，人家养了二十多年的闺女马上就白白送到咱家，咱姿态放低点，首先让人家心里痛快了，咱才能如愿以偿不是？"

儿子心里的小九九哪能瞒过李晓琼，虽然心里对林秀萍不满，但总归还比较满意任盈盈，而且还顾念着任盈盈肚子里的孩子，李晓琼很无奈地接口道："儿子小时候是自己的，长大了就成人家的了。"

"哪能呢，我永远是妈的儿子。"许文嘉说着就搂住李晓琼，"妈，你就暂时委屈委屈，娶了盈盈之后咱再说其他的。"

任家的房子是林秀萍单位原先分得的房改房。

林秀萍出身高知家庭，自幼被人吹捧惯了，她之所以会嫁给任旭军，说起来也是因为误会。任旭军自幼父母双亡，幼时便开始寄宿于伯父家，时日长了也就随伯父家的孩子叫伯父为爸爸。媒人介绍时，他伯父误以为一直是同事的林父知道任旭军的身世，也就没在林家人面前刻意提起这事。可是，搞学问出身的林父两耳不闻窗外事，林家根本不知道任旭军是孤儿，直到女儿与任旭军定了亲才无意间听说。林家人心里虽然别扭，但考虑到木已成舟，况且任旭军也是品学兼优的青年，林家也就很无奈地同意了。

任旭军可能是坎坷身世带来的宿命感，觉得能娶到这么好的妻子已是福分，得感天谢地，所以，为人特别理性豁达，工作上兢兢业业，为的是让妻女的生活品质高一些；在家里什么活都干，买菜烧饭辅导任盈盈读书，为的是让妻子有更多的时间去做自己喜欢的事。他从不抱怨也从不居功。所以，在家里从没听过难听话，在单位也没有遇到过挫折的林秀萍慢慢地就开始清高，不只如此，还有点眼高于顶，特别是在自己最得意的作品——任盈盈身上，期望值不是一般的高。

时间长了，这林秀萍就习惯了说一不二。可以这么说，未出嫁前在娘家时她是被捧在手心的公主，嫁给任旭军后，地位不但没下降反而又升了一级,她基本上就是丈夫跟前的女王。

因此,林秀萍在这件事上表过态后,任旭军就觉得女儿基本上没什么希望跟许文嘉继续下去了。虽然不是很赞同妻子这种强硬的态度,可是,在内心里他确实很担忧女儿有个工厂出身的婆婆,他害怕女儿在那种家庭受委屈。他也认为,女儿应该有个比许文嘉更好的对象。

任家位于中原路,路段虽好,但老房子看起来总归不是太好看。

林秀萍不看好自己的儿子,李晓琼为此憋着满满一肚子气,虽然答应了儿子,但是不代表一句牢骚话也不能说。站在楼下,李晓琼看到各个楼层的防盗窗外几乎都堆着空油壶子等废品,她撇撇嘴,"你那清高的丈母娘居然住在这种地方,不嫌辱没了自己?!"

许文嘉这阵子常来,门洞里进出的邻居几乎都面熟,他担忧母亲的牢骚话传到林秀萍耳中平添麻烦,慌忙压低声音制止母亲,"妈,你要这态度,咱不上楼了啊。"

许兵狠狠地瞪一眼李晓琼,"儿子没说错你。"

被父子俩同时挤对,李晓琼把手中的两箱金典纯牛奶往地上一放,"你以为我想来?"

许兵轻哼一声,"你这张破嘴再敢给儿子惹麻烦,看我回家不收拾你。我在附近转转,完事了给我打电话。"说完,许兵头也不回地径自走了。

"死老头子。"李晓琼走进门洞,"几楼?"

许文嘉慌忙提起地上的两箱奶,"四楼。妈,咱今天这礼是不是轻了点?"

"双方父母见面,意思到了就行。上次你是晚辈见长辈,本质上不同。"李晓琼回头不满地瞥了儿子一眼,"她家这房子还没咱家的好呢，居然还好意思对咱家挑三拣四。"

已上到三楼，许文嘉慌忙拽李晓琼衣服后摆一下，"妈，别再说了。"

早已候在家门等着的任盈盈听到声音，马上笑脸相迎母子俩，"阿姨来了啊？爸妈，文嘉的妈妈来了。"

任旭军为李晓琼倒好了水，林秀萍才从书房里踱出来，"来了啊。"不仅态度冷淡，而且还没等许家母子落座就先一屁股坐在沙发上。

虽然知道会受到冷遇，但没想到会这么直截了当，李晓琼当场就想发作，但为了儿子的幸福，也为了任盈盈腹中的孩子顺利成为许家子孙，她强迫自己忍下来，"盈盈妈妈真是又年轻又漂亮。"

这是恭维话，任谁都能听得出来。可是，林秀萍显然揣着明白装糊涂，"小许，话我说得够明白了，我们家盈盈不会嫁给你。今天叫来你妈妈，我仍然是这态度。"

许文嘉的脸顿时红成了熟柿子，他讪讪地开了口，"阿姨，我……"

话说完了的林秀萍起身就往书房走，"不送了啊。小许，牛奶带回去，我们不喝那牌子的。"

上次价值千元的礼没退，今天一百多元的礼要自己带回去。李晓琼不了解林秀萍的为人，一时之间她搞不明白林秀萍此举是嫌礼轻，还是这次是因为她的到来，林秀萍才故意这么做。

妻子的话太难听，任旭军觉得有些过意不去，于是，连忙笑着打圆场，"嫂子，盈盈妈脾气不太好。是这样，我们觉得文嘉这孩子不太适合我们家盈盈。上次呢，话已经和文嘉说明白了。文嘉走得急，脑白金没拿走，正好，今天一道拿回去吧。"

李晓琼这才明白，这是任家没相中自己的儿子，她快速扫了一眼任盈盈的小腹,"大兄弟,俩孩子情投意合,咱做父母的应该成全他们。文嘉这孩子很争气,他们领导很器重他,升职加薪是早晚的事,盈盈跟着他不会受罪。"

本就竖着耳朵听的林秀萍从书房出来,站到门边,"处对象讲究门当户对,不合适的家庭结合了也是不合适。与其以后后悔,不如现在就断。"

这分明是嫌弃自己家,李晓琼脸上有点挂不住了。

还没等李晓琼开口说找回面子的话题,林秀萍又张口了,"五十七中是全市重点中学,而且我们家盈盈是在编老师,我和她爸希望她找的对象工作也稳定一些。"

自己眼里优秀的宝贝儿子在人家面前成了破烂,任家对这门亲事是全盘否定,李晓琼心里那个怒啊直冲脑门,但她仍然极力忍着,为表亲近,她改了称呼,"大妹子,现在家庭孩子少,特别是养闺女的,找女婿就要找诚恳踏实的……"

话外之音林秀萍听得懂,"我和老任不指望女儿养老。"

使命在身,李晓琼仍然努力地往外挤笑容,"大妹子……"

林秀萍冷冷地瞟李晓琼一眼后,瞪向呆呆站在旁边的任盈盈,"你爸说得没错,买猪是得看圈,这么大的人了连话都听不懂。"

这话说重了,李晓琼觉得简直是一巴掌直接扇到了自己脸上,努力装出来的笑容还没来得及收回来,僵在脸上看起来很滑稽,"不错,买猪是得看圈,这猪好不好与圈确实有直接关系。是吧,大妹子?你是没儿子,不知道有儿子的母亲当娘的心,娶媳妇娶的可不是一个人。"

其实,李晓琼想说的话并不是这么含蓄,以她的脾气,还击力度不可能这么小,可是,儿子想娶人家闺女,她不能把事态搞僵了。

这骂人的话又绕着弯地回来了,况且,骂的直接是自己。林秀萍当时脸色就阴沉下来,"不错,什么样的圈里养什么样的猪。"

李晓琼活了五十多年,有将近三十年待在工厂里,骂人耍泼自然不在话下。见林秀萍恼了,她反而冷静下来了,慢条斯理地开始反击,"这话一点不错。我们家文嘉心善,总觉得盈盈怀孕不是什么光彩的事,想早点娶她过门。其实,现在这社会未婚先孕的多了去了。"

一听这话,林秀萍就傻了,女儿居然怀孕了,不但未婚先孕,而且男方母亲都知道了。怔了一会儿,她觉得这事有点不可能,她不信女儿会做出这种事,认为这是在女儿默许之下许家想的计谋,"我相信盈盈这孩子,她不会做出这种事。"

其实,从进任家大门的那一刻,李晓琼就知道任家夫妇并不知道女儿怀孕这件事,她本来也不打算由她说出来。但是,林秀萍口上无德,她认为以牙还牙很正常,这时候,她已经不考虑儿子的婚事了,她要让林秀萍明白究竟是哪家的圈不好,"啊,你还不知道啊,盈盈怀我们许家的孩子了。"

见女儿面色惨白,林秀萍腿有点哆嗦。

看林秀萍疑惑中带着震怒,李晓琼明白,圈与猪这个问题上她取得了胜利。扬扬自得时无意中撞上儿子哀求的眼光,她慌忙压下心中那份开怀,故作关心轻声地说:"咱们赶快让他们办事,月份还小,别人发现不了。"

顿时,林秀萍彻底伤透了心。一辈子教书育人居然没把自己的女儿教好,她觉得无地自容,觉得所有尊严都被知道这件事的外人——许家母子践踏在脚下。这个清高冷傲且自视甚高的女人被这种致命的羞辱感打击得失去了理智,"任盈盈,到书房来。许文嘉,带着你的母亲,离开。"

惊呆了的任盈盈被母亲叫回了神,许母突然说出怀孕这件事出乎她的意料，她千叮万嘱许文嘉不可告诉任何人，特别是他的父母。谁知道，他不但告诉了，而且还让他的母亲当着她的母亲的面说出来。"不检点"的事实突然暴露在众人面前，恼羞成怒的她狠狠地瞪一眼许文嘉，"没听懂我妈的话啊，还不走。"

许文嘉心里暗暗叫苦，本来任家就不同意，今天为了口舌之争母亲把怀孕这事说出来，这无异于是把未来岳母的脸揭下来踩在了自己脚下。他也顾不上抱怨母亲了，他认为尽快安抚任盈盈要紧，"盈盈，我……"

任盈盈冷冷地接口道："你们还想留下来瞧热闹？"

其实，李晓琼确实有这意思。

许文嘉一看母亲神色就明白了任盈盈的意思，他推着母亲边往外走边说："叔叔阿姨，我改天再来。"

李晓琼明白她还有最重要的一项没说，于是，她拍开儿子的手向阴沉着脸坐在沙发上的任旭军说："亲家，咱改天找个饭店，商量商量俩孩子的婚事咋办。"

任旭军冷冷扫一眼许文嘉，"慢走。"

听到家门砰的一声关上，林秀萍觉得心里痉挛了一下，她没料到自己引以为傲的女儿居然这么狠狠地捅她一刀子。

心中忐忑不安的任盈盈怯怯地站在母亲面前，大气也不敢出。

林秀萍很努力地压抑住心底的愤怒，掷地有声地扔出一句，"无论许文嘉多么优秀，我都不会让你嫁过去。明天我陪你去堕胎。"

任盈盈顿时急了，"我们俩是真心相爱。我不会打掉孩子。"

林秀萍咬着牙盯着她，一字一板地说："还没有结婚他妈就用你未婚先孕嘲讽我们家，结了婚之后还不把你拿得死死的？她是什么人，一个在工厂里待了三十年的生活老戏骨，她懂得在什么样的人面前演什么样的戏。在她手底下,即便你是干干净净地嫁过去,你也不可能斗得了她,何况现在你有把柄捏在她手里,你一辈子也不可能翻得了身。"

"我怎么不干净了?!这孩子是许文嘉的,又不是别人的。"任盈盈小声为自己辩解。

"明天跟我去医院。"

"我不去。"

听到女儿这么干脆的回答,林秀萍最终还是没能压制住心底的震怒,她扬起手给了任盈盈一耳光,"不去就滚出这个家门,我权当没你这个女儿。"

从小到大,这是第一次被母亲打。任盈盈怔了一会儿后哇的一声哭出来,而后转身跑出了书房。听到女儿撕心裂肺的号啕大哭,林秀萍的泪汩汩流出。

从听到女儿怀孕就没回过神来的任旭军被妻女两人的哭声惊醒了,女儿是他的心头肉,而妻子一生之中从没受过这么大的打击,他觉得应该是自己出面的时候了。于是,他先拍拍女儿房门,"丫头,哭是解决不了问题的。暂时不要联系小许,这件事爸妈会妥善处理的。"

女儿哭声依旧。

任旭军轻轻一叹后走向书房,"秀萍,米已成炊。咱们还是商量商量接下来该怎么处理吧。"

"不行。我女儿不能嫁入那种家庭。"

任旭军再次轻叹:"女儿有句话说得对,是她嫁,不是我们嫁。在孩子的婚姻上,自古父母都没拧得过子女的,除非你想让女儿一辈子恨你。"

林秀萍虽然在家说一不二,但在大事上还是很尊重任旭军的意见。此时，听到他这么说，无奈又感绝望的她哭声也大了起来。

夫妻俩商量了整整一天，最终达成一致意见：同意任盈盈嫁给许文嘉，但是，许家必须尽快买一套婚房，女儿女婿必须单独过。

Chapter 2　顽疾难解

知道了父母的决定后,任盈盈还是不想联络许文嘉。她内心对许文嘉把怀孕告诉家里人这件事十分痛恨。她赌气地关掉手机,知道现在的许文嘉不敢打家中座机,这么过了两天,才在周一的早晨开了机。

近三十条短信瞬间充斥整个手机屏幕。她逐条看下去,除两条垃圾短信外都是许文嘉发的。有道歉的,有肉麻的,有求饶的,总之,反反复复都是想让她出去两人见一面的意思。看了十几条后,她把手机里的短信全删了。气还没有消,没有见许文嘉的欲望。她知道即便她不联系他,他中午也必会来学校找她。

果不其然,中午还没下班,许文嘉就赶来了。接到门卫室大叔的电话,她懒洋洋地回一句,"先让他等着。"

这么一等就近一个小时,在学校吃了饭喝过水,然后任盈盈才踱着步子朝学校门口走去。

见女友终于出现,而且身体似乎没什么变化,许文嘉悄悄松了口气。两人离开校门百米左右后,他开了口,"盈盈,我妈让我问问什么时候你爸妈有时间,她想确认一下结婚日子。"

不提李晓琼还好,一提任盈盈就来气,"房子都没有,定什么日子啊。"

任盈盈这么说,显然是任家默许了这门婚事,许文嘉心里有点暗喜。可是,任盈盈提出的婚房是新问题,而且这问题不小,许文嘉自己做不了这个主,说话就有点结巴,"我们家房子才买三年,还是新房。咱没必要……"

"你妈这么厉害,谁敢和她住同一个屋檐下?买了房咱就继续,不买就拉倒。"说这话任盈盈言不由衷,她明白自己的心,即使许家真不买房她同样会嫁过去。可是,对李晓琼的好印象已经荡然无存的她,确实不想三代人同居一室,她想对许文嘉在思想上施压,她希望拥有一套婚房,即便面积小一点也行。

准儿媳提出的新问题彻底惹怒了李晓琼。

她把手中的筷子重重地往桌子上一放,"许文嘉,你告诉她,她想嫁就嫁,不想嫁就拉倒。别以为有了孩子就想提要求,门都没有。这房子怎么了,三室两厅,又是集中供暖。"

本来想着母亲上门会给婚事带来转机,没料到母亲会把任盈盈怀孕的事情说出来。这下好了,不仅未来岳母意见未变,连任盈盈的态度也呈一百八十度大转变。许文嘉为此事一直责怪自己嘴太快,把任盈盈有孕的事告诉了母亲。因而,听到母亲这么说,他心里的火也直往上冒,"这房子没问题,人家怕的是你。"

"怕我什么?"

"害怕跟你住不到一个屋檐下。"

李晓琼明白儿子的意思,可实在气恼任家母女高高在上的那种姿态,特别是林秀萍,看自己的眼光充满了不屑。从林家出来后,她就对自己说,一定要把这份不屑踩到脚底下。

"住不到一起?! 她可以不进这个家门。"李晓琼气呼呼地说。

许文嘉扔掉手中的筷子,"那好,我们出去租房子单过。"

李晓琼从鼻孔里发出一声轻哼,"你那高贵的丈母娘会同意?!"

许文嘉气呼呼地进了自己卧室,摔上门的那一刻,他说:"大不了我永远不结婚。"

"除了那丫头这世上没女人了?"

"我非她不娶。"

李晓琼恨恨地喝一口汤,汤有点烫,她赶忙自桌边拉一张餐巾纸边往外吐汤边埋怨默默吃饭的许兵,"死老头子,你就不会说句话?"

许兵瞪了她一眼,"你就消停消停吧。都是做父母的,想想如果盈盈是自己的女儿,你心里会是什么滋味。这事主要怪文嘉,没抓紧自己的裤腰带,其实都怪你,首次登门不仅没缓和矛盾,反而进一步把矛盾扩大。"

"自己闺女不检点,还能怨人家。"李晓琼鄙夷地轻哼一声,"她第一次来咱家,我就发现她和文嘉关系不简单。"

许兵这才明白,前些日子未来儿媳一来,妻子就拉着他往外跑的真实意图了。顿时,他彻底恼了,"闭上你那张臭嘴。赶快想办法买房子,你手里还有多少钱?"

"买什么买,在康复前街那套老房子暂时住着吧。"

康复前街的老房子是八十年代许兵单位分的房,房龄已经有二十多年,破旧不堪。许兵认为不妥当,李晓琼却有自己的主意,她没有和儿子儿媳分开住的意愿,不是她喜欢大家庭生活,而是实在是囊中羞涩。现在住的房子是她被清退前硬求单位领导分得的,当时,破釜沉舟的她恐吓领导,不给她分一套,她就去市政府信访去。现今社会稳定很重要，领导无奈之下破例分她这个不够格的职工一套房，价格虽然比市面上的商品房便宜很多，但老两口收入确实不高，房子装修后手里只有万余元。万余元能干什么，好地段的房子连两平方米都买不了。

许文嘉苦无他法，只好带任盈盈去了老房子。结果在他意料之中，她果真不同意。

通往郑州郊县新郑的高速公路上，一辆金色大众途观SUV急速飞驰。

车内，席慕凡与吴子琪正激烈地争吵着。

席慕凡重重拍了一把方向盘，含怒地说：“难道说，就因为咱们困难时用过他们的钱，我这一辈子就得背负这份感情债，什么时候他们有事了什么时候我就得往新郑赶？”

吴子琪难掩伤心，她任由泪水肆意流下脸庞，"慕凡，他们不是别人，那是生养我的父母。"

从妻子嘴里说的仍是老腔陈调，席慕凡胸中怒火一节一节往上攀升，"你就和我说吧，什么时候是个头？"

是啊，什么时候是个头呢？吴子琪眼前朦胧一片。一边是父母，一边是爱人，她似乎没有选择的余地。实话说，她也觉得父母这次的要求有点过分，不说席慕凡震怒，她心里也是有气的。

可她又能怎么办呢？

房子，都是房子惹的祸。

吴子琪与席慕凡年龄相差不大，只有一岁。吴子琪入学比其他孩子早一年，所以说，她虽比席慕凡小一岁，可是，两个人却是同时大学毕业的。毕业后，为节约生活开支两个人早早领了结婚证，住到了一起。那时候，除了两本结婚证是自己的，其他一切都是凑合的。房子是租的，家具家电是出租房里原房东用旧的。虽然生活清贫，可相爱的两个人却很快乐。

席、吴两家都是郑州郊县新郑人，两个人毕业后之所以没有回原籍，那是因为两个人知道即便回了原籍也是他们赤手空拳打天下，他们没有外援没有依靠，他们清楚地认识到想改变命运，只能靠两个人自己。所以，他们留在了机会比较多的郑州这座省会城市。

那时候，吴母虽然对女儿的选择不满意，可总归没有过分地去干涉女儿，不仅如此，还使出一哭二闹三上吊的办法，迫使在镇小学任校长的吴父去求在郑州粮食局工作的老同学。吴父这老同学很爽快地把吴子琪推荐到局二级机构工作，属于国有企业。吴子琪的工作安定下来后，头脑灵活的席慕凡已是一家小规模物流工公司的小中层，虽然收入不高，但很锻炼人。就在小两口踌躇满志准备大干一场时，生理知识欠缺的吴子琪却意外怀孕了。

席慕凡执意要她生下来，可吴子琪却不想把孩子生在阴暗潮湿的出租房里。她认为，拼搏阶段夫妻两人可以凑合可以吃苦，可是，孩子却不能凑合，孩子没理由跟他们一起吃苦受罪。

席慕凡在无奈之下只有同意让吴子琪堕胎。可就在吴子琪迈进手术室的那一刻，吴母来电话阻止，老太太态度明确，孩子必须生下来，房子的事吴、席两家坐下来商量商量。

席家兄妹三人，席慕凡排行老三。大哥凭借大嫂娘家的关系在新郑县城做了交警，早已出嫁的姐姐全家务农，至于席父席母这对一辈子老实巴交的农民，除了在地里干活外，什么也不懂，什么也不会，年岁渐高后基本上靠子女接济度日。

因此，两个家庭的四个长辈与小夫妻俩坐在一起商量时，席父席母除了难堪地笑笑外，没说其他的。

盛怒之下的吴母当场表示出资三万元帮助小两口。不过，这张欠条必须由席父席母来打。

当时的席慕凡既愧疚又难受，这很明显是岳母在挤对自己的父母，他很想拉着父母摔门就走，可又不断提醒自己，岳母这么做也是为了他和吴子琪，忍了忍，他最终克制住了这个念头。幸好，那时候的吴子琪还算体谅他，她主动劝慰母亲，这张欠条由她和席慕凡打。

吴母执意不许，吴子琪只好暗中告诉母亲，如果母亲不愿意她就堕胎。担忧堕胎之后影响女儿下次受孕的吴母，无奈之下只好同意。

就这样，总价十八万元的九十平方米的房子，百分之三十的首付五万四千元钱，吴母出了三万元。这份情不只席慕凡满腹谢意，就连吴子琪也感动不已，她的具体表现是，从不忤逆母亲，无论吴母要求什么，只要是在她吴子琪的能力范围内，她都尽可能满足。

结婚四年后，不甘人下的席慕凡开办了自己的物流公司。当时，吴母要求吴子琪把结了婚后仍在家闲晃的弟弟招进公司。吴子琪习惯性地直接答应母亲，"没问题。妈的话就是圣旨。"

当时，吴母脸上笑开了花，"还算你有良心。"

吴子琪就含笑嗔怪母亲，"别良心不良心的，你那三万元我早还清了。"那时候，她根本忘记了席慕凡与她的约法三章中有一条，公司不用任何亲戚朋友。

因为有言在先，席慕凡自然不同意吴子琪的自作主张。争执的结果是夫妻冷战。其实，席慕凡并不是不想帮吴子涛，而是他觉得公司里如果有亲戚朋友，管理上难免束手束脚，这不利于公司的长期发展。

吴子琪虽然也顾虑这些，但在母亲面前已经拍胸脯保证过了，况且，她希望公司里有个与自己贴心的人。随着年龄的增长，她内心深处有一种无法与外人言说的恐惧,既要上班又要打理家庭,还要送女儿到各种兴趣班练习乐器、绘画等,每天陀螺似的转,她感觉体力上已不能满足正当强壮的席慕凡的需求。另外,随着年龄的增长,时间不仅没在席慕凡身上留下什么印记,而且把他打磨得越来越有男人味,她相信他是好男人,可是,现今社会中的物质女孩手段非凡,她担忧席慕凡经不住诱惑。

冷战整整一周,席慕凡见吴子琪依然态度强硬,决定与她谈谈。

这天,把女儿席青诺哄睡后,席慕凡把吴子琪叫出女儿卧室,"琪琪,好长时间没喝酒了,喝一点?"

一贫如洗时,喝价位不高的啤酒是席慕凡最大的享受。那时,吴子琪总陪着他喝,时间长了,吴子琪觉得自己似乎也有点酒瘾了,"喝点就喝点。"这时候吴子琪已经意识到席慕凡有话要说,而且,她能感觉出来,他说的事必与吴子涛有关。

席慕凡先给自己倒了满满一大杯,然后倒了半杯推到吴子琪面前,"琪琪,当初我们是怎么熬过来的,你还记得吗?"

吴子琪点点头,她怎么可能忘记,当时为了省钱租住顶层的房子,夏天,晚上要靠不停地往地上泼水来降温;冬天,即便躺在电热毯上也觉得手脚冰凉。

"要不是我妈借咱三万元,青诺肯定养不大。"吴子琪想想后说道。

席慕凡暗中叹口气,他不是不愿提岳母的帮助,而是他觉得那份情他早还完了。本在新郑农村生活的吴母去年搬进了新郑县城,所住房子总价十六万元,席慕凡掏了十万元,内心里,他认定这就是那三万元钱的人情债。可是,他感觉到,心安理得住进新房的岳母一家似乎并没有意识到这些。这让他心里有点别扭,但又不愿意在吴子琪面前说起这些。他心里一直对吴子琪有愧。大学时代,吴子琪拒绝了很多无论个人条件还是家庭条件都比他优秀的男同学，却偏偏接受了他的追求，这使他受宠若惊。但无奈家庭贫困，自开始恋爱到毕业他没送过吴子琪一件像样的礼物，就连结婚他也没能给她一个体面的婚礼，想起乡村家里那场简陋的流水席婚宴他就觉得汗颜，他至今还忘不了吴家亲戚在婚礼上看吴子琪时的那种怜悯的眼神。

"说什么呢?！什么叫养不大。"

吴子琪呸呸呸几口，"我胡言乱语，我们家青诺长命百岁。"

席慕凡一口气喝下一大杯，"琪琪，在工商局备案时我们说过的话你忘了吗?"

等备案的空隙，夫妻俩有个短暂的交流。就是那次交流，两个人约定公司不录用亲戚朋友。见他说到正题，吴子琪不慌不忙地应答："子涛是个特例。除此之外，我不会再向你张任何口。"

其实，席慕凡宁可吴子琪是为其他人张口。他太清楚自己小舅子的为人了，大事做不来，小事不愿做，典型的眼高手低之人，如果不是岳父那份退休金，吴子涛早就喝西北风了。

"子涛来郑州上班，住哪?"席慕凡问道。

吴子琪不是没考虑过这些，住自己家不太现实，房子太小，让吴子涛在客厅对付两三宿还成，长时间还是不方便，"让他自己想办法，他愿意来，自然就该想到这些。"

"是他愿意来，还是你妈让他来的?！"岳母一辈子强势惯了，现在虽然已是六十多岁的老太太，还是改不掉事事当家做主的毛病。席慕凡很不赞成岳母的这种做法。他认为吴子涛之所以这样是岳母一手造成的。俗话说，慈母多败儿，这话一点不错，但用在吴家母子身上，改为强母多败儿比较妥当。

听席慕凡说得不怎么客气，吴子琪脸色一沉就说道："是我妈让来的，怎么了？要不是我妈那三万元钱，你能有今天这房子住？忘恩负义的小人嘴脸。"

席慕凡有点恼,他把杯子重重地往餐桌上一放,"我忘恩负义?!你妈现在住的房子我出了多少钱?!如果不是那十万元钱,你们家能在县城安上家?做人要知足常乐,说话要知道深浅,琪琪,你想想,我妈我爸还生活在农村,难道我不知道城市生活水平比农村高?!"

吴子琪的杯子放得更重,自然,发出的声响更大,"我不管,反正只要子涛不进公司,咱这家就别打算安稳往下过。"

就这样,席慕凡再一次向妻子妥协。他不希望家里天天都是鸡飞狗跳的争吵。

可是,事态也确实如席慕凡所料,吴子涛确实不适合在规章制度严明的公司上班。对于吴子涛来说,迟到早退是家常便饭,聚众赌博常常被部门领导点名批评。如果这些都算不上是原则性问题的话,作为公司重要岗位——调度的负责人,收受公司辖下司机回扣,根据回扣多少决定派哪辆车外出运货,这让席慕凡无比震怒,他很希望查证之后让吴子涛离开。可是,正是因为吴子涛的特殊身份,公司员工敢怒不敢言。席慕凡希望得到的证据没人敢去查证,而他自己,无法亲自去做这种事,自抽耳光他不在乎,他在乎的是吴子琪的反应。

直到一个契机的出现,他才找到机会惩治吴子涛。

这个契机就是新来的财务部部长拿着长长的单据征询席慕凡的意见,"席总,吴子涛公车私用现象十分严重,这是调来的私用路段里程数,要不要把汽油钱扣下来?"

席慕凡心里憋着的满满一肚子气顿时找到了爆发口,"扣!"

就这样,吴子涛每天上班往返于郑州与新郑的汽油钱全被扣出来。而这些,席慕凡并没有告诉吴子琪。

吴子琪知道时,已是吴子涛工资被扣的第三个月。

那天，吴子琪刚刚把女儿席青诺送到钢琴老师家，吴母的电话来了，劈头盖脸就是一通骂。

吴子琪懵了，和老师交代一声后就冲到了公司，把席慕凡从会议室叫出来就要往新郑赶，她要他给母亲一个说法。

吴子琪之所以如此震怒，并不完全是因为母亲的责怪，她觉得席慕凡恶意欺骗了她，他在她不知道的情况下狠狠地修理了自己的弟弟，这感觉跟在母亲面前抽她一耳光性质一样。

会议结束后就要与壹家签约。壹家是合资企业，物流量极大，席慕凡自然不愿意临时改变签约时间，这是对客户的不尊重，结果很有可能是合约不能顺利签订。

很显然的是，吴子琪已经不顾及后果了，她瞪着席慕凡，"现在跟我走，还是离婚，你选择一样。"

席慕凡关上办公室门，"琪琪，不要闹。要去也不急于这一时，马上就是签约时间，下午咱再去新郑。"

"你就告诉我，你现在走还是不走？"吴子琪的泪已经顺脸而下，"如果走，请马上走。如果不走，明天我们去离婚。"

退无可退的席慕凡闭一下眼睛，"琪琪，你了解情况吗？"

事件起始从母亲的责骂中她已知道得差不多，"不就是子涛开着车回新郑了吗？"

"他还没到配车的级别，每天这么公车私用，公司是有制度的。"席慕凡压着愤怒，"你也知道，公司还有另外两个股东，子涛的行为损害的不只是我一个人的利益。"

"那你出资给子涛在郑州买套房，这钱算他借你的。"这是母亲的要求，此时，吴子琪还分辨不出这是母亲的气话，还是老太太真有这打算。

听到这种不客气的借债方式，席慕凡愣了，愣过之后就冷静了，

"这不可能。"

"既然这样,跟我回新郑吧。"

"可以,不过,给我十分钟安排一下签约的事。"席慕凡不再看吴子琪,她的行为伤了他的心,他突然感觉她离他很远,远到他有点看不清她,让他感受不到夫妻间那种心贴着心的温暖感觉。

席慕凡一直搞不明白,人家都说丈母娘看女婿越看欢喜,可他怎么从来没有感受到岳母的喜欢呢?!以前因为家庭贫困无力为吴子琪提供好的生活,岳母看他不顺眼他理解。但是,那个时期只有短短两年,他和吴子琪成婚的第三年,经济情况已有好转,吴子琪和与她同年龄的郑州本地女子比起来,生活质量只高不低,可是,即便是这样,岳母对他依然不冷不热。

为此,他曾经用玩笑话的口气问吴子琪,她母亲是不是对他有意见。

那时的吴子琪也笑着回答他,"谁让你这个穷小子娶了她最宝贝的女儿呢?"

席慕凡不乐意了,说:"以前穷不代表永远穷嘛,有些男人是不穷,但却是标准的断不了奶的啃老一族,我娶你是你的福气,我是多么优秀的潜力股啊。再说了,我没发现你这个女儿在你妈眼里有多宝贝,在你家最宝贝的是子涛,然后是子妍,最后才是你。"

子妍是吴子琪小叔家的女儿。因为小叔意外去世,子妍就跟着吴母生活。小丫头机灵,从五岁时就随着姐弟二人叫吴父吴母为爸爸妈妈。

听他说得酸溜溜的,吴子琪笑了,说:"每个当娘的都希望自己的女儿一开始就嫁到好人家,你家有什么啊,瞧瞧你们家为我们办的结婚酒席。"

一听这话，席慕凡就不开口了，而且，以后再不提这茬。

车子飞驰，席慕凡心中的怒气节节攀升。从他离开公司到现在已有半个多小时，签约仪式应该接近尾声，可是，被他临时安排的公司副总周波却没来一个电话，他心中有不好的预感。难道签约过程出现了岔子？

而吴子琪仍然在怔怔出神。

席慕凡冷冷一笑，"你也不知道吧？！"

吴子琪从膝上包里拿出面巾纸，仔仔细细地擦干净两颊眼泪后看向席慕凡，"慕凡，他们是我的父母，我没有选择。"

气愤中的席慕凡没有觉察出妻子情绪上的悄然变化，他再次愤而打断她的话，"但你可以指出他们所做的不妥当之处。就如今天，你明明知道是公司跟壹家签约的日子，可是，你却逼着我回新郑给你的父母解释子涛的事。"

这时候的吴子琪已经平静了不少，她已经意识到自己的行为有点过激。为拿下壹家的业务，席慕凡已经为此努力了半年，壹家分管调运这方面的经理极其能喝，席慕凡与此人打交道时曾大醉过六次，今天，终于要签约了，她却把他拉离了签约现场。她在内心暗自祷告，希望此次签约能够顺利。

"听我说完，慕凡。我爸妈有我和子涛，还有叔叔家的子妍，总共三个孩子要养。他们在经济最紧张的时候不止一次借钱给我们。如果没有那三万元，说不定我们至今还生活在出租房里。如果他们没有一次又一次地托朋友贷款给我们，我们会有公司吗？会有今天这种日子过吗？"吴子琪哭着说道。

公司创立之初的注册资金有缺口，这笔资金虽然只是在注册时验证一下在席慕凡户头上即可，但是，夫妻两人没有那么大的财力。这时候，吴母再次逼迫吴父，去找其在镇农村信用社的远房亲戚短期拆借一下。席慕凡的公司尚未成立，这是有风险的事，吴父硬生生把自己的面子撕下来卷巴卷巴塞进口袋，用自己的老脸求来了这笔没有担保的短期贷款。

吴子琪所言不虚，这是吴家帮的另外一个大忙。但是，席慕凡对这种帮了忙后就有无穷无尽的报恩要求厌烦到了极点，而且，妻子没能理解自己的意思，席慕凡只得再重复一遍自己的要求。

"这些我不否认，但是，这种无条件的报恩有尽头吗？如果有，请给我一个确切的时间。"

吴子琪盯着席慕凡很久后，摇摇头。

这虽然在席慕凡意料之中，但他仍然很失望。他沉默一会儿后轻轻叹口气，说："可是，我厌倦了这种生活。"

吴子琪惊呆了，离婚是她气头上的话。她吃准他不会离，所以才会有恃无恐地让他做选择。可是，她没有料到的是席慕凡会说出那句话。他对目前的生活感到厌倦了。

从恋爱起，她从来没对他有过怀疑，她坚信，有着深厚感情基础的他们，任何时候都不会有背弃的事情发生。离婚，永远不可能出现在他们的生活里。但是，结婚的第七个年头，他竟然对她说，他厌倦了与她在一起的生活。

虽然，她明白他厌倦的不是她，但她依然伤心了。她不能想象离开他的生活还能称之为生活吗，她也不能想象女儿没有了爸爸会怎么样。

她收回目光望向前方。高速公路蜿蜒绵长，一眼望不到尽头，而她的婚姻似乎已经走到尽头。

母亲的咄咄逼人，爱人的不理解，在这双重的压力下，她突然觉得身心俱疲，活着就是为了这么累地生活吗？如果是，她宁可选择结束。太累了，也许，真应该结束这一切。下意识地，吴子琪的手放在车门手柄上。扳一下，没开，她突然笑了，车子是自动上锁的，怎么忘记了？于是，伸手去扳车门门锁。

后视镜里，后面紧跟着一辆丰田 SUV，车速很快。她知道，跨下车门，这些痛苦立即就能结束。

看到妻子沉默，席慕凡再次叹气，"这种生活我很累。"

吴子琪微笑，"那么，就结束它吧。结束让我们都觉得累的生活，让这一切都结束吧。"

席慕凡没有与妻子离婚的意思，这虽然是他的心里话，可是，他确实只想发发感慨而已。因而，听到妻子这么说，他很意外，也就不自觉地看向吴子琪。

于是，就在车门骤然打开的千钧一发之际，席慕凡拉住了吴子琪左侧上臂，"子琪，你想干什么？"

车门撞在道路中间的栏杆上，发出一连串刺耳的声音。

席慕凡极力控制住方向盘，然后缓慢地减速，最后开到应急车道上。他迅速下车检查车子。右侧整扇车门的油漆被刮花，边缘部分严重变形，看来要整个换掉。他怒不可遏地返回驾驶位置上，拉过吴子琪手臂，让她面对着他，待看清她并没有受伤时，怒气便爆发出来，"不想活也别用这种方式。想想青诺，难道你想让她过早地没有母亲吗？人，不能这么自私。"

突然间吴子琪号啕大哭，"你说我该怎么办？子涛是不长进，进咱公司后一直给你添麻烦，可是，他是我弟啊，是我父母心中最看重的孩子。我知道我妈提的要求有点过分，可是，如果不给他在郑州安个家，又不让他每天回新郑，他也很难受。"

席慕凡盯着她,"我不让他回家了?!"

"你的意思不就是嫌他天天都回家吗?"

席慕凡心里又烦躁起来,每次解释这些他都很烦,却还要一而再,再而三地去做这些,"他只是负责公司调度,还没有到配车的级别,但子涛却每天都开公司的车回新郑,这合适吗?咱的公司是股份制,并不是我自己说了算的。"

"他在郑州不是没房子嘛。"

"我不让他买了?!"

"你也知道,他现在在这里根本买不起房子。"

"所以,他更应该好好干。早点攒个首付,我相信我给他的工资还是可以应付月供的。况且,调度是个什么活,你心里也清楚。"

公司是搞物流的,调度是决定用公司名下哪辆车去干活的,这个工种油水很多。吴子琪知道席慕凡没有说错,也没有歪曲事实,她也亲耳听过公司辖下司机的抱怨,知道吴子涛确实有收取司机好处费的事。

但是,她更知道等到花钱大手大脚的吴子涛能攒到首付时,郑州房价绝对又是另外一个价。她敢保证,吴子涛攒钱的速度肯定比不上房价飞涨的速度。

"我们先借给他首付。"电话里吴母说的是借钱买房,吴子琪敢肯定母亲说的是借全款。让吴子涛去银行借,母亲不会同意,老太太舍不得让儿子多掏那份利息。虽然也觉得有点过分,但又想想无论买房还是公司注册父母确实帮过自己,况且,她心里也确实想帮这个弟弟,因而,虽然心中有愧,但吴子琪仍然试图说服席慕凡。

"他有能力还吗?"

吴子琪确实不敢保证,但是,她仍然想做最后的努力,"当初我们借我妈的钱时,我妈问过你吗?"

"我不想再提这件事,你却逼着我一再去提。我最后说一次,那份情我早还了。新郑县城你妈现在住的那房子总价十六万元,我付了十万元。"

"可我们不缺那份钱。让他慢慢还,他总有一天会还完的。"

席慕凡极力压制住心底再次悄然涌上来的怒火,"我们这辆车子的贷款还没有还完,你要我一边还着银行的贷款一边把维持公司正常运转的一部分钱无偿借给你弟?!子琪,孝道与手足之情固然重要,可是,真的重要到如此程度吗?!"

吴子琪无话可说,她的泪再次滑落。她无法预料,回新郑母亲家后,席慕凡的这种态度能谈出什么结果。她几乎可以预见母亲暴跳如雷的场面。

席慕凡目光再次投到车门上,"子琪,不要用极端的方式去解决问题。即使不考虑我,也要考虑我们的女儿青诺。"

吴子琪再度哽咽,"活着太累了。"

"我想,我们跟你父母见面前是不是应该再沟通沟通,我们应该有一致的意见。"席慕凡心里也很难受,把妻子逼到这种地步不是他的本意,他只是想让她明白,帮忙只能帮一时,最根本的解决方式还是内弟好好干。

吴子琪点点头,她同样不想在这样的状态下出现在母亲面前。

席慕凡先打了汽车救援电话,清障车拖走途观后,他与她坐上郑州到新郑的城际公交车。到达新郑县城后,夫妻俩找到一间还算安静的咖啡厅。他们准备再深入地谈一谈,要怎么样应对接下来的问题。

用两个小时的时间,夫妻俩达成了一致意见。那就是,席慕凡同意帮助吴子涛,但是,不是借钱给吴子涛,而是,席慕凡名下十八辆车中抽出一辆租赁给吴子涛,说是租赁却不用付租金,五年,席慕凡分文不取，这辆车所挣的钱均赞助给吴子涛。当然，这其中有一个条件，那就是吴子涛离开调度岗位，一来避嫌，二来平息公司辖下有车的其他股东的不满。

吴子琪明白，这也是席慕凡的无奈之举。这种决定等于是，在顾全面子的情况下自己出资平息两部分人的怨气，而吴子涛也得到了实惠。

对于这个决定，吴子琪无话可说。

意见一致了，下一步就是如何和吴母沟通的问题。临出咖啡厅时，席慕凡对吴子琪提了一个要求，"青诺她妈，希望你做每个决定前，考虑考虑青诺。"

他叫她青诺她妈，吴子琪明白他的意思，这时候，她已经有些后怕，万一那一脚跨下去，自己是解脱了，可是，青诺怎么办？年仅五岁的孩子该如何面对失去母亲的生活？

想到从里到外都布满灰尘的老房子，任盈盈的气就不打一处来。这时候，她突然明白了，之前未来婆婆那和善慈祥的嘴脸纯属是掩饰，她也理解了母亲的气急败坏，她意识到母亲之所以不同意这门婚事，完全是为她着想，并不是之前自己猜测的面子问题。

另外，还有许文嘉在处理这件事上表现出来的懦弱和优柔寡断让她很失望。有时候躺在床上她会想，这个男人和同学聚会上侃侃而谈的男人是同一个人吗？如果是，怎么会有这么相反的两种表现呢？

因为对一方的失望，她不自觉地靠近另一方，任盈盈开始与母亲站在同一条战线上。

知道李晓琼居然让女儿住在旧房，林秀萍火冒三丈，"怎么能让儿子媳妇住在那种环境呢？文嘉是不是她生的？"

任旭军想得比较多，"盈盈，他们家现住的房子用多少钱买的？"

从老房子出来的路上，许文嘉把家里的实际情况已经告诉了任盈盈，直觉上，任盈盈认为这是他们家不想买房的推托之词，"他家的房是文嘉他妈退下来之前分的。那房子是单位与开发商合作开发的，因为地皮是单位的，房价不高，一百四十三平方米不到三十三万元。"

任旭军在心里快速算了下，"两千三百元一平方米，确实不贵。不过，如果是全款付的，他们家估计也确实没钱了。"

林秀萍顿时心凉了，"那么说，盈盈如果不同意住老房子，就得跟那泼妇住在一起？"

任旭军皱了皱眉，"别一口一个泼妇的，她是盈盈的未来婆婆，咱的未来亲家。如果咱两家闹起来，以后吃苦受罪的还不是咱闺女？"

林秀萍虽然一辈子没有婆婆，但几个要好的同事常常发自家婆婆的牢骚，她早已明白婆媳相处是门巨大的学问。而如今，她视为掌上明珠的娇贵女儿会把这门学问做下去，每次想到这些，她就止不住开始流泪。

"那怎么办？我可怜的女儿怎么找个这种家庭？"林秀萍哭着说道。

任盈盈对未来生活也充满不确定感，听着母亲的哭声，她内心也惶恐不安起来。

只有一家之主的任旭军还算清醒，"办法不是没有。"

母女俩异口同声道："什么办法？"

任旭军看向女儿，"让他们把老房子卖了，给你们交个首付，你和文嘉贷款买房。"

林秀萍心里别扭，她不想让女儿刚迈入婚姻殿堂就背负这样沉重的压力。但是，任盈盈却高兴起来，"也行。现在年轻人自己供房的多了去了。"

见女儿没有反对，任旭军松了口气，"和文嘉说，双方父母见一面吧。"

交流场面很沉闷。

吴子琪觉得胸口像压了一块巨石般，有些喘不了气的感觉。可是母亲似乎并不顾及她的感受，依然说着让她听了很难受的话。

她从来没有见过母亲这种表情，吴子琪突然发现母亲的目光有些仇恨她和席慕凡。

这一刹那，她心里有点恨坐在母亲后面的弟弟吴子涛。感受到她的目光注视，吴子涛的视线只是和她一触就飞快地错开了。

吴子琪打断了母亲的话，"妈，你想让我和慕凡怎么办？"这也是席慕凡想要的答案。

但很显然的，女儿这声略带厌烦的问话再次激怒了吴母，老人家再次大怒，"你们现在翅膀硬了，但别忘了你们困难时我和你爸是怎么帮你们的。你爸一辈子清高，却为了你们觍着老脸去求小一辈的人。"

母亲滔滔不绝，吴子琪又无话可说了，母亲说的没错，如果没有那次短期贷款，她和席慕凡就没有今天。

见妻子无言以对，一直沉默的席慕凡忍不住开了口，他希望把问题摆到桌面上好好讨论。

"妈，我一直还不明白，你为什么这么生气。"席慕凡说道。

"你为什么扣子涛的工资？"

"妈，公司是我创立的不假。可是，还有其他几位股东。"席慕凡希望岳母能明白他的意思，"公司有公司的规定，办公事用公车，这毋庸置疑。可是，子涛却把公车当成了私家车，每天往返于郑州与新郑。我没意见，但其他股东不愿意。子涛工资所扣应该是他自己用的汽油钱，这是规定，我没权力干涉。"

"你……"气极的吴母一时说不出话来。吴子琪连忙帮她拍背顺气。

席慕凡也赶紧递上一杯水,"妈,既然你把我和子琪叫过来了,咱们还是商量一个切实可行的办法吧。"

吴母冷冷地推掉杯子,"你既然有这份心,我也就有啥说啥了。子涛每天开车回家住不就是在郑州没房子嘛。你们先借他点钱让他安个家,有了落脚地他肯定不会每天回来。"

夫妻俩对视一眼后,吴子琪把夫妻俩商量好的告诉母亲。

吴母搞不清楚,一个车的纯利润是多少,她不敢擅自做主替儿子应下。母子俩相视一眼后,吴子涛当场就拒绝了,意思很明显,这么做不是占姐夫的便宜吗?他宁可还干着调度活,当然,也得借钱。

明面上,借钱是有借有还,占便宜确实不怎么好听。但实际上,小算盘是每个人都清楚的。虽然说是有借有还,可是,如果借三十万元给吴子涛还三十年,这跟给钱也没什么两样。况且,虽说白给五年利润,如果公司前景好,五年利润是可观,可如果不好,五年利润是多少,没人能预测得出来。还有最重要的一条,调度这个肥差吴子涛还是舍不得放手。

双方所打主意不同,意见当然无法统一。这场交流仍如以前一样,没有任何结果。

吴母除了愤怒就是伤心,她的表达方式仍是不停地责怪女儿。

无法改变母亲的想法,吴子琪在心里再次暗暗埋怨席慕凡。她想,既然已经准备帮子涛了,为什么不干脆一点彻底一点呢?以目前公司的发展来看,一辆车五年利润绝对超过三十万元。难道真是因为一个调度岗位吗?还是根本就是挤对子涛?

Chapter 3　爱情有价

任盈盈备受煎熬。

在家里，母亲只要看到她的小腹就掉眼泪。母亲一直要强，她明白未婚先孕这件事对母亲的打击很大。因此，无论林秀萍说什么难听的话她都忍着，她小心翼翼地看着母亲的脸色说话行事。在外，只要与许文嘉在一起，为了房子，两人总是争吵和好，和好再争吵。

许文嘉翻来覆去就会说一句，"家里真没能力。"

任盈盈有点绝望，她意识到父亲估计得不错，许家确实没能力再去买房了，"没能力就别谈恋爱。"

每逢这时，许文嘉就会使出惯使的一招，甜言蜜语攻势，可是，孕激素分泌过剩的任盈盈根本不领情。

这种状态一直持续到双方父母见面。

李晓琼特意挑了一家好酒店，此举不是为了讨好任家，她只是希望任家不要再执意要他们买房了，她想让任家明白，如果他们任家姿态放低点，她很乐意把任盈盈当做亲闺女对待。

只是，见面那天出现了个小意外。那就是许父的单位临时有点事，许家去的时候比约定时间晚了四十分钟。

就因为这晚了的四十分钟，觉得受到轻视的林秀萍再次狠狠地数落任盈盈，"一个女孩子家未婚先孕，丢不丢人。不考虑自己的脸面，也要替你爸妈的老脸考虑考虑！"

任盈盈一如既往地缩着脑袋默默挨骂。

听多了也听厌了的任旭军皱眉打断妻子的喋喋不休，"咱们也年轻过。既然事已至此，就不要再埋怨了，还是想想许家人来了后，咱们该怎么说吧。"

任盈盈双目一亮看向母亲，她暗想，难道说母亲也是未婚先孕？要不然，爸爸怎么会说他们也年轻过呢？

林秀萍的神色略显慌张，"死丫头，看什么看！你妈我可没做过让你外婆难堪的事。"

任盈盈赶紧重新低下头。

任父任母再次确认过需要坚持的底线后，姗姗来迟的许家人终于出现了。

林秀萍冷冷地瞟一眼许文嘉，"我们的意思你爸妈知道了吧？"

李晓琼赶紧赔笑着应答："亲家，老房子太旧了，卖不上价。再说了，那边正说着拆迁，拆迁赔付可能是一比一点二，这样的话，六十平方米的旧房就能换七十二平方米的新房。那个地段，房价差不多六千元每平方米，卖掉不划算。这样，让俩孩子跟我住个一年半载的，那边的旧房也换成新房了。"

任旭军含笑看向许兵，"拆迁协议签过了？"

确实有开发商调研过那片地，可是，一比一点二只是老房主的美好愿望，根本没有确切的消息，许父不愿意欺骗人，"没有。他叔，家里经济确实有点紧张，不是不愿意给孩子买房。"

任旭军的笑容有点僵,"我理解。"

林秀萍不满意丈夫的这种态度,"盈盈这边不能再等了。如果买房就尽快买,如果不买,也行,让俩孩子跟着我们过。"

李晓琼不是没考虑过卖房。她有自己的顾虑,只是没敢向爱人及儿子透露,儿媳还未过门已经对她心怀怨恨,她敢保证这个儿媳不会跟自己贴心。被清退后,单位每月仅发给她二百多元生活费,就够交水电费,老房子的那份房租虽然不多,但省着点吃,菜钱是够了。如果卖了房,单靠丈夫那两千多元的月工资,除了日常开支,连头疼脑热的药钱都没有。

但是,如果娶了媳妇没了儿子,她同样不乐意,因此,林秀萍话音刚落,她就果断拒绝,"我们许家就这一根独苗,文嘉不会去别人家当上门女婿。"

林秀萍再次把矛头指向许文嘉,"我就要你一句话。"

许文嘉六神无主地望向母亲。

李晓琼心里早已承认这门婚事,但是,她真不想买房。两家人的意愿背道而驰,商量来商量去,当然商量不出个所以然来。

任旭军的心里有了谱,"文嘉,你也表个态。如果真不想娶盈盈,我们也不勉强。"

许文嘉边说"我想娶",边再次望向母亲。

一直沉默的任盈盈紧紧盯着许文嘉,当然,眼里的怒火似要喷出来。

李晓琼意识到今天没有结论是不可能的,于是,把心一横张口就说:"房子我不会卖。你们闺女想嫁过来就嫁过来,不想嫁,我们也不勉强。"

任盈盈怒了。

任父任母愣了。

许家父子也傻了。

包间里静寂几秒后,任盈盈恨恨地望着许文嘉,一个字一个字异常清楚地说:"许文嘉,我不是非你不嫁,你们也不用欺人太甚。"

任旭军的脸上虽然平静,心里却早已掀起了万丈波澜,"这样吧,房子我们家买。"

泪流满面的任盈盈不同意,"爸爸,没必要。"

任旭军仍然继续说:"不过,文嘉算是倒插门,生的孩子要姓任。"

刚回过神来的许家父子又傻了。但只是一瞬,李晓琼就反应过来,"当然不行。我说过,文嘉永远不可能倒插门,我孙子也必须要姓许。"

见许文嘉闷着头不吭声,怒气冲天的任盈盈端起杯子泼向他,"你别他妈的以为自己是朵花。别说你,我离了谁都能过。许文嘉,告诉你,今天的见面是个错误,以后,你走你的阳关道,我过我的独木桥,以后你敢再找我,我敲断你的狗腿。"

这话够泼辣,怒了的许母腾地站起身,但还没来得及说什么,就见任盈盈手中的空茶杯向儿子直直飞过去。

呆呆望着任盈盈的许文嘉结结实实被砸了,顿时,被砸的鼻子鲜血直流。

任盈盈大哭着跑出包间。

这场面根本无法再谈下去,任父任母有默契地站起身,在许文嘉的"阿姨叔叔你们别走"的劝慰声中离开酒店。

许兵瞪着李晓琼,"这就是你想要的结果?!"

李晓琼气呼呼地指着追任母任父出门而去的儿子背影,"这个死小子,也不知道随了谁。那丫头有什么好,'粗口成章',居然还敢打伤我儿子的鼻子。"

许兵冷哼一声后起身往外走,"母强儿必弱。文嘉性情这样还不是你整天呼三喝四造成的?照我说,你儿子是该被砸,连心爱之人都不能保护,女人要他还有什么用?"

"你……你这个死老头子。"李晓琼怒不可遏。

任盈盈早已跑得没影,许文嘉只好跟着任父任母走,任父任母说的难听话他都默默接受。他知道,如今这场面是他造成的。

任旭军伸手招来一辆出租车,林秀萍临上车前狠狠地瞪了一眼许文嘉,"我女儿要有个三长两短,你看我怎么收拾你。"

任旭军拒绝同乘一辆车,许文嘉只好另招出租车。

到了任家楼下,抬头见任盈盈卧室的灯是开着的,他轻轻松口气。说实话,他真怕她出什么事。

看到任旭军和林秀萍一前一后上楼后,他掏出手机给任盈盈打电话。接通后,任盈盈咆哮着骂他,"你找死的吧。"

"盈盈,我在你家楼下,你下来,我们再谈谈。"

"谈什么谈。"

许文嘉看见任盈盈的窗户打开了,然后见她扔下一个黑糊糊的东西,啪的一声掉在他眼前。

他拾起来发现,那是他买给她的手机。自然,已经被摔成了碎片。

然后,窗口陆续扔下很多东西,小饰品、背包……全是他买给她的东西。

许母许父一直坐在客厅等许文嘉。

直到凌晨,微醉的许文嘉终于进了家门,他像没看见父母似的径自往自己房间走,许父看得直叹气。

怒火仍然高涨的许母站起身,"文嘉,过来坐。"

许文嘉停步回头看一眼她,"如果还是房子的事就不要说了。"

许母惊疑,"你答应她爸妈做上门女婿了?!"

许文嘉自嘲地笑笑,"我现在就是想做他们家也不会答应。妈,你以后别再管我了。"

儿子的话让许母紧张起来,"他们家不愿意了?那丫头肚子里的孩子怎么办?那可是咱家的骨肉。"

许文嘉低头看看手中装着被任盈盈摔的各种礼物碎片的袋子,"你连咱家骨肉的妈妈都不要,他还有可能平安降生吗?"

许父紧张了,"你是说盈盈会打掉孩子?"

许文嘉很无奈地摇摇头,然后没接话就走进了自己房间。

许父许母一前一后地跟进去,许父先说:"我不同意她打掉。"

许母接着说:"那孩子可不是她一个人的。"

许文嘉把被子拉高捂住脑袋,许母等了几分钟后见他仍不吭声,她一把拉下被子,"你怎么不说话?"

许文嘉翻身坐起来,生气地说:"我说什么,你不是都把话说完了吗?盈盈她妈太清高,你没相中;房子不会卖,你要等拆迁,因为拆迁比卖掉划算;孩子不能打,因为那是许家的骨肉。妈,你都有主意了,还让我说什么啊?"

这是埋怨,这是责怪,许母哪有听不出之理?一向柔顺的儿子突然发飙,让她有些愣,愣过之后就习惯性地又想发脾气。

许父发现儿子难掩的伤心,赶紧打圆场,"他妈,你让儿子陷入如此境地,他怎么可能再去要求盈盈不要打掉孩子?都退一步吧。"而后对许文嘉说:"老房子卖了,那房子太旧卖不上价,听盈盈她爸的意思他们家有闲钱,看能不能赞助你们一些。你也别怪你妈,那房子本来是我们俩的养老钱,这么一卖,别说你妈心里没底,我这心里也没底。"

"害怕我们不孝顺?"

许父叹口气,"现在住的房子花光了手中积蓄,我和你妈万一有个病有个灾的,最起码还有套房子。唉,不说了,明天我去中介公司登记一下,还是卖了吧。"

听到卖房两字,李晓琼心里咯噔一下,她本能地厉喝一声,"我不卖。"

听了父亲的话后许文嘉沉默了,他是孝顺的孩子,不希望父母生活得不踏实。因此,听到母亲的吼声,他没有不痛快,他只是觉得心里悲凉,"妈,咱不卖。"

李晓琼噙住泪问:"盈盈会同意嫁过来?"

现阶段,这根本不可能。许文嘉沉默了一会儿,"我先在她家住一阵子。盈盈她妈没退休,等盈盈生了孩子后没人照顾,到那时候顺理成章我们就回来住了。"

林秀萍根本不会同意,李晓琼明白,这是儿子的美好愿望。她内心十分清楚,即便是找月嫂,林秀萍也不会同意已经住到家里的女儿女婿离开,赌气是一方面,最主要的原因是想和子女住在一起,年龄大了都有这想法,她懂。所以说,如果不想失去儿子,买房是必须要做的事,想到这,她脸上流下两串泪,"明天我和你爸一道去中介公司登记。"

许兵轻哼一声,"以后说话带着脑子。早晚得卖,何苦在饭桌上让盈盈和亲家难受?"

见母亲突然间像老了十岁一样,许文嘉赶紧制止父亲的责骂,"盈盈脾气急,但人不坏,她没什么心眼,不会记仇。"

许母此时已泣不成声。

母亲虽然伤心,但总归是同意了。

许文嘉很想第一时间通知任盈盈,但是,这个非常时期,他不敢打她家里的座机。于是,好不容易挨到窗外天色灰白,他起床便往任家赶。

路过永和豆浆,买了四人份早点。虽然心里忐忑,但他仍然敲响了任家的门。

开门的是林秀萍,她直接堵在门口。

许文嘉哀求,"阿姨,我妈已经同意买房了。"

任母开始冷嘲热讽,"呦,你妈同意就算没事了?现在,你要先问问我愿意不愿意把女儿嫁给你。"

"阿姨,这……能不能让我进屋说?"

"不必了,我家庙小。"

"阿姨,确实是我妈不对……"说到底,理不在自己这边,况且,的确是自己母亲做得过分了些。不过,一个大小伙子低声下气地说话,许文嘉还真不习惯。因此,一见楼下有拎着早餐上楼的邻居经过,他便说不出话来。

邻居很开朗,见许文嘉也拎着早点,便笑着对任母说:"你家姑娘好福气,能遇到这么勤快的小伙子。"

林秀萍挤出一丝笑容应付一个"哦"字。话音刚落,身子便被任旭军拽回了屋,他冷冷地扫了许文嘉一眼,"还不进来,杵在门口干啥?!"

许文嘉罪人似的站在任父任母对面,先深深地鞠一躬,然后满怀歉意地继续赔罪:"叔叔阿姨,我替我妈给你们道歉。"

任父随手指指沙发,"坐。"

许文嘉老老实实坐到他们对面。

任父仍然冷着脸,"你来就是为了道歉的?"

"我妈同意了。卖旧房买新房。不过,家里确实没有什么钱,新房我们要贷一部分款。"思索了一夜的许文嘉明白了一个道理,那就是,诸如婚房这类大事,在商议结婚这个事情上只能选择实话实说。

任父沉默几秒后,说:"你母亲为什么又改变主意了?"

此时的许文嘉已经知道话是不能乱说的,否则,又是一个矛盾焦点。于是,他选择避重就轻,"我又劝了劝我妈。"

"劝?"任父笑了笑,"既然你妈听劝,以后再遇到这种事你要早劝。我家盈盈还不是没有人娶。"

"以后?我和他没什么以后。许文嘉,滚,滚出我家。"醒来就听到许文嘉的声音,任盈盈拉开房门就开始骂。

许文嘉急忙起身,"盈盈,马上买新房,你别生气了。"

任盈盈三步并作两步走过来,站在任母所坐沙发的旁边,"你家买房跟我们有什么关系。"

"盈盈,别这样。"许文嘉很想过去哄她,但碍于任父任母在场,只好低声哀求,"这样对孩子不好。"

不提孩子还好,提到孩子任盈盈就恨自己,"这孩子不是我一个人的,等会儿你必须陪我去医院。"

任父任母大惊失色。自昨晚从酒店回来,任盈盈便一直躲在房中,老两口以为她担忧挨骂,没料到女儿竟然做了这个决定。

许文嘉也呆了。

任盈盈显然没有住口的意思,"现在滚到楼下等着去。"

许文嘉意识到出大事了,他顾不了太多,走上前把女友搂在怀中,"盈盈,你打我骂我都行,就是别拿孩子赌气。是我没用买不起房,全怪我,让你受委屈了。"

闻着男友身上熟悉的味道,任盈盈心软了一下,但很快,她又想起了昨晚令父母"受辱"的事，顿时，她再一次怒不可遏，推着许文嘉怒吼："滚不滚？你滚不滚？"

冷眼旁观的任父轻叹一声后开了口："你们俩都坐下。"

任盈盈挣脱许文嘉的手，坐到母亲身边，许文嘉又坐回到原来的位置。任父看着许文嘉，"你们婚前必须买房，我不希望我女儿住在别人家的屋檐下受气。文嘉，既然在婚房这个问题上你母亲曾有不同意见，我觉得今天虽然有改变，还是应该由你母亲告诉我们。"

许文嘉明白这是任父在争脸面，昨晚母亲说的话确实有点伤人心，他不能怪任父这么做。

见许文嘉没有及时接话，任父问："有困难？"

许文嘉匆忙回过神来，"没有没有。我会让我妈亲自告诉你。"

任父看一眼女儿，"坐到对面去。"

任盈盈不情不愿地起身，坐到离许文嘉最远的地方。

任父狠狠地瞪她一眼，"做错事的是你们，你们没有权利拿孩子撒气。既然把他带到这个世界上，就应该有心理准备去好好养育他。买了房子后，赶紧搬出去。"

任盈盈两眼泪花，却不敢在父亲面前多说一句话。

许文嘉一个劲地说："是。"

任母显然心里还有气，"文嘉，你叔叔这么说并不是说我们就同意了。我告诉你，房子一个月内定不下来，我会陪盈盈去医院。马上就显怀了，我们家丢不起这个人。"

任父起身进了厨房，显而易见，他老人家并不反对任母的想法。

许文嘉一直点头，"阿姨，你放心。"

任母冷哼一声后也起身进了厨房。

任盈盈愤而起身，"现在可以走了吧?!"

许文嘉连忙去拉她的手，"盈盈，我……"

任盈盈快速躲开，她走到自己房间门口停了下来，不过没回头，"如果房子上再有什么事，你就不用再找我了。我虽然不想用房子衡量自己的价值，不过，我没有跟脾气火暴的婆婆生活在一起的心理准备。"

听着她用力关上门的响声，再看看厨房里任父任母的背影，许文嘉落寞地离开了。

走在路上，他不停思索，婚姻还没有开始就在房子面前跌了一跤，到底是两人的感情还没有到走进婚姻的程度，还是房子果真是婚姻进行的前奏？想了很久，直到走到一知名小区时无意抬了下头，看到"有房了结婚吧"那句广告词，他悲哀地笑了，看来是后者，当今社会，房子果真是婚姻进行的前奏。

他知道，他必须在一个月内搞定房子的问题。因为，他确信自己是深深爱着任盈盈的。

静下来时，吴子琪经常盯着席青诺看，有时候，一看就是很久。席慕凡注意到后，用开玩笑的口吻对她说："孩子跟着亲生父母才会幸福。"

除了对待父母弟妹上的事，在其他方面，吴子琪是还算理性的人。她明白席慕凡的潜台词，当然，内心也同意他的言论。

其实，刚自新郑回来她心里对一辆车五年纯利润这件事还是有点别扭，但经过旁敲侧击，她得知依据今年业绩，五年利润很有可能就是五十万元。这个数目不小，况且，席慕凡也在闲谈时把这项提议的本意告诉她了。他说，他只是不想让吴子涛坐享其成，他希望吴子涛用五年的时间学会经营，学会操心，他希望吴子涛终有一天可以自己撑起整个吴家。他不希望岳母把希望一直寄托在吴子琪身上。

吴子琪的心里自然十分感动。

而新郑方面，在母亲的逼问下，吴子涛已经把五年纯利润的金额说了出来。吴母听到后万分后悔，她狠狠地骂自己的儿子不知好歹。可是，拒绝的话已经说出，她没办法再对女儿施压。就这样，吴母为子借钱买房风波过后，小夫妻俩的生活很是平静了一阵子。

虽然不情愿，可在许父的逼迫下，李晓琼跟任家通了电话，电话是林秀萍接的，口气自然不怎么好。放下电话后，李晓琼就开始放声大骂。

在自己卧室研究楼盘资料的许文嘉一头扎进被子里，双手紧紧捂住耳朵。

就这样，虽然两家心里都难受，但该办的事还是一样也没落下。

只是，房子实在太旧，而许母又很想卖个好价钱。看房的人一拨一拨来了又去了，可是，房子依然没卖出去。

许文嘉心里虽然着急，但实在是不想催促父母，他理解他们。

着急的是任家。算起来，任盈盈有孕已经两个月，可是，婚事还遥遥无期，每次见面她都追问许文嘉："房子卖掉了吗？"

心虚又无奈的许文嘉闪烁其词，"有几个人来看过房子，可是他们给的价钱不合适。这事不能着急，着急卖不上价钱，你想想，多卖点钱咱俩就少贷点款。"

这话说得不错，但是肚子不等人。任家左等右等都等不来消息，万般无奈的林秀萍就对任盈盈说："咱也别难为许家了。告诉文嘉，收拾收拾东西来这边住吧。房子可以不买，婚礼得办得像样点。"

这天下午下班后，任盈盈将母亲原话告诉许文嘉。

两边为难的许文嘉无奈地嘟囔道："没房子就结婚的多了去了。再说了，我们家又不是没房。一百四十多平方米，三室两厅，还不够一家人住?!盈盈,回家好好劝劝你妈,老房子拆迁也就是这一两年的事,现在卖掉太不划算了。"

任盈盈听出了门道,"你们家是不是压根就没打算卖,你们这是拖我的吧?!"

这事说不好马上就会产生新的矛盾,许文嘉赶紧解释:"我就这么说说。房子已经在顺驰登记过了,你不信可以去查信息。"

任盈盈摸摸小腹,"回家催催你妈。"

许文嘉踢了一下脚边的石子,"老房子值不了几个钱,现在的房价又高得离谱……"

眼看孩子月份越来越大,在结婚这个问题上却始终达不到心里预期的标准,任盈盈很伤心,"我不管,反正这是你家的事。你妈不是不想卖老房子吗,也不是不可以。你父母去住老房子,我们住你们家现在住的那套房子,除非你想住到我家来。"

许文嘉很无奈,他是真喜欢任盈盈,否则哪会容她说这么放肆的话?其实,他也不想住在老房子里,于是,他说:"住你家不可能,我回家催催我爸妈。盈盈,跟你商量件事,不过,事先说好,你不能生气。"

任盈盈向来反应比较快,因而,许文嘉还没有说什么事,她已经猜得八九不离十,这方面她有自己的考虑,"不行,我家在房子上不能出钱。你也不想想,如果我们过不长,我家出在房子上的钱能收得回来吗?"

许文嘉底气不足地争辩:"我们为什么过不长,都有孩子了。"

"有孩子后离婚的多了去了。这个问题没有商量的余地。"

许文嘉很无奈地小声嘟囔:"我们怎么可能会离婚?我们彼此多相爱啊。"

"不行不行,就是不行。"实在气恼双方父母见面时李晓琼的所作所为，因此，说这些的时候任盈盈多少有点赌气的成分。

见女友大声反对，许文嘉只好说："我尽力吧，但是，不排除有我们承受不了月供的可能。"

"我们承受不了，还有你爸妈呢。你妈不是挺厉害的吗？"

"你……"已经走进任盈盈家所在的单元，许文嘉不想再对她说难听的话，于是，他冷冷地说，"那我也没有办法了。"

"你……"楼洞里有邻居进出，生气的任盈盈也只能干瞪眼。

"我回家了，你上楼吧。"许文嘉头也不回地走了。

家里冷冷清清，许文嘉知道母亲又去二手房中介公司了。他想和母亲谈一谈，他要提醒母亲老房子就是老房子，奢望卖个高价那是不可能的，他希望母亲正视当前的实际情况，还是尽快把老房子出手。

等了整整两个小时，母亲才唠唠叨叨地进门，"什么人啊，十五万元就想买六十平方米的房子，脑子出毛病了吧。"

许文嘉赶紧起身接过李晓琼手中的菜袋子，"妈，你要面对现实，咱家那老房子确实太旧了。算到今天，差不多有十个人来看了吧。出价最高十八万元，最低十四万元，我估计也就这价了。"

李晓琼边换鞋边发表不同意见，"那万一拆迁了呢。那地段六十平方米绝对值四十万元。"

许文嘉头皮发麻，"那不是没拆迁吗？妈，盈盈怀孕差不多两个月了，咱得抓紧时间。"

"那是她作孽。"

"妈，错了。那是我作的孽。"

"你们俩作的孽，行了吧。她家又催你了？"

"能不催吗？妈，价钱差不多就卖吧。"

"不行。价低不能卖，太亏了。"

"妈——"许文嘉拖长声音哀求,两面受气的日子他过够了。早知道结婚也这么麻烦,他说什么都会抓紧裤腰带,可是,后悔是解决不了任何问题的。

就在母子俩争辩时,许文嘉的电话突然鸣响,一看是任盈盈的号码,他赶紧接通,"宝贝又折磨你了?"

"关你屁事。"

关我屁事还给我打电话?许文嘉在心里暗自嘀咕。此刻,几个小时前分别时任盈盈那番话带来的不痛快已经烟消云散。同时,他异常明白老虎屁股是什么时候都不能摸的,否则,咆哮怒骂是免不了的。因此,他极力让自己的声音听起来愉悦一些,"明早想吃什么?"

现在,每天他都接送任盈盈上下班。往常,听了这话任盈盈通常会报出想吃的早餐。今天,正当他竖着耳朵等回话时却听到任盈盈压抑的啜泣声。

顿时,他慌了,"盈盈,怎么了,又难受了?"

"我妈说明天陪我去堕胎。"

"啊,为什么?"

"我告诉她,你们家估计不是真心卖房。"

"你……"许文嘉有点不知道该说什么好,他随口发的牢骚被任盈盈误会了,他伸手扇一下自己的嘴巴,"房子下午已经说定了,这周内就会办过户手续。"

"真的?"

"当然是真的。"

"我明天吃宋家馅饼。"

"好了好了,我知道了。我正准备洗澡,不聊了啊。"匆忙挂断电话后,许文嘉告诉李晓琼,"妈,这周内房子卖不出去,盈盈就会去堕胎。"

"她敢！"李晓琼暴怒。她对任盈盈已经完全没有好感，内心里，她真想晾一晾任家，她要让任家明白，她的儿子也是优秀的，不买房照样也能娶到比任盈盈更出色的妻子，"文嘉，好姑娘多的是，咱不要她了。"

"我非她不娶。"

"这房子我不卖了，她爱嫁不嫁。"等拆迁与现在卖，中间差价将近三十万元，李晓琼想起这事心尖子就直哆嗦，"晚上吃什么菜？"

"不吃了，饿死算了，做人真没意思。呃，对了，明天不要叫我，不想上班了，没意思。"

"跟我较劲？"

许文嘉歪倒在沙发上，"没有，我实话实说。妈，我突然觉得做人挺没意思的。上学上班，不就是为了生活得更好一些吗？可是，如果生活在不是自己想过的生活中，那上班还有什么意思？"

许母坐在许文嘉对面，"你想过什么生活？"

"目前最想的是和心爱的女人无忧无虑地生活在一起。"

许母冷哼，"不还是房子吗？你这孩子怎么这么不开窍？"

"不用再开窍了。明天我就陪盈盈去堕胎，然后，我和她在外租套房，我和她什么时候攒够了钱什么时候就买套小房子。买完房子后得赶紧生孩子，要不然，还真不知道能生不能生。"许文嘉拿着电视遥控器一直换台。

"她有病？"

许文嘉看向母亲，一脸的莫名其妙。

"你说什么能生不能生，什么意思？"

许文嘉再次把目光投到电视上，"她现在身体很健康。我的意思是照我们俩的工资，攒个首付大概需要十几年，十几年后谁会知道我们的身体状况怎么样？"

许母又怒了,"死小子,你……"

许文嘉换了遍后没发现中意的节目,他随手扔掉遥控器,晃到自己房间门口时,对母亲交代:"晚上不要叫我吃饭。呃,对了,明天我要睡懒觉,也不要叫我。"

许母愣了。儿子这招出乎她的意料,不过,看来不卖房子是无论如何也行不通的。顿时,她的心又像被人插了把刀,疼得难受。

Chapter 4　置业风波

考虑到女儿青诺再过半年就要入学,席慕凡便和吴子琪商量在文化路一小附近买房。

这也是吴子琪一直牵挂的事。

文化路一小与实验中学毗邻,只要房子买对了,青诺小学上完后顺理成章就会被划入实验中学。文化路一小与实验中学都是全市重点学校。

席慕凡考虑得十分周全,很合吴子琪的心意。

于是,夫妻俩把学校附近的新楼盘全部考察了一遍。最后,席慕凡决定选择富田文博。这个小区位于实验中学后门,小区大门距两个学校只有百步之遥。

吴子琪唯一不满意的是房价。因为这个小区特殊的地理位置,这里的房价居然每平方米高达八千元。要知道这座城市的普通房价也就是每平方米六千元出头而已。

房子一百五十六平方米,算起来要一百多万元。吴子琪算来算去,家里户头里的钱只有三十万元,显然不够。去年公司分红后,席慕凡名下添了两辆大货车,之后又买了那辆途观,买途观时席慕凡坚持贷了十几万元,要不然,连那三十万元也没有。

二套房首付百分之五十,要六十万元,资金缺口太大。

吴子琪开始夜不能寐,她太希望女儿能进一所好学校了,可是,也不能不考虑经济问题。公司里是有钱,可是,创办公司之初,两个人就说过,公司要和家庭分开,一切家庭计划都不能影响公司的正常运营。

这天,已是深夜,躺在床上的吴子琪依然辗转反侧。

背对着她的席慕凡忽然开口,"这种事你不用操心。下周就把房子定下来,晚了,户型咱未必合意。"

"可是,缺口太大。贷太多的话不划算,白给银行利息。"

席慕凡早已习惯了吴子琪这种小女人的担忧,"公司一直运转着,你怕什么。花银行的钱提前住我们的房子,也不错。快睡吧,你这翻来覆去的,我也睡不踏实。"

吴子琪知道席慕凡说得不假,公司也确实经常向银行贷款,可是,摊子太大了,她心里总感觉不踏实,总害怕今天还是衣食无忧,明天就会露宿街头。现代社会,商人都极擅长资产运作,这种事不稀奇。

因此,她虽然不再说话,但依然还是睡不着。

但是,这并不能阻止什么。房子如期买了,首付六十万元,贷款六十万元。交款那天晚上,兴奋过后的吴子琪问席慕凡,"家里只有三十万元,另外三十万元借谁的?"

"周波十万元,我姐二十万元。"务农的姐姐三年前开始做水产生意,据说生意极好。

吴子琪有些不悦,"为什么不提前和我说一声?"

"说不说又有什么关系?"

"说好什么时候还了吗?"

"姐没提。我说了,年底公司分红后我还她。"

吴子琪没再多说。吴子琪对席家人很有意见,如果说首套住房席家没出一毛钱这件事是因为家穷还说得过去的话,可生了女儿后婆婆没来看护孙女,这是吴子琪最痛恨的事。她生青诺时,席家大哥的儿子刚巧开始上幼儿园,吴子琪搞不清楚婆婆以要接送孙子为理由不看孙女,是因为大嫂为大哥找了工作,还是根本没打算指望她这个小儿媳。这个问题她想了好多年,为此,她还明嘲暗讽地调侃过席慕凡,但她始终搞不明白婆婆的真正想法。青诺一天一天长大了,而婆婆也始终没来郑州打扰过他们的生活。慢慢地,她就不想这些事了,有时候,她甚至有些庆幸,如果是因为没有看护孙女而羞于来他们家,那就太好了。多年不走动,导致她对席家人越来越冷淡,能避免见面就避免,避免不了就尽量少交流。

所以说,乍一听到席慕凡借了大姑子的钱,吴子琪心里很不爽,"你姐这几年挺有钱的。"

"整天身上一股子鱼腥味,辛苦钱而已。"席慕凡翻个身,"你改天给我姐打个电话,表示一下感谢。"

吴子琪把床头灯熄灭,"姐姐帮弟弟,我这个外人感谢什么啊。"

黑暗中,席慕凡的鼾声轻轻响起。特别劳累时,他总会打鼾,声不大,并不影响身边人休息。不过,吴子琪心中正不爽,所以,她重重推他一把,鼾声间断了几分钟。

虽然不情愿,但吴子琪还是给她大姑子席芳打了通电话。礼貌性地寒暄后她简明扼要地表达了谢意。席芳自然清楚弟媳不喜欢自己家里人,因此,也只是客气地说,兄弟姐妹之间帮忙很正常。

因是现房,交过钥匙后就可以进行装修了。

而吴子琪的单位虽然是企业,可是,并不是生产企业。岗位工作很清闲,时间当然也宽裕,于是,装修理所当然成了她的头等大事。

看了无数套样板房,吴子琪发现一个问题,那就是千篇一律都是那种模式,看来装修公司对每家的设计大体上是换汤不换药。吴子琪决定自己设计,请人施工。

只是,她觉得席慕凡不会同意。

借了席芳的钱,这让吴子琪心里很不舒服,她希望把请装修公司的钱省回来,然后尽快还给席芳,她不想欠席家的人情。

于是,这天下班后她提前回家从幼儿园接回女儿青诺,然后母女俩去超市采购菜和食品。等席慕凡回到家里,母女俩已经等在餐桌旁。

席慕凡很奇怪,"今天妞妞没上课?应该有古筝课吧?"

席青诺的目光恋恋不舍地从餐桌上移开,然后,小姑娘脆生生地回答爸爸的话,"妈妈给老师打过电话了,我们明天去。"

席慕凡边换鞋边问妻子,"为什么要改?又没什么事。"

吴子琪笑笑,"吃完饭再和你说。"

"说,不说我哪能吃得下?"

"不是大事。"吴子琪继续卖关子。

席慕凡走进卫生间,边洗手边扬声跟母女俩说话,"妞妞,什么事?"

"妈没告诉我。"席青诺见父母没注意,小姑娘飞快捏块排骨扔进嘴里。

席慕凡出来坐在席青诺身边,"这么一大桌子菜,真是小事?"

吴子琪不好意思地笑笑,"文博的房子我想自己设计。"

"我们?"席慕凡准备夹菜的动作停下了。

"是我,不是我们。"吴子琪坐在父女俩对面,"我这几天看了十几套样板房,发现装修虽然风格不同,但布局摆设基本上大同小异。而这些网上都有样板,没必要掏那份钱。"

席慕凡马上明白症结在哪,他有些好笑,"子琪,我们还不缺那份钱。之所以借我姐的钱,只不过是不想坏公司的规矩。公司今年赢利不错。"

吴子琪仍然坚持,"明天是我生日,今天你答应这事就算提前给我过了。"

席慕凡不同意,"我宁可你提其他要求。子琪,万一咱的新房被你搞得土不土洋不洋,住着你不觉得别扭啊。"

"先让我设计,样品图出来后,你如果觉得不行咱再找装修公司。"吴子琪的语调已经有点撒娇耍赖的意味了。

席慕凡眼里隐着的都是笑,席青诺却已哈哈大笑,"妈妈,羞羞,和爸爸撒娇。"

席慕凡憋不住也大笑起来。

吴子琪笑骂女儿,"臭丫头,敢扯妈妈的后腿。"

席青诺直冲她做鬼脸。

吴子琪继续软磨硬泡,"慕凡,行不行啊?"

席慕凡止住了笑,"行。不过,如果你的样图我相不中,今天这事只当没发生过。"

第二天,正陪壹家方面的负责人打牌的席慕凡接到吴子琪的电话,"慕凡,晚上你送妞妞去上课。"

上次因为席慕凡临时赶往新郑,导致壹家方面的负责人拒绝签约。席慕凡回来后及时补救,终于,壹家的负责人答应这周五上午签约。为防出现变故,签约之前席慕凡自然舍命陪君子。席慕凡没有丝毫犹豫就直接拒绝，"还是你送吧，我这正有事呢。"

"我也有事。"

"你有什么事，今天不是你生日吗？不回家过？"

"生日昨天已经过了。"

"那不算。"

"我说算就算。慕凡，咱都老夫老妻了，不特意过那个。说定了，你送。"

"你到底有什么事？"

"我在东开发区看样板房，就是现在往回赶，时间也紧张。"

席慕凡看看表，确实不错，离席青诺上课的时间只有半个小时。席慕凡在心里埋怨自己，不应该答应吴子琪自己装修的事，真是误事。

一直等他出牌的壹家的负责人问："有事？"

"我爱人有点事，孩子马上该接了。李总，这样，我们休战半个小时，半个小时后我肯定赶回来，咱们再继续。"

壹家方面的负责人似乎也想结束牌局，"今天到此结束，周五再见。我儿子上小学二年级，我和我爱人也时常因为接送问题发生口角，真是令人头疼。"

席慕凡含笑感谢他的理解，牌局散后他急忙往幼儿园赶。路上堵了会儿，接到女儿时幼儿园里小朋友已经走得差不多了，席青诺为此很不高兴。

席慕凡哄了好久，小姑娘才算露了笑脸。可是，席慕凡发现，他根本不知道女儿在哪上课。

于是，吴子琪回来后，席慕凡建议，以后给女儿重新找老师登门教，上小课，虽然价格高一点，但避免了接接送送的麻烦。

老房子最终以十六万元出手,办完过户手续回来的那天,李晓琼躺在床上暗暗落泪。

许文嘉心里很惭愧,他觉得很对不起母亲,为了自己的婚事卖掉了父母本来用来养老的房子。听到母亲的啜泣声,坐在客厅里的他无地自容。

许父看看卧室里的妻子,再看看神色落寞的儿子,他轻叹一声后坐到许文嘉对面,"你妈心大,过两天就好了。你先去盈盈家一趟,买哪的房子还是要征询一下她的意见。"

"这事咱说了算,没必要征询她家的意见。"许文嘉心里有点恨林秀萍,把母亲逼成这样,很大责任在她。

"九十九拜都拜了,还差最后这一拜?去,现在就去。"

许文嘉沉着脸离开家。

到任家楼下,许文嘉给任盈盈发信息,告诉她旧房已经出手。任盈盈回复很快:你上楼。

许文嘉想让任盈盈知道那套老房子对母亲来说意味着什么,他希望任盈盈能因此改变对母亲的看法。他明白,这些话不能在任家说,林秀萍会有一万个理由给任盈盈灌输另外的观点。

任盈盈却以为他惧怕她母亲,很快,她的电话来了,"我爸妈不在家。"

许文嘉这才上楼,推开门,任盈盈身着宽松睡袍立在客厅直接问他,"卖了多少钱?"

"十六万元。"

"不多,交首付都紧张。"

"所以让等拆迁嘛。都是你妈……"

"不许你说我妈。"

女友虽然寒着脸,但依然美丽动人,而心里有事的许文嘉又很想在气氛好的时候谈论不美好的话题,因而,他快步走过去把她揽在怀里,紧紧地把她环在胸前,"很久没抱你了。"

任盈盈僵硬的身体慢慢软化,"这事说起来怨你妈。要不是她把怀孕这事嚷嚷出来,我妈怎么可能这么生气?还有,上次酒店里她说的那些话,好像我多稀罕嫁你一样。"

"你以为你能瞒得过你妈?!"

"她自己发现跟男友的妈妈告诉她。这有本质的区别。"

许文嘉哑哑嘴没话可说,任盈盈说得不错,这事母亲做得是有些不对。可是,那也是因为林秀萍先说了难听的话啊。不过,他知道,这事再讨论下去也没什么意义。他要趁林秀萍回来前把自己想说的话说出来。

"盈盈,我们很快就能在自己的房子里好好亲热了。"许文嘉的手已经伸进任盈盈的睡袍里。因为有孕而倍显坚挺的胸像面包一样大了一圈,他身上有点热,"那房子本来是我爸妈用来养老的。"

任盈盈羞涩地把脸窝到他颈间,"随着月份增加,肚子会更大。我买了本孕期知识书。"

许文嘉有点把持不住,说话自然有点飘,"盈盈,我希望你以后好好对待我爸妈。"这时候,他的思想和身体都叫嚣着要快乐,不由自主,他拥着女友退向沙发。

"只要她不为难我,我自然会对她好。"长久的争吵冷战令任盈盈委屈到了极点,此刻,已经知道自己要求单独过的愿望将会实现,而男友眼里的深情连绵不绝,本就对许文嘉那副皮囊很满意的她脑子里也慢慢没了杂念。

两个人已经能很熟练地去掉影响他们快乐的"累赘",在许文嘉脱掉女友睡袍,手无意间触到任盈盈略为凸起的小腹时,他一下子清醒了,"盈盈,这样会不会伤了胎儿?"

已经清醒的任盈盈也在心里暗骂自己太大意了，不要说去超市采购食品的父母随时会进门，就说眼前自己身体这状况，这不明摆着是给自己找事吗？自责完她就习惯性地去骂许文嘉，"都怪你。"

许文嘉边帮她穿睡袍边应答："嗯，是怪我。"

任盈盈用手帮他整整衣领，"说买哪的了吗？"

"你有好建议？"

任盈盈很开心，"我要买富田文博的房子。"

富田集团开发的房子价很高，虽然不知道文博小区的具体位置，但房价绝对低不了。许文嘉很婉转地提醒任盈盈，"咱就十六万元。"

任盈盈快速接口道："我们买小一点的嘛。"

"呃……这……"许文嘉很无奈地发现，来问还不如不问，纯属给自己找麻烦。上一个难题刚刚解决，新的难题已经出炉。

任盈盈很不满意他的态度，"买那里的房子，孩子可以上文化路一小和实验中学，而且，实验中学直接有初中部和高中部。"

这些学校都是重点。这种一劳永逸的事让许文嘉也有点动心，"多少钱一平方米？"

"好像是七千多元。"

许文嘉脑袋一懵，"贷得太多咱承受不了。你想想，我们都刚刚上班，工资不高，还得养你肚子里的小不点。"

这是实际问题，任盈盈欢快的笑容顿时没了，"你家里不再添点？！"

"我家真没钱了。要不，让你爸妈适当支援点？"许文嘉看似随意，其实内心万分紧张。他眼睛一眨不眨地盯着任盈盈的脸。

任盈盈怒了，"你想都不要想。"

"我们俩联名买。无论发生什么事，我都不会占什么便宜。"如果任家不出钱，文博这种高端小区压根不用考虑。

任盈盈心头有些松动,这也是个方法。只是,怎么跟爸妈开口呢?

想谁谁来。任盈盈刚想到这里,任父任母拎着两袋子东西就进门了。

许文嘉急忙走上前准备接林秀萍手中的袋子。

林秀萍手一缩,"你来干什么?新房买好了?"

手举在半空的许文嘉尴尬地笑笑,"老房子已经卖了。我爸妈让我过来问问盈盈,新房想买哪个位置的。"

林秀萍与任旭军对视一眼,然后问任盈盈,"你想买哪?"

任盈盈裹裹睡袍,"富田文博。"

任旭军点点头,"那位置不错,将来孩子能上文化路一小。"

见未来岳父岳母进门,许文嘉今天已不可能再和任盈盈交流什么,而且,实在不想看林秀萍阴沉的脸,他想离开,"那里的房价有点高,我估计月供我和盈盈承受不了。"

林秀萍把菜放进冰箱后冷冷开了口,"眼光要放长远点,买房子是人生大事。"

心理上已经完全和母亲在同一战线的任盈盈小鸡啄米似的点头。

许文嘉的心里异常清楚,父母已经尽了全力,他不希望再有新的问题压在父母头上,任家母女是不好说通的,他看向任旭军,"目前我们家能用的只有十六万元,贷款买文博的房子估计我和盈盈承受不了。"

这是事实,任旭军点点头,"你和盈盈商量着来,毕竟是你们俩住,我和你阿姨不发表意见。经济问题是要考虑,不过,长远来看,孩子上学也应该考虑进去。"

许文嘉觉得心里压抑得难受,"会的。叔叔阿姨,我还有点其他事，就先走了。"下楼过程中，他想，既然任父已经亮明态度不会在买房子这件事上发表意见，那么，只要做通任盈盈的工作就好了。

于是，只要两个人见面，许文嘉就给任盈盈讲眼前的现状，讲目前购买高端小区的房子不太现实。居住新房单独过的愿意已经实现，在许文嘉的劝说下，任盈盈终于不再坚持买文博小区的房子。

于是，许家三口及任盈盈一行四人开始看房。

许母有自己的考虑，她不希望儿子背负这么大压力，希望小两口买中低价位的房子，看房过程中她说得最多的一句话就是，"公摊面积少，房间布局合理就行。"

任盈盈虽然不公开反驳，但是，许母说好的房子她通通相不中。她心里有自己的主意，她希望小区环境与房间布局相得益彰，她坚持两者缺一不可，另外，她希望再加一项，那就是附近的学校情况。她是老师，她非常清楚房子位置与学生划片教育的联系。

四人之中最关键的两个人没有统一意见，共同看房当然不可能有一致的目标。整整半个月，没有任何收获。李晓琼相中的房子，任盈盈相不中。任盈盈相中的房子，李晓琼心理上接受不了。

就这样，盛夏过去了。

初秋，连绵小雨下个不停，导致气温骤降。四个人从一家楼盘走出来，李晓琼忍住心头不痛快，问："盈盈，这次又是哪方面不合你的意？"

任盈盈懒洋洋地回答："小区位置有点偏，附近没有学校。"

"以后的事以后再考虑嘛。"李晓琼很希望得到儿子的支持，但许文嘉已经被两个女人同时挤对害怕到了极点，对母亲投来的目光他装作未看见。

任盈盈扫一眼许文嘉，没回答李晓琼的话。对于几年之后换房，她笃定她和许文嘉没有那么大的能力。她宁可选一处位置好的,即使月供多点也无所谓。孩子在肚子里一天一天成长,母爱也一点一点地膨胀,不知不觉间为孩子考虑的成分也就大了些。

见小两口压根没把自己的话听进去,李晓琼恼了,"你们不要买了。"

任盈盈一愣,许家父子已经惊了,他们以为李晓琼又变卦。许兵赶在儿子开口之前斥责她,"又犯病了?"

李晓琼瞪许兵一眼,"让他们住我们的房子,这十六万元我们买套普通的总可以吧。我不上班,你还有五年就退休,位置偏点也没啥。"

任盈盈有点心动,但她不敢轻易答应,现在的她事事和母亲商量,林秀萍没发表意见前她不敢把话说死,"这不太好吧。"

许兵脸色已经舒缓,李晓琼这个主意虽然是无奈之举,但却很实际。最起码小两口不用再贷款,而他们也可以省下一笔装修费。许文嘉也觉得母亲的提议不错。孩子没生下之前父母先暂时住小房子,孩子生下后借着照顾孙子的名义父母可以名正言顺地回来一起住。

任盈盈急着回家跟母亲商议这件事的可行性,于是推掉李晓琼一起回家吃饭的邀请,她急匆匆地赶回自己家了。

许家父子的想法太乐观了。

林秀萍一听女儿的复述就提出了不同意见,"她的意思不就是两套房都没你什么事嘛。"

任盈盈边吃苹果边回答:"不会吧。难道她能用她的名字买?"

林秀萍不屑地冷哼一声,"不会才怪呢。她不用自己的名字,也会用你公公的。她那点花花肠子只能骗骗你和文嘉。"

任盈盈心中的那股感动顿时消失,觉得受到愚弄的她立即拿起手边的电话准备拨打许文嘉的手机。

林秀萍阻止住她,"别问了,问也是白问。"

任盈盈气嘟嘟地扔掉电话。

第二天,上班路上许文嘉兴奋地夸赞母亲伟大时,任盈盈冷冷一笑问:"房子用谁的名字买?"

笑容僵在许文嘉脸上,"他们住自然是他们的名字了。"

果然被母亲料中,任盈盈怒不可遏,"再怎么说咱们也是小辈,怎么能因为结婚把父母赶到小房子里住呢?咱们还是继续看房吧。"

许文嘉愣了。

又看了几套顶尖小区样板房,吴子琪心里终于有了谱。她心情格外好,做饭时甚至哼起了小曲。

刚洗好青菜,手机突然响了,她走出厨房拿起放在沙发边上的手机,有点意外,是她母亲的,自借钱未果后老太太很少给吴子琪打电话。

"妈,有事?"

"子涛在你家吗?"

"没有。他很久没过来了。"

"他已经一周没有回家了。"

"不是外出办事了吧?!"直觉上,吴子琪觉得母亲话里有话,"杨梅也不知道他去哪了?"

杨梅是吴子涛爱人,吴子琪的弟媳。

"我问过了,她不知道。子琪,你们家是不是买房了?"

话题转移得太快,吴子琪一愣,"嗯。现在住的这边附近没有好学校。你也知道,现在学校划片入学,所以我和慕凡才决定再买一套。"

"前几天听子涛随口说的。没听你提过,还以为他说笑呢。"

感觉到母亲似乎有些话不好出口，吴子琪开门见山地问："妈，你是不是有事和我说？"

吴母又闲扯了几句其他事后才切入正题，"子琪，妈和你商量件事。你们搬到新房后，老房子不就空出来了……"

仍是房子问题。这本来就是吴子琪的心病，她没等吴母说完就说："妈，我同意。我们搬出来后房子让子涛住着。"

"子琪，其实……"

"妈——"吴子琪拉长声音截断母亲的话，"咱一家人不说两家话。我和子涛再怎么说也是亲姐弟，我也不能看着他没个落脚的地方。"

"子琪，妈没本事，我……"

吴子琪再次打断吴母的话，"慕凡不会多说，你就放心吧。我等会就给子涛打电话，再怎么着也不能这么长时间不回家啊。妈，你最近颈椎没有不舒服吧。"

母女俩闲话家常一会儿才挂断电话。然后，吴子琪便给吴子涛打电话，很多遍，他都不接。直到席慕凡父女俩进门，吴子琪才听到电话里弟弟的声音，"子涛，你在哪呢？"

"家里。"

"妈刚才给我打过电话。"电话里，吴子琪隐约听到有人说"快出"。

"你在外面打牌？"吴子琪问道。

"姐，别听妈添油加醋，我也就是消磨消磨晚上的时间。"

吴子琪对弟弟这种漫不经心的态度很生气，"我不管你在干什么，今天晚上你必须回新郑。你得让妈跟杨梅知道你在哪。"

"行，我马上回家。挂了啊，姐。"

席慕凡看着气呼呼的吴子琪，若有所思。

吴子琪此刻却没有再和人说话的心情。

于是,席慕凡把席青诺带到房间,哄她睡觉。

睡觉前,席慕凡问吴子琪,"子涛还是经常晚上在外面打牌?"

"不经常。"吴子琪不想让席慕凡知道这些,"睡吧,跑一天了,我很累。"

"如果只是玩玩就算了。如果是赌博性质,你不要瞒我,我不放心调度这项工作交到这种人手里。"

调度在物流公司是个不起眼却又很重要的岗位,吴子琪明白其中的利害关系。她决定暗中劝劝弟弟,但在席慕凡面前犹自硬撑,"他不会的。"

"今天看得怎么样?"

吴子琪马上兴致勃勃,"还是东区的装修风格好,无论是大户型还是小户型……"

听她说得头头是道,席慕凡笑着说:"果真开始专业点了。"

"那当然。"吴子琪沾沾自喜。

"不累了?"

"呃?"吴子琪一下子没反应过来老公正调侃她。

"你刚才不是说累了吗?"席慕凡笑她。

"嗯,确实有点累。先睡了啊。"

席慕凡侧身关掉台灯,"与其把希望寄托到别人身上,不如自己拼几年。无论成绩如何,但总不至于后悔,也不至于把父母置于一个这么难堪的境地。房子,靠别人接济是永远买不了的。"

他说的是吴子涛,吴子琪心知肚明。她知道他说的是事实,可是,她仍然不愿意他批评自己的家人,因此,她翻过身杏目怒瞪,"你不是也没借给他吗?!既然没借,你管他拼还是不拼呢。"

席慕凡嘟囔一声,"不知好歹。对了,青诺的老师你得抓紧时间找，这么接来接去的，时间都耽误在路上了。"

吴子琪打了个哈欠，"子妍说她学校有位音乐老师是科班出身，擅长古筝和钢琴。就是那老师最近忙着买房，不知道愿意不愿意上门教。"

"咱等等也行。中学老师比外面办班的应该靠谱一些。"

夫妻俩所说的音乐老师就是任盈盈。很巧，她和吴子妍是同事，更巧，两个人是无话不谈的好友。

因此，再次接到姐姐的催促电话时，吴子妍约任盈盈外出吃饭。两人心中都有事，自然，吃饭不是重点，重点是小姐妹在一起说说话解解惑。

仍如往常般，任盈盈率先开始诉苦，把心里的苦闷一股脑倒出来后，她问吴子妍，"你说我怎么办？十六万元已是他家全部能用的钱了。他妈这么会算计，和她住一个屋檐下，我肯定吃亏。"

吴子妍还没谈恋爱，这方面提不出建设性意见，她只能用别人的事来劝慰好朋友，"我姐和席慕凡结婚时是租的房，你比我姐他们强多了。"

任盈盈知道吴子琪和席慕凡，那是吴子妍口中常常提起的人，从吴子妍口中，她知道这对夫妻白手起家，六七年间公司搞得有声有色。虽然，吴子妍常恨恨地咒骂席慕凡忘恩负义，但潜意识里，她还是觉得席慕凡不算太坏，毕竟，他只是没照着岳母的要求行事而已，最起码，他对吴子琪一心一意。越想任盈盈神情越蔫，"你姐夫多有本事啊。许文嘉，还是算了吧，我不看好他。"

"哼，忘恩负义的东西，前些天他差点把我妈气病。任盈盈，不看好他还跟他谈？！你得了吧。"

"当初被他的皮囊吸引了呗。"许文嘉长相俊美，任盈盈没有夸张,"现在,后悔死了。我觉得还是应该找有发展潜力的,以后不受罪。"

吴子妍被她逗笑了,"现在后悔也不晚,不是还没有结婚嘛。"

任盈盈低头看看肚子。

吴子妍有些吃惊,"你有了?!"

任盈盈可怜巴巴地点点头,"一不小心的结果。"

吴子妍正色道:"既然有了就要面对现实。"

"我也想赶快结啊。实话说,截至目前我还没有厌恶那副皮囊相。可是,房子没定下来前我真不敢结婚,他妈太能算计了。"提起这事,任盈盈仍然恨恨的。

"他妈最害怕什么?"

任盈盈想了想,"她最担心的是自己养的儿子住在丈母娘家。"

吴子妍笑了,"那好办。你现在就怂恿许文嘉住你们家。房子没买定前绝不挪窝。"

"这行吗?"

"试试不就知道了?"

任盈盈有些心动了,"那就试试。"

吴子妍点点头,"盈盈,本来我想求你件事的,不过,你怀孕了,就算了。"

"什么事?"

"我姐让我给她女儿找个古筝老师。我想着,这不是你的专长嘛……"

Chapter 5　致命打击

就在任盈盈撺掇许文嘉住自己家时,许家发生了一件很重大的事。

许家刚刚出手的老房子准备拆迁了,而且,拆迁户能回迁。那意味着两年后原位置的老房子可以变成新房子。

李晓琼跑去问了附近楼盘的价格,均价是六千九百元每平方米。六十平方米的房子就是四十一万元,而且还是现在的价格,依照房价目前的涨幅,两年之后价格绝对又是一个意想不到的数目。回家的路上,李晓琼就觉得腿软绵绵的。仓促之间卖的房子亏了二十五万元,二十五万元能干什么,用处大了去了,有了这钱,她和丈夫可以无忧无虑地过完下半辈子。有了这二十五万元,为儿子买婚房还至于这么难吗?

说到底,都是任家母女惹的祸。她们害她白白丢掉二十五万元,她一辈子的工资。

走着走着她就流泪了。回到家后,抱着许兵的膀子她号啕大哭,

"文嘉不能娶那个扫帚星。"

许兵心里也不是味儿,李晓琼这反应证明老房回迁的消息是确切的。但既成事实的事,他不愿埋怨任何人,也不愿儿子婚事再起风波,于是说道:"房子已经卖了,算了。文嘉愿意就行了。"

"二十五万元啊,我一辈子也挣不来这么多钱。"

"算了,别想了。"

"二十五万元……"经受不住这个打击的李晓琼念叨着这个让她崩溃的数字晕过去了。

这不能怪她,当初卖房时她就极力反对。本来可以坐享其成,现在是拿着钱买不到房,这个打击对一辈子精打细算过日子的她是致命的。

闻讯赶回家的许文嘉呆了。

已经苏醒过来的李晓琼坚决告诉他,必须和任盈盈分手,否则,她将不认他这个儿子。在这节骨眼上,许文嘉不敢再刺激母亲,他言不由衷地点头,"你放心,我肯定和她分手。"

躺在床上的李晓琼再次大哭,"二十五万元啊,二十五万元。她林秀萍真不是东西啊!"

许家父子相视一眼后不约而同地叹了口气。他们都想着李晓琼是伤心过度,过两天接受了这个事实就能好转。可是,没想到,李晓琼似乎越来越严重,睡的时候不停地惊醒,醒的时候不停地念叨那二十五万元和咒骂任家母女。许家父子意识到问题有点严重,他们劝李晓琼去看心理医生,李晓琼把父子俩骂得狗血淋头,"都是你们俩逼的我,要不然我不可能去卖那套房!这天底下没女人了,就她家闺女好?"

许文嘉赶紧闭口。

许兵唯有长叹。

这么过了半个月，任盈盈终于觉得有点不对劲，她追问许文嘉，"房子的事怎么又没信儿了？你妈又有意见了？"

刚开始许文嘉总是转移话题，后来，被逼急了的他烦躁地说："兔子急了还咬人呢。你们都逼我吧。"

任盈盈一愣后就恼了，"我逼你们，还是你们逼我？说到结婚已经两个月了，房子的事你们家却一而再，再而三往后拖。是不是不想结？不想结早点说啊，早散早了，谁也不耽误谁的事。"话还未说完，她已经泪流满面。

见她哭得伤心，许文嘉叹口气，说道："老房子那边已经准备拆迁了，拆迁户可以回迁。你也知道那路段的房价，我妈知道后晕了过去。"

任盈盈这才收了泪，"你妈肯定恨死我们家了。"

"哪有的事。"许文嘉言不由衷，"不过，她心里不痛快倒是真的。真不是拖你，为了咱俩的婚房家里都乱套了。"

"我也不想啊。谁让你老不带套套。"

吴子琪全身心地投入到房屋装修当中。她对自己有信心，因为，她设计的样图得到了一向挑剔的席慕凡的表扬。

每次想到席慕凡看到设计图那瞬间的表情，她就止不住得意地偷偷笑。当时，席慕凡说，其实他早已托朋友找了家资质不错的装修公司，但设计的图纸居然还不如她的好。

从测量到材料，她一个细节都不肯放过。这时候，她才知道装修是一个非常耗时耗力的活。后期，一部分电器必须在装修过程中安装，不放心的她甚至请了工休假全天待在新房里监督。

首套房时资金紧张，刷刷墙铺铺地就住进去了。虽然常听别人抱怨装修耗时费力，可没料到居然这么折腾人。席慕凡心里止不住后悔，心疼妻子是一方面，关键是小青诺的接送问题让人头疼。

早上还好，送进幼儿园后他可以心无旁骛地去工作。可晚上接回来后他必须守在家里，根本没时间出去应酬。

有些应酬却是必须要出席的。

于是，他婉转地向吴子琪建议，完全可以请装修公司按照她设计的图纸装修。

可是，吴子琪却不同意，她说她不放心装修公司。

工作还不够十年，工休假只有五天。五天过后，回到单位的吴子琪身心疲惫。

这天中午，吴子琪一如既往地吃过午饭就准备休息。刚有睡意就听到办公室门响了，很不情愿地打开门，来人居然是吴母。

吴子琪心里咯噔一下，母亲这个时间段过来，显然不是小事，她给母亲倒杯水后问："家里有事？"

吴母摇头。

"子涛和杨梅惹你生气了？"

吴母呷了口水，神情略显为难，"没有。妈来是想和你商量件事。"

吴子琪心中一动，她意识到母亲这件事是一件很难说出口的事。她猜测很可能跟上次借钱买房的事有关，因此，她先开了口，"其实，慕凡的提议子涛可以考虑。公司业务开展得不错，一辆车五年的利润不是小数。"

吴母低下头，"慕凡这么做不就是想让子涛欠着他的情吗？别说子涛不愿意，我也不同意。"这虽然是吴子涛的托词，可当面拒绝过女儿女婿，自打耳光的事一向好面子的吴母不愿意做。

吴子琪没明白吴母的意思，"这和子涛借我们的钱不是一个性质吗？妈，你们想多了，兄弟姐妹间借钱周转一下很正常，说不上谁欠谁的情。今年家里确实没钱，那辆车就花了三十多万元。"

显然不信的吴母脸上的神情满是落寞，"自己买房就有钱了?!"

吴子琪微愣一下后赶紧解释："妈，新房是贷款，而且首付还借了他姐二十万元。"

吴母笑了笑没再继续这个话题，"当年你们连房子都没有的时候，你婆家给你出一分钱了?! 你们靠的不还是我和你爸吗？"

吴子琪头皮有点麻，每次提起这件事她心里都有一股说不出的烦躁。有时候，她静下来时她就会想，作为女儿的她还会厌烦这种感觉，作为女婿的席慕凡的厌恶程度更是可想而知。

见女儿不吭声，吴母不再继续。

接下来，母女俩默契地沉默了。

吴子琪有点不知道说什么好。

吴母轻轻叹一声，"这也怪你弟不争气。"

吴子琪默认。

吴母终于把来的目的明说："琪琪，你家那老房子准备怎么处理？"

吴子琪有点回过了味，母亲的来意跟她家那套老房子有关，只是，具体是什么她不敢确定，但她确信不只是让吴子涛暂时住住那么简单。她快速思索了一下，然后实话实说："妈，我和慕凡还没有讨论过这件事。"

吴母直接接口："让子涛买了吧。"

吴子琪愣了一会儿才说："这事我得和慕凡商量。"

"这个决定你都做不了？"吴母很不满意吴子琪的这种态度。

吴子琪摇头，"妈，家里的事都是我和他商量着来的。况且，我们的房子也是贷款买的，而且还有二十万元外债。"

吴母有点生气，"那你们商量商量，有了信告诉我一声。你们那房子,我给你十五万元。"

吴子琪愕然,母亲这种态度出乎她的意料。现在二手房均价已经每平方米五千元,母亲却直接亮明给十五万元。她心里有点难受,不是为了房子多少钱,她想,吴子涛是母亲的儿子,难道她不是母亲的女儿吗?同是子女,母亲为什么不为她考虑考虑呢?她难掩伤心地道:"妈,你以为慕凡能同意?"

"琪琪,妈拉下这张老脸一次又一次向你开口,你不能一次都不帮忙吧?!"吴母显然没把吴子琪的话听进去,她仍希望用母亲这个身份来迫使女儿同意。

很显然,这确实起了些作用,吴子琪很艰难地回答吴母,"我和慕凡说说看,但是,不保证说得成。"

吴母终于露出欣慰的微笑,"依我看,慕凡还是听得进去你说的话。"

吴子琪内心里有点想哭。

心知房子的事对李晓琼打击太大,任盈盈没再催许文嘉。可是,林秀萍忍不住了,她一次又一次追问原因,她想知道一直忙着看房的女儿为什么不外出了,而且是在房子依然没影的情况下。

坚持卖旧房导致许家出了这么大的事,任盈盈不想埋怨父母,他们是为了她好,可是,却也不愿再对母亲无所不言。

家里不能待,任盈盈告诉吴子妍她同意去教课。

就这样,任盈盈的课余时间有了去处。知道她是孕妇,吴子琪给的报酬很高,一节课一百五十元。科班出身的任盈盈自然也不负众望,小青诺进步得很快,席慕凡这才放心。

李晓琼又躺了一周后,心理上才完全接受了现实。

并不知道任盈盈外出教课的许文嘉一连三次扑了空，他再次惶恐起来，担忧任盈盈在躲他。

于是，趁母亲高兴时他说："妈，我想让盈盈先把这孩子打了。"

娶不娶任盈盈都改变不了房子已卖的事实，而且，儿子确实喜欢人家。李晓琼冷哼一声，"又逼你了？"

许文嘉慌忙摇头，"没有。这是我自己的想法，还没跟盈盈商量。"

李晓琼不相信。

许文嘉只好把心中的苦恼和盘托出，"因为有了孩子，仓促之间把结婚提到议程上。可是，双方家庭这么不和睦，我和盈盈夹在中间很难做。既然一切根源在这孩子身上，还是暂时不要好了。我和盈盈也好好想想，到底我们适合不适合彼此。"

李晓琼点头，"前阵子是我心里难受，才不让你娶她的。孩子不能不要，房子会买的，但是，新房必须用我的名字买。"

许家父子同时愣了。

许文嘉先回过神来，"这房子得贷款，还贷的是我和盈盈。你让她去还房产证上是你名字的房子，她会愿意吗？"

李晓琼却坚持己见，"为了她，我损失二十五万元。你们过长了还不要紧，万一过不长，那十六万元还得分她一半。这事就这么定，她愿意你们就买，不愿意你们愿意住哪就住哪，我不管。但先说好，如果她敢打掉这孩子，我们这家门她永远不能进。"

不敢再刺激母亲，许文嘉求救的目光只有投向父亲。

虽然没有明说，可白白损失二十五万元同样是许兵耿耿于怀的事，他说道："以后这类事情不要问我，问你妈就行了。"

许文嘉有点想哭。

因为要躲避母亲，任盈盈下班后时常逛街。可是，逛久了也生厌，于是，她特别盼望去给席青诺上课的日子。不知是不是有孕的关系，她发觉，她很喜欢小朋友。

这天，她甚至带去了她很珍惜的藏书，那是大学时经过导师批注的专业书。

笑看着父女俩从车里走出来，她走上前准备接住席青诺手中的小书包。

席慕凡赶紧制止，"还是我拿吧。盈盈，把你手中的袋子也给我。"

任盈盈心里有点感激，接触了一阵子，她发现席慕凡很绅士，他没有吴子妍口中形容得那样跋扈自私，她发现，他对吴子琪很体贴，对席青诺也很慈爱，家务事也经常从旁协助吴子琪，这些表现是现代新好男人该有的，难道他十分善于伪装？但是，话说回来，他在她面前装有什么意义？似乎，是吴子妍说得有点片面。

见她怔怔出神，席慕凡笑问："怎么了？"

任盈盈随口掩饰，"席哥，副驾驶车门换了吗？看着和后面的色泽不太一样。"

吴子琪轻生这件事除了席、吴两人外，没其他人知道。况且，车门是原装的，席慕凡虽然佩服任盈盈的眼力，但也不想在这个问题上多说，"我不小心刮花，所以就换了。盈盈，今天来得挺早。"

一行三人走进电梯，任盈盈指着他手中的袋子，"我给青诺带了一些专业书，现在估计她还掌握不了，以后会有用的。"

席慕凡衷心表示感谢，其实，为女儿找一个孕妇当老师，他心里还是有顾虑的。没料到事情出乎他的意料，女儿很喜欢这个老师，因为喜欢所以学得十分用心，而任盈盈也确实是位水平很高的好老师。

因担心营养不全面，席、吴两人只让女儿在幼儿园吃中午一餐。通常，下午接回来后吴子琪总先吃点东西垫垫肚子。小姑娘洗了手后像往常一样去餐厅角柜上找点心，谁知翻来翻去都是空盒子，很显然的，家里的点心全部吃完了。

席青诺嚷饿，席慕凡只好跟女儿商量，她们练琴他出去采购食品。

正掀琴罩的任盈盈停下手，"席哥，别出去了。现在正是下班高峰，堵在路上就得一两个小时。青诺，阿姨给你做手擀面好不好？"

这个小区位置较偏，附近确实没有购物中心，任盈盈说的是实话。可做手擀面太麻烦，席慕凡心里有点过意不去，"浪费你的时间多不好意思。"

任盈盈展颜一笑，"我肚子有些饿，正好，在你们家蹭一顿。"

席慕凡笑了，"早知道我买点现成的回来。盈盈，今天辛苦你了。"

任盈盈直接走向厨房，边走边对席青诺说："青诺，阿姨想听着《渔舟唱晚》做手擀面。"

席青诺欢快地应一声后坐到了古筝面前。

任盈盈手脚很麻利，不到半个小时，一锅看起来不错的手擀面便被端到了餐桌上。

已经饿极的席青诺捧着刚盛的面条就往嘴里送。

席慕凡笑着提醒："别烫了嘴。"

小姑娘吃得津津有味，"好吃好吃，跟妈妈做的差不多。"

席家喜欢吃面食，吴子琪做面食的功夫吃过的人没有不夸赞的。听女儿这么说，席慕凡有点不信，他觉得是女儿饿极的缘故，但是尝了一口后他改变了看法。

"盈盈，现代独生子女很少会做饭，听子妍说你家里也就你一个。"

很了不起。这面很有嚼头,看起来你也挺会掌握面的软硬。"席慕凡也忍不住夸奖道。

受到赞扬的任盈盈很不好意思,"做得多了,自然就掌握了。"

席慕凡边吃边随口问:"你特别爱吃面食?"

任盈盈笑笑,"是我妈喜欢吃。"

席慕凡浅浅一笑,"又一个孝顺女儿。"

任盈盈留意到他虽然笑着,但一抹苦涩快速从他双瞳之中闪过。她突然想起吴子妍平常的牢骚话,看来心里不痛快的并非只是吴家人,席慕凡同样不痛快。她内心有些触动,"席哥,有件事想咨询你一下……"话未说完,她便住了口,她意识到自己说多了,这么问很有可能会导致席慕凡对吴子妍有看法,另外,她只是他女儿的古筝老师,她与他似乎还没有熟悉到可以问那种问题的程度。

"不妨直说。"席慕凡的笑容很温和。

任盈盈摇摇头,"现在没事了。"说完,她便准备收拾碗筷。

席慕凡眉梢一挑,"没事就好。这些你不用管,你赶快去上课。"

向席青诺卧室走去的任盈盈心里仍然在想,母亲说什么自己便听什么的行为跟吴子琪有什么区别,许文嘉会不会也像席慕凡一样,对这种行为厌烦到了极点呢?上次他说"兔子急了也会咬人",不是已经说明问题了吗?看来,说话做事之前是应该想一想的。

席慕凡把碗筷收进厨房后给吴子琪打电话,打了几遍没人接听,他便回到客厅打开电视。为不影响女儿练琴,他把电视调成静音。

今天外出应酬时,他发现比他年龄稍大的几个人都是两个孩子,他有点动心。现在,计划生育不像以前那么严了,他希望女儿青诺身边有个伴,无论妹妹还是弟弟,都行。

只是,吴子琪愿意吗?家里并不缺她那份工作报酬,只是,吴子琪一再强调她必须外出工作。她的那家单位是国企,如果再生,势必要辞去工作。她会同意吗？就这么胡思乱想着，两个小时一晃而过。

任盈盈叮嘱席青诺下一步练琴时需要注意的细节后便匆匆往外赶。为晚饭的事觉得过意不去的席慕凡说："今天天气不太好，这里不太好打车，我送你。"

任盈盈边穿鞋边推辞："不用了。"

两家相距很远，况且外面的风刮得又猛了些，席慕凡也担忧怀孕的任盈盈在路上出事，他拿起女儿的外套，"青诺，穿鞋，我们送阿姨过去。"

任盈盈再次推辞道："席哥，真不用了。"

席慕凡打开门，"回来时正好顺路接你吴姐。"

任盈盈这才不再客气。

路上有点堵，看着前方长长的车龙，任盈盈内心满怀歉意，"不会耽误接吴姐的时间吧?!"

席慕凡从后视镜里望了一眼拿着魔方正玩得津津有味的女儿，然后笑看了她一眼，"你吴姐不会这么早。"

从吴子妍口中知道席家正装修新房，而且是吴子琪自己设计的，任盈盈很是羡慕。

"你们的新房买了什么位置的？"任盈盈问道。

"富田文博。"

听到这个小区的名字，任盈盈的话匣子顿时打开，问了房价问了小区设施，问了所有想知道的一切后，她心里开始难受。她觉得无论是为孩子上学还是长久居住考虑，这个小区无疑毫无瑕疵。怎么办？继续逼许文嘉？有用吗？有意义吗？

见她突然间神情愁苦，席慕凡问："晚饭时你想问什么？"

"席哥，如果妻子一直站在自己父母的立场上逼迫丈夫，时日久了，这个丈夫会不会离开妻子？"房子是重要，但任盈盈也不想因此逼跑许文嘉。截至目前,她还是深深爱着他的。要不然,她不会执意留下孩子。

微笑注视前方的席慕凡的笑容僵了,一直用手指敲击方向盘的动作骤然停下,默默地回头看了她一眼,"每个人的承受力是有差异的。离开或是不离开,都不是关键。"

"关键是什么?"

"关键是妻子这么做会让丈夫慢慢心凉,凉的时间长了,感情自然也就没了。"

感情如果没了,离开与不离开也没什么区别。任盈盈陷入沉思,她意识到或许应该改变一种策略,一味逼迫很不明智。

席慕凡也沉默起来,如果不是任盈盈提出这个问题,他从来没往深里想过,如果没有女儿这个因素,他会一而再,再而三地向妻子妥协吗?会一次又一次违背原则帮助吴家人吗?另外,如果说只是因为女儿这一个因素,那他是不是对子琪也已经开始感到心凉了呢?想到这里,他心里一哆嗦,强迫自己不要继续往下想,他曾暗中发誓永不背叛妻子,他要尽最大的努力让妻女一生富贵快乐。他一定会履约,一定会遵守。

席慕凡的话触动了任盈盈,她主动约出许文嘉。已经一周没见面的两人相拥很久才放开彼此。

心提到嗓子眼的许文嘉最终放心,任盈盈的躲避并非是对他完全失望。而且,言谈之中他发现,她居然对自己母亲晕倒一事很内疚,他突然意识到自己女友并非他前些日子认为的娇蛮不懂人情世故,她内心还是很善良的。他想趁热打铁,想用推心置腹的交谈争取女友不再执拗房产归属。

"我们家就我自己,我爸妈的房产以后自然就是我的。其实,房产证上的名字是不是咱们的都无所谓。"许文嘉温和地说道。

任盈盈有点愣。他说的与她想的似乎有点南辕北辙,他把她的理解体谅当做让她低头让步的信号了。她暗骂自己傻,本来她想告诉他,既然只有十六万元,她同意暂时先买两个人能够承受的小面积房子,只要附近有稍好的学校,即便是一室一厅也行,反正李晓琼也同意住小房子。

她突然间就明白了两个人目前的现状,她进一步他就退一步,她若退一步他很有可能就会进两步。爱人双方,理解与体谅不是一个人的事,那是两个人都自觉自愿才能达到预期的目的的事。否则,那根本就是自找气受。

于是,她迅速改变了想法,"我现在给你两条路,一是买房,面积可以小一点,一室一厅就行,但是,房产证上必须是你的名字,而且附近一定要有一所好学校;第二,你住到我家。许文嘉,现在是下午两点,明天这时候给我答复。"

见女友突然像变了个人似的,许文嘉有点惊讶,"盈盈,你怎么了?"

任盈盈站起身冷冷地看着许文嘉,"忘记告诉你了。如果你二选一,我们马上领证;如果两个都没选,明天下午直接陪我去省妇幼做手术。"说完,丢下发愣的许文嘉离开了。

李晓琼自然不同意,她的反应相当强烈。

许文嘉决定放弃这段恋情,放弃任盈盈,放弃孩子。他不能在母亲受到严重心理打击的时候再去逼迫母亲。他对自己说,他与任盈盈是有缘无分。

心疼若裂,他整整一夜未睡。他每时每刻都在回想和任盈盈相处的情形。

早晨起来,两眼布满血丝,咽下母亲做的爱心煎饼,他说:"妈,我准备跟盈盈分手。"

感受到儿子神情不似前些日子,李晓琼心里很不是滋味,"那丫头不满意吧?!"

许文嘉无话可答。

"娶还是不娶,你自个儿看着办吧。想买房就用我或者你爸的名字,不想买你们自己找地方住。"李晓琼神情落寞地离座,向自己卧室走去。

许文嘉觉得心里似被压了一块巨石,沉重至极,连呼吸都有点不畅。他微仰脸长长地舒了口气,觉得气息平稳些时才掏出手机,"盈盈,我们现在去医院吧!"

接到电话后的任盈盈呆了,她不相信许文嘉居然会是这个选择,这个选择对两人意味着什么,她心里很清楚。交往时间虽然不算太长,可是,以她对他的了解,她意识到这是许文嘉冷静考虑过后的结果。

她突然想起席慕凡的话,她明白了,此时的许文嘉已经经不住她及两个家庭的逼迫了。他选择了逃离。

事情变化得太快,她的思维不再正常运转,她被这一巨大打击击懵了。决绝的话是自己先说出来的,挽回的话又怎么能够说出口呢?因此,一阵沉默后她说:"省妇幼门口见。"

一个简短的"好"字后,许文嘉先挂断了电话。

刹那间,任盈盈泪流满面。她走出了自己房间,父母晨练未归,没有任何阻拦的她徒步走到医院。

她没有意识到,她身上仍是一袭单薄的家居服,更没有感觉到,初秋的早上寒气还是很重的。

她的身影出现在许文嘉视线中,他惊呆了,疾步跑上前准备把自己的外套披在她身上。

可是,任盈盈却如避蛇蝎般让开了身子。这是她下意识的行为,做之前没有任何情绪,也没有任何心理活动,她做得自自然然。拒绝了肚子里的孩子就是拒绝了她,这是每个孕中女人都会有的反应,她同样不例外。

显然,这伤了许文嘉,"盈盈……"

任盈盈空洞的目光始终不与他对视,她径自向医院门诊楼走去。

许文嘉不允许她虐待自己的身体,所以,他再一次疾步向前从后面用外套裹住她,"盈盈……"

任盈盈依旧挣脱他的怀抱,"想耍流氓吗?!"她的声音不小,附近行人纷纷看过来。

许文嘉有点挫败。他太清楚任盈盈的性格了,爱恨分明。他知道,从他说出那句话起,他已经不能再碰她的身子,即便是以关怀的名义,她也不允许。

挂号、大夫初诊、术前检查……任盈盈不发一言,她像一个没有生气的木偶一样。只有面前有孕妇走过,她的视线盯在那高隆的肚子上时才有片刻的温柔。但是,仅仅是片刻而已,之后她的神情更悲凉。

注意力全在她身上的许文嘉心里绞痛,陪她堕胎是无奈之举,天知道他有多么爱她,多么希望留下她肚子里的孩子。可是,这只有他自己懂。

初秋的医院并不开空调,一个小时之后任盈盈已经嘴唇青紫。她的异样引起了所有等待做手术的人的注意。于是,若有若无的批评声此起彼伏。听在耳中,许文嘉无地自容,突然间他很希望有个人不是骂他而是狠狠地抽他一耳光。

前面的人慢慢减少，任盈盈的脸色也更加苍白。终于，她前面最后一个人也走进手术室时，她失声痛哭。

已经自责到极点的许文嘉猛地抱住她，"盈盈，咱不做了，咱走。"

任盈盈哭着推开他，起身便往外跑去，速度很快，快到许文嘉都追不上。出了医院，跑过一条长长的胡同，终于，抬不动步子的她蹲下来失声痛哭。

紧随其后的许文嘉从身后搂住她，"盈盈，对不起。是我没用，让你受委屈了。明天我们就去领证，后天我就住到你们家。"

任盈盈反身抱住他，边哭边声讨他，"文嘉，如果不爱你我不会这么珍惜这个孩子。你为什么要打掉他？他之所以来到这个世界是见证我们的爱情的。"

他回答她的是一连串的"对不起"。

第二天，感冒的任盈盈执意先去民政局。就这样，两个人在没有任何人的祝福下领取了结婚证。

任家临时布置的新房虽算不上简陋，但绝对不是任盈盈梦想中的模样。这和少女时期她梦想中的婚礼相差太大，但是，她无法选择。

对女儿期望值过高的林秀萍自然对许文嘉没有好脸色，她没有责骂他，她只是对他视而不见。任父态度也极其冷淡。他们对他只说了一句话，那就是，婚礼你们家也不必办了。

许文嘉在任家的生活如履薄冰。

经历了这一风波的任盈盈像变了个人似的。遇事她不再吆喝许文嘉，她总是十分有条理地与他交谈。许文嘉意识到，即便让她打掉孩子也改变不了房产归属的事狠狠地刺激了她。他明白，这个创伤将永远影响她对他家里人的态度。

感受到她的变化的不止许文嘉一人，吴子琪夫妻俩同样感受到了。

于是，古筝课中间休息的十分钟里，吴子琪与任盈盈有了一个十分短暂的交流。

交流地点在放琴的女儿卧室里。

吴子琪把刚烤的小面包递给任盈盈，"垫垫肚子，孕妇容易饿。"

任盈盈微微一笑，"谢谢吴姐。房子快装修完了吧？"

吴子琪点头，"你今天状态不是很好，是不是有事？"

"对不起。"任盈盈真诚地道歉，她自认为掩饰得很好，没料到还是被别人发现，"我晚点走，会适当延长时间。"

见任盈盈误会，吴子琪慌忙解释："没这个意思。咱俩年龄相差不大，有什么事可以和我说，或许可以帮得上忙呢。"

可是，自堕胎事件后一直无人可以倾诉的任盈盈显然感动了，她噙着泪把和许文嘉决定结婚后两家犬牙交错争吵不断的事和盘托出，末了，她说："吴姐，我是不是太傻了？"

吴子琪很为任盈盈可惜，况且，她并没见过许文嘉，内心里，她十分不看好小市民气息十足的家庭，"有这么个精于算计而且泼辣世俗的婆婆，你这一辈子都得不上她的帮忙。如果你老公有发展前途，你跟着他还有出头的一天。倘若没有……"

吴子琪主动和任盈盈交流，初衷本是希望女儿青诺能有一个固定的水准较高的老师。可是，听了任盈盈的讲述她心里不知不觉有了变化。虽然寒酸，可是自己还有一个婚礼，可是，许文嘉家里居然捏着十六万元却什么也不为儿媳准备，这在儿媳们心中是人神共愤的事。自然，她毫不客气地对任盈盈说："你婆婆家不是一分钱不出吗，也可以，你只当许文嘉是你的倒插门老公。人都有老了的那一天，她现在嚣张并不代表能一直嚣张下去。你要做的只有一件事，那就是如何驾驭自己的老公让他对你言听计从。对婆婆们最沉重的打击不是针锋相对,而是完全彻底地抢走她的儿子。"

任盈盈听得目瞪口呆,吴子琪的一席话刺激了她。她意识到,她应该跟已婚很久的"前辈们"多交流。听从不代表盲从,她还是提出了自己的疑问,"怎么样驾驭?"

"抓住他的软肋。每个人都有十分珍惜的东西。"

任盈盈心里还是有顾虑,"可他们家只有他一个孩子。这么做……"

吴子琪笑了,"你为他们考虑,他们为你考虑了吗?!在你怀着孕急需一个婚礼的时候,他们做了什么?房产归属,真好意思开这个口。如果贷款,是你还,还是他们还?"

"肯定是我们。"任盈盈这时候才意识到这个问题,李晓琼这个提议根本就是在剥夺自己正常权益的情况下又提前预支了自己口袋里的银子。霎时间,一股恨意从任盈盈心底升起。

吴子琪只顾替别人支招了,她忘记了席慕凡说这天没应酬,他会按时到家。

听了妻子的话,他一直在沉思,自己的软肋在哪?

想了一会儿,他知道了,他的软肋就是他太在乎这个家庭,太珍爱妻子了。

他心里有点难受,一直以为吴子琪只是对自己家人有嫌隙,没料到这种做法竟然是她的手段,是把他生生拽离他的家庭,他的父母的手段。

公司副总周波无数次暗示吴子涛不适合调度岗位,席慕凡总是安抚再安抚,即将安抚不住的时候,他曾无奈地说,内弟工作的稳定是他的生活是否和谐的指标。周波无法再提,当然,这并不代表周波没有意见。

而这姐弟俩回报他的是什么呢？姐姐把他的爱当做驾驭他的工具，弟弟则明目张胆地收受回扣，这个认识让席慕凡内心苦涩。

这时候，他想，也许明天他就应该和周波谈一谈。对家庭感到失望时，应该让事业顺风顺水吧。

如果说任盈盈心里还有些犹豫不定，那么，李晓琼夫妻俩在婚后第一次登亲家门槛时则彻底摧毁了那丝犹豫。

看到李晓琼手里仅提着两套床上用品就进了门，不说任家人全傻眼了，就连许文嘉也呆了。母亲与他通话时，他明确地表示，必须给任盈盈准备一条钻石项链，也和母亲明说，项链钱他下个月发工资时会给母亲。可是，母亲竟然这么来了，而且那两套床上用品一看就知道是地摊货。

两家人的交流十分有障碍。林秀萍更是寒暄两句后就起身往书房走，并且边走边交代许文嘉，"把厨房收拾一下。"

这是住到任家后林秀萍第一次和许文嘉说话。她就是要在李晓琼面前奴役她的儿子，她要让许家人明白怠慢她女儿的后果是严重的。

看到神情尴尬却十分听话去厨房的儿子，李晓琼拽着许兵就下楼了。

任盈盈看得十分过瘾。她感觉到，吴子琪有些话是对的。

还没走出院门，李晓琼的泪就掉了。

儿子在任家受到的冷遇是她没有料到的。自己的心肝宝贝在亲家家连个保姆都不如。

一直沉默的许兵进自己家门后终于开口："让他们回我们家住。"

"那丫头会愿意？"

"打电话给文嘉,让他马上回来一趟。"

接到父母的电话,许文嘉向任盈盈撒谎说单位临时有事。边吃水果边看杂志的任盈盈斜他一眼,反问道:"是吗?"

心虚的许文嘉硬撑,"要不然你跟我去。"

"好啊。"任盈盈起身就回卧室,直觉上她认为这通电话是许家打来的,她要开始她的驾驭手段,他不是不敢说实话吗,她就跟着他去,看他还能耍什么花样。

林秀萍哪知道女儿有这种心思,人还在书房,声音已经飘出来,"外面有点凉,你感冒刚好,不能出去。"

就这样,许文嘉得以脱身。回到家,许兵径自开口要求,"你们搬回来住。"

许文嘉苦笑着实话实说:"她不会回来住。"

许兵脸一黑,"那你们出去租房住。"

李晓琼稍愣一瞬后也同意丈夫的提议,"你丈母娘根本没把你当女婿看。还有你那媳妇,大大咧咧地坐等着让你伺候,不行,我儿子不能受这种罪。"

许文嘉默默等父母说完,然后说:"租房不现实,房租太高。盈盈七个月后就要生产,手里不存点钱根本不行。"

谈话陷入僵局。

觉得儿子不能住在任家,当然,房产归属也不想放弃,李晓琼前思后想,终于在晚饭时分有了个主意,"文嘉,这十六万元你们拿去买房,买什么样的你们夫妻俩做主,我和你爸不提出意见。但是……"

买与不买,许文嘉早已没有了最初的兴奋激动。而且,看母亲的神色,他觉得这十六万元不是那么好用。因此,他没追问,他静静等待母亲往下继续说。

　　李晓琼心里也很犹豫,可是,儿媳的态度让她很担忧,万一儿媳不孝顺,养老的钱又给儿子儿媳买了房,这不是自己把自己的路断了吗?

　　"你和盈盈给我打个借条。盈盈以后对我们好,我们就只当没这回事。但如果盈盈对我们不好,我们住养老院总得给人家钱吧。"

　　许文嘉有点意外,同时也有点难堪,"她小孩子脾气,不记仇,不会不孝顺。这事我回家和她商量商量。她若愿意,我们马上买。"

Chapter 6　犬牙交错

席慕凡低头看看腕表后给任盈盈打了个电话。

"席哥,是不是要我顺路去接青诺?!"这个时间段席慕凡来电话,任盈盈几乎可以肯定是这事。

装修接近尾声,吴子琪很忙碌。而席慕凡的公司与另外一家大型企业的合同即将到期,续签之前他常常应酬到很晚。因此,答应接送孩子的他总是要任盈盈帮忙。对此,他很感激任盈盈,毕竟她还是个孕妇。

"盈盈,还要麻烦你一次。"

"没关系,不用这么客气。正好顺路。"

因为对这个老师比较满意,而且,听说孕妇嘴馋,席慕凡总时不时捎些小食品回去。今天,为了表达自己的谢意,他再次开口询问:"想吃什么?我回家捎给你们。"

"谢谢席哥,不用了。"任盈盈拒绝。课时费已经很高了,她觉得对于顺路接回孩子这事席慕凡无须客气。

挂断电话,席慕凡走进会议室准备继续开会,可刚落座手机又振动起来。是席家大姐来的电话,她急需资金周转,问席慕凡能不能先还一部分钱。席慕凡明白,如果大姐不到万不得已不会开口,所以,他匆匆结束会议,推掉应酬就往家赶。

吴子琪一直忙于装修,况且,对于低价转让旧房产给吴子涛一事,她很难说出口。所以,她一拖再拖。这天,吴母再次来电话施压,老太太要求女儿尽快落实此事。

吴子琪心中有事,以至于一路上都心不在焉。

席青诺在她身后叫了无数声妈妈也没让她回过神来。

于是,任盈盈和席青诺跑过去一左一右和她并排走,席青诺先探头观察了一下吴子琪的表情,然后突然大声叫:"妈妈。"

"哎哟,臭妞妞,吓妈妈一跳。你怎么和盈盈阿姨在一起?你爸呢?"吴子琪回头望了眼身后。

任盈盈笑着代为回答:"吴姐,席哥有事,打电话让我顺路接的青诺。"

吴子琪释然,"他倒是会想办法。盈盈,辛苦了。"

任盈盈学席青诺挎住吴子琪的胳膊,"你怎么跟席哥一样客气?正好顺路。"

吴子琪并不清楚任盈盈已接了自己女儿很多次,"这本来就不是你的工作,是该谢谢你。"

任盈盈正想再客气,却听到包中手机鸣响,掏出手机一看是席慕凡的,她笑呵呵地递给吴子琪,"吴姐,席哥肯定是问接到青诺了没有。"

吴子琪含笑接过。

"盈盈，想吃什么？"席慕凡还不清楚手机在妻子手里。

"我是子琪。"吴子琪有点意外。

席慕凡笑着埋怨："你这个人，既然能按时回来还不早点说，让人家盈盈又跑幼儿园一趟。问问她，想吃什么，我给你们捎回去，我现在在路上。"

吴子琪释然后心里莫名一慌，她根本忘记了女儿今天有课，她心里一直思索着母亲的那个要求。她笑着征询任盈盈意见，可是，席青诺却大嚷着想吃肯德基，任盈盈便笑着说都吃肯德基好了。

平常，肯德基这类快餐夫妻是不准席青诺吃的。

席慕凡显然听到了这边的动静，他对妻子笑骂女儿，"这臭丫头，真会把握时机。"

任家一家三口全是教师，除了岳父稍忙点外，岳母和妻子没课了就能回家。

自从住到任家后他经常主动要求加班。有时候，即便没有加班，他仍磨蹭到很晚才离开公司。能晚回去就晚回去，只要能减少与岳母岳父见面的时间就行。

在任家生活，许文嘉觉得心里很累。

但今天是个例外。岳父岳母要去参加一个晚宴，他觉得正是他跟任盈盈商量借钱买房最好的时机。

所以，还不到下班时间他便出了公司，赶到家里，却没见任盈盈的影子。他记得下午她只有一节课，按说，她早应该下班了。

打她电话，她居然一直不接。

提着肯德基回家的席慕凡一进门就注意到衣帽间任盈盈外衣口袋里的手机嗡嗡振动。他随手抽出来拿到女儿房间，"盈盈，你电话响了。"

任盈盈慌忙摁掉。上课时候不接电话,这是她的习惯。

席慕凡注意到这个细节,心中再次庆幸为女儿找到了一个好老师。接听电话并不耽误多少时间,可是,小细节中发现大问题,他发现她有很好的职业素养。从妻子口中,他听了不少关于她的事,突然间,他很为她感到惋惜,这么好的女孩子应该嫁给一个懂她的好男人,可惜了。

不过,这也只是他脑中瞬间的想法。他有重要的事要和吴子琪商量。

趁女儿还在练琴,他把吴子琪叫到卧室,边打开电视边说:"子琪,这周六咱搬家吧!"

刚拿出家居服准备换的吴子琪动作顿了一下,"不是说再等两周吗,为什么突然提前?"

席慕凡盯着电视屏幕,"姐生意上有笔款子一时间收不回来,现在急需大批量进货。你也知道,新郑县很多超市都是她供货的。"

"真的假的?"吴子琪脑中快速想应对策略,她本来准备晚饭后就向席慕凡提子涛买旧房的事,可是,没料到还没说就出这种事。席慕凡的意思很明显,旧房要卖掉还债。

"姐肯定是急着用钱,否则不会给我打电话。"席慕凡知道吴子琪对他们家人不满,因此,他并没有把吴子琪音调中的鄙夷当回事。

"房产都在升值,有房的都攥着等升值,现在谁卖房啊?"说完这话,吴子琪恨不得扇自己两巴掌。她只是不想卖掉房而已,根本没有等升值的意思。所以,话刚出口,她就意识到她说错了,而且是大错特错,这种观点下怎么好开口提母亲要求的那件事呢?

"这地段没多大升值空间。子琪,明天抽空去二手房中介登记一下。二十天之内必须卖掉。"席慕凡的目光已从电视上移到吴子琪身上,"我是商人,商人最基本的一点是言而有信。我借钱时和姐说过,她什么时候用钱我什么时候还她。如果她不急用,年底也会一次性还完。"

这是事实,吴子琪知道。可是,母亲刚刚提出,旧房就要出售给别人,要怎么跟母亲说?母亲会相信她说的吗?太巧了,两件事赶到一起了。怎么办?

见吴子琪眉头紧锁,席慕凡心里有点不痛快,"子琪,姐有钱也就是这两年的事。前几年就是想帮咱也是有心无力。"

见老公误会,吴子琪挤出一丝笑容,"我没有这个意思。慕凡,我其实……"

吴子琪很难说出口,可是,不说怎么知道席慕凡的意见呢?于是,她再次开了口,"今天中午我妈找我了。"

席慕凡眉头一挑,"去你们单位?"

"嗯。"吴子琪不知道怎么开口说。

"说吧,又是什么事?"席慕凡的口气有点冷。近期,他一直努力把那次无意间听到的观点忘掉,可是,越努力就越忘不掉。他不能接受他的爱被妻子当做驾驭他的工具,所以,他虽然能忍受她对自己家人一如既往的冷漠,但不会再容许她一边倒偏帮吴家人。誓言仍会履行,但绝对不再受任何人胁迫,包括吴子琪。

"她想让子涛买我们家这套房子。"

这不足以让吴子琪为难,席慕凡太了解岳母了,"多少钱?"

"二十万元。"吴子琪不敢说十五万元,那个数连欠债都不够。

"你觉得合适吗?"再豁达的人也觉得这价钱是天方夜谭,可是,岳母居然说出了口。吴家把他当傻子了吧。席慕凡很窝火,他认为吴子琪应该直接拒绝,而不是把难题交给他,这难道不是利用他的爱逼迫他?!

"我就是想跟你商量商量。你觉得不合适我就回绝她。"吴子琪确实很矛盾,眼前手头是紧,可是,距离年底公司分红不过两个多月。她内心里还是想帮吴子涛一把,毕竟母亲已经向她提出了这个要求。

一直留意妻子神情变化的席慕凡长长叹了口气。他安慰自己说,或许,事情并不是他想的那样。

因为吃了席慕凡买的肯德基,任盈盈把课时又延长了二十分钟。结束后,她提着包就准备离开。见她行动迅速,席慕凡想到了那个电话,于是,他主动要求,"我送你。"

任盈盈拒绝。

小区外面路灯已经坏了几天,吴子琪也担心她在路上出事。于是,夫妻俩执意坚持。

坐上席慕凡的车后,任盈盈再次客气,"席哥,把我送到公交车站就可以了。"

席慕凡笑着拒绝。其实,他很想问她上次与吴子琪交流后,她与许文嘉的关系好些了没有。如果没有吴子琪的观点,他明白他永远不会有这种想问问的心思,可是,他很担忧吴子琪的观点误导她。婚姻伊始,每对夫妻都有磨合期,他不希望她和许文嘉在这个阶段受到外界声音的干扰。婚姻是神圣的,任何人都没有权利去亵渎。任何人的父母都是伟大的,不能因为一些外在原因遭到儿媳或是女婿的怠慢。

但是,他发现他说不出口。一个男人对女人说起这些,容易让人误会。于是,他在心里一叹后说:"你吴姐那天的话不要过分相信。"

其实,任盈盈早就发现席慕凡有些异样,欲言又止,似乎有些话想对她说,却又不想说。她一直猜测着,难道是想炒掉她?

友好的学生家长,聪慧有天分的学生,而且,课时费丰厚,任盈盈很珍惜这份兼职。因此，她一直忐忑不安着。

直到席慕凡说出那句话，她忽然就明白了。那天，他听到了她们的谈话。回想到吴子琪说的那些话，她心中一动，"席哥，你别误会吴姐，她说的那些话是为我鸣不平的。"

席慕凡浅浅笑了，没接口。

任盈盈吃不准他的意思，倒也不敢再解释，她担忧越描越黑，影响他们夫妻感情。

话题微妙，两个人有默契地不再交谈。直到下了车，任盈盈仍在想，席慕凡那种笑究竟是什么意思呢？了然于胸，还是根本不信？

打开家门，她仍在想。

"盈盈，怎么这么晚回来？"已经做了两人份晚餐的许文嘉语含责备地接过她手中的包。

兼职教课的事她并没对许文嘉明说。她本来就比他工资略高，开始时她是不希望他心里有压力，但堕胎风波后，她不愿对他说。她清楚，在压力大到无法承受时他会选择牺牲她。

"和子妍出去逛街了。"

"逛街连电话都不接？"

"商场太吵，你也知道我的手机声音小。与其浪费电话费，还不如不接。"吃了几只鸡翅，感觉不太饿的她慢腾腾地走到餐桌边。

再晚了估计岳母岳父就会回来，许文嘉稍微斟酌一下便开了口："咱买房搬出去住吧。"

那天虽然没随着许文嘉出门，但她敢肯定他回了自己父母家。她从他回家后的神情中就能看出肯定有事，他不说她便不问，只是没料到会和房子再次扯上关系。

"你妈同意出钱？"任盈盈问道。

"咱俩买房跟两个家庭没关系。咱借他们的。"

"借谁的?"任盈盈懒洋洋地挑一筷子菜慢慢吃着。

"我爸妈,你爸妈。你想想,咱俩贷款得给银行利息吧。借他们的,最起码这份利息钱是省了。"这是几天来许文嘉冥思苦想的结果。

其实,任盈盈很早就存有这样的心思,她想用父母的钱,但是没有想到借这种方式,她原有的想法是,两边父母出同样的钱,然后房产联名。今天,虽然方式不同,但总归目的相同。

内心紧张的许文嘉小心翼翼留意着任盈盈的表情变化。他决定,只要她不愿意他就不再坚持。目前最重要的不是他的感受,而是她肚子里的孩子。他不希望她的情绪影响胎儿。

任盈盈想了很久,才说:"这事我得和我爸妈商量商量。他们同意了就行。"

惊喜兴奋冲昏了许文嘉的头脑,他起身绕过餐桌抱起她转了几圈。自住进任家后,这是第一件让他真正开心的事。

"八字还没一撇,你别高兴太早了。"

"你妈同意这事就算定了。"许文嘉一高兴就说漏了嘴。

任盈盈显然也没露掉这个细节,"你们家里人合伙坑我爸妈的钱呢。我说那天你妈走后你火烧屁股地走了,原来回家商量大事去了。"

许文嘉抱着她坐到沙发上,然后开始圆谎,"那天真是加班。我明天就回家做我妈的工作,你放心,她绝对愿意。"

任盈盈将信将疑,"为什么你这么肯定?"

许文嘉忍住心头乐,装出一脸苦相,"我在家哪打扫过厨房啊?我妈回家肯定心疼死了。"

任盈盈这才相信,她笑嘻嘻去拽他的两只耳朵,"我妈不是气你妈出手太寒酸嘛。不买房不办婚礼,还不能给我买点首饰?!"

"他们不是存着钱等着给咱买房嘛。"

就在小夫妻搂抱着亲热时,任父任母进门了。

四个人同时一愣,然后任盈盈慌忙从许文嘉怀里起来,很不好意思地说道:"妈,怎么这么早?"

林秀萍有点尴尬,她有点后悔没同意任旭军的提议,徒步走回来,看来确实影响到小两口亲热了。

任旭军示意林秀萍回房。

借钱的事任盈盈想尽快跟父母商量,所以,她把父母叫进了书房,"妈,我和文嘉想买房……"

指望亲家,女儿永远不可能有属于自己的家,任父任母没有考虑便直接同意,但是,林秀萍有自己的担忧,"他妈会出钱吗?"

任盈盈也有点拿不准,"应该会吧。我们借她的。"

林秀萍又问:"不会还坚持房子写她的名字吧?!"

提到这事,任盈盈就一肚子气,"她敢。这里面还有咱家的钱呢。我和文嘉说了,房产我们俩联名。"

林秀萍这才放心,"那你生产前抓紧时间看房,生完孩子你就没时间了。"

回程路上,席慕凡心里不停地作着斗争。岳母既然能找到妻子的单位,这证明老太太势在必得。虽然对这种强势的索取很厌恶,可是,妻子的态度是明摆着的,没有当时就拒绝,肯定也有这种心思。

说句实话,这种感觉很不美妙。他在吴子琪身上再一次找不到那种夫妻间心贴着心的感觉。

终于,驶到小区门口时他忍不住停了车。下车后,他背依在路灯灯柱上,掏出了一支烟。

低价卖给岳母,心里很不舒服,这跟钱多少关系不大。不卖,家里会有新一轮的矛盾出现。他笃定吴子琪会明里暗里找碴生气。

就这样,他想了很久,直到手机响起,他才驱车回家。

女儿已经熟睡,等候在客厅里的吴子琪问:"送人送到现在?"

席慕凡瞥她一眼,"在楼下想事。"

吴子琪不说话了,她明白他的潜台词。她很想问问他有了结果没有,可话到嘴边,最终还是没有说出口。

接下来,两个人各干各的事。直到回到卧室,席慕凡习惯性地打开电视,"明天就告诉你妈,我同意。"

又惊又喜的吴子琪翻身坐起在他脸上胡乱亲了几口,"老公真好。"

虽然吴子琪的所作所为让他觉得心凉,但还是被她这种孩子气的动作弄得哭笑不得,"我不同意就不好了。"

吴子琪嘿嘿直笑。

席慕凡话锋一转,"不过,我有一个条件。"

吴子琪赶忙竖着耳朵听。

席慕凡盯着她的眼睛,"我要子涛离开公司,而且永远不能再提进公司的事。"

这是吴子琪没有料到的,她思索一会儿后说:"是子涛做错了事,还是……"

"不想再与他有任何牵扯。当然,他仍然是我小舅子。我这么做只是不希望你妈因为他一次又一次地让你我为难。"

"那他在郑州还有买房的意义吗?!妈的本意肯定是让他在这里好好干,等几年后把杨梅和孩子都接过来。在这里安了家,他却没有了工作,不行,这不行,妈肯定不愿意。"

席慕凡似乎已经考虑成熟,吴子琪的问题一说出来,他就有了对策,"我托关系为他找一份稳定的工作。"

这办法确实还不错。既能解决两家关系不融洽的根本问题,又答应了吴母的要求。吴子琪内心有点感动,"谢谢老公。"

席慕凡再叹气,"你先别谢。子涛不见得会答应。"

"他有什么不答应的。这房子最少也值四十万元。"

席慕凡打个哈欠,"明天谁接青诺?"

"我接。你这个人,没时间早点打电话给我啊,老让盈盈接算怎么回事?"

席慕凡已经闭上眼睛,"我的时间没有规律,客户说来就来。盈盈那丫头不错,她接我也放心。"

吴子琪很想缓和一下刚才沉闷的气氛,她随口开了句玩笑,"哟,席慕凡,没瞧出来你还有这份魅力,让人家小姑娘乐呵呵地帮你的忙。"

席慕凡一听,忽地从床上坐起来,"你怎么说话呢?人家盈盈才刚结婚,别帮了忙还落一身不是。"

吴子琪微愣,"我开个玩笑而已。"

"以后少开这种玩笑。"躺回去的席慕凡给她一个后背。

第二天上午,到办公室的第一时间吴子琪便拨通了母亲家的电话。

接电话的正是吴母。

吴子琪难掩兴奋,"妈,慕凡同意了。"

吴母声音顿时欢快起来,"我就说他不是知恩不报的人。"

这话让吴子琪心里不爽,"妈,什么报恩不报恩。你的那点恩情我们早还完了。"

吴母笑哼一声,"如果没有我和你爸,你们哪有开公司的第一桶金?!"

这个问题是顽疾,一时半会讨论不清楚,吴子琪直接跳过说重点,"你也知道我们家新房首付款借了他姐二十万元,他姐生意上出了点事,需要我们马上还钱。所以这房子我和慕凡说的是二十万元。"

"二十万元啊。"很明显,吴母高兴的声音淡了下来,"这么巧?赶上我买你们家房子的时候他姐生意上就有了事?琪琪,子涛手里有没有你也清楚,我和你爸攒那几个钱也不容易,二十万元不好凑。"

"我还没来得及和慕凡提,慕凡就先提出来赶快把旧房卖了还他姐钱。说这事时他根本不知道你想买房的事。妈,我手里也确实没什么钱了,如果有,这五万元就算了。"吴子琪有点郁闷,为什么每次遇事都和母亲说不清呢?

"我尽量凑。"

"他姐给的时间是二十天。"

"还是当姐的,弟弟借个钱还得限制归还日期。"

"妈——"吴子琪拖长声音,"她是做生意的,随时都有可能需要钱。"

"我尽量借。"

挂断电话前,吴子琪突然想到她还有一个重要问题需要告诉母亲,"妈,慕凡想给子涛找份稳定点的工作。你也知道,子涛与慕凡的亲戚关系一直让其他股东不满。"

"你是说慕凡要把子涛赶出公司?"吴母的声音顿时尖锐起来。

吴子琪心里又开始烦躁,"你还是先问子涛的意见,万一他同意呢?慕凡既然说是稳定的工作,肯定是收入和环境都不错的单位。"

吴母声音已显怒意,"还是你和他说吧。"

"妈。"吴子琪很无奈地发现,电话已被母亲掐断。

"圣旨"在身，许文嘉下班后光明正大回了母亲家。晚饭桌上，许文嘉宣布："盈盈家同意借钱买房。"

李晓琼一听，直接放下手中的碗，盯住儿子的脸，很着急地问："借多少？"

许文嘉从许父身边放着的烟盒里抽出一支，正点火时，烟被许母一把夺走，"什么时候学会抽烟的？家里有你爸一个抽烟的就让我烦透了。"

许文嘉没理会母亲，又抽一支烟点上了火。

许母正要开口责骂，许父愤然开口："你管着我就行了。儿子长大了，手别伸这么长。孩子为什么抽烟，肯定是住在亲家家心里烦呗。"

许母悻悻地撇撇嘴。

许文嘉吐出一个烟圈，"两家一样，多一分我也不借。"

许母脸上顿时笑开了花，"比我想象的多。你这孩子，早就该向他们家张嘴了，你就会哨我们。"

许文嘉被母亲说得一窘，"你以为我愿意哨？"

许父训斥许母，"不会说话就别张嘴，没人把你当哑巴。"

许文嘉狠狠地抽两口烟。

许父看向许文嘉，"她家有什么条件？"

正准备向许父发火的许母一愣，"她家还有条件？"

许文嘉把烟蒂摁在烟灰缸里，"房产联名。"

这条件没什么可说的，李晓琼心里虽然不情愿，但也没什么办法，谁让人家也出了十六万元呢？

吴子琪陷入两难的境地。

房子是卖，还是再征询征询母亲的意见？

有时候静下心来想这事时她会狠狠地拽一把自己的头发,很疼,但也有一丝畅快的感觉。怎么办?思来想去,她想到了吴子妍,她想,这事还是托妹妹再劝劝母亲,丈夫已经让了一步,她希望自己家人也退一步。

吴子妍接到姐姐电话时正与任盈盈在校外小饭馆吃饭谈天。

挂断电话后,吴子妍恨恨地骂席慕凡,"忘恩负义的小人,逮着机会就拾掇我哥。"

任盈盈明白她这又是骂自己姐夫呢。她心里有点不认同,接触一阵子以后,她断定席慕凡不是知恩不报的人,吴家人似乎有点过分,"子妍,你们家对你姐夫是不是要求太高了点?"

"一个月前我妈想借他的钱在郑州给我哥买套房子,他不借。结果呢,这事刚过去十几天他家便买了套大面积的房子。"吴子妍义愤填膺,"他们不是要搬家吗,我妈就想把他们现在住的房子买下来。"

"他不卖?"

"同意卖。但是,有个条件。"

任盈盈好奇,"什么条件?"

"让我哥离开他的公司。"

任盈盈不清楚吴子涛与席慕凡的矛盾,但直觉上总觉得有点不对劲,"你们家准备出多少钱买?"

吴子妍声音小了下去,"二十万元。"

"才二十万元。"任盈盈惊得嘴巴忘了合。她有点回过味了,但还有一个问题难以解释,"你哥是不是工作能力不高?"

吴子妍与吴子涛年龄相差不过三个月,自小跟在吴子涛屁股后面疯玩的,感情自然比吴子琪深一层。在任盈盈这个外人面前说吴子涛的不是,她有点说不出口,但又十分想向众人证明席慕凡就是一个浑蛋坏人,随口就把吴子琪的秘密泄露了,其实,这也是她无意间听吴母说的。

"我姐想让我哥待在公司。你也知道,现在社会风气不好。有的男人有了钱就喜欢拈花惹草。"

任盈盈呆了。她没料到看似贤淑的吴子琪心机这么重,居然在老公身边安插眼线。难道,席慕凡果真是表里不一的人?

一直这么胡思乱想着,任盈盈忘记了,她和吴子妍正谈论着自己买房联名的事。

许文嘉很兴奋。两边父母都无异议,而且在新房问题上都不发表意见。他开始憧憬未来的生活。

但是,没料到在买房子一事上又出现了新问题。

有了岳母的帮助,首付已经不成问题。小夫妻一致选择富田文博的房子,路段好价位自然高。小夫妻俩准备一次到位,买九十平方米的房子。

问题出在相中房子后的贷款事宜上。

因为小两口工资水平相对不高,因此,询问贷款事项时就问得特别详细。问着问着,任盈盈就发现了一个能省不少利息钱的贷款方法。

公积金贷款。

公积金贷款利息是商业贷款的一半而已。

任盈盈很开心。

但是,众人忽略了许文嘉的公司并没有为职工办理住房公积金。

自然而然,房产证上的名字写谁再次成为两家焦点。其实,刚出现这个问题时,两家人也并没有想得太深,毕竟已经同意联名了,写谁的名字对方都有份。

公积金贷款需要去指定银行办理手续。当时,任盈盈手续不齐,等资料准备齐全后银行已差不多到了下班时间。

晚上李晓琼和老同学聊天时谈论到这个话题，她老同学随口说了一句，房产证名字必须考虑好，因为产权人如果出现意外将会牵扯到遗产继承问题。挂断电话后，李晓琼还暗骂老同学不会说话，可仔细一思量，发现这确实也是一个问题。天有不测风云，未来的事还真说不准。

于是，李晓琼再次拨通老同学的电话，很详细地咨询了产权人与继承人的联系。思索了一夜，她心里有了主意。

所以，第二天办理贷款手续时，李晓琼不同意用任盈盈的名字贷了，而且态度十分坚决，必须用自己儿子的名字。

不说任家人不理解，就是许父也猜不出许母这么做究竟是什么意思。眼看儿子和任家人表情极速变冷，许父把许母拉到一旁问："你又怎么了？"

产权人名字将会影响继承权这个事许母很难说出口，毕竟，产权人是自己的儿子。说到继承，肯定是儿子出现了意外，没有哪个父母愿意咒自己子女出事的。因此，面对许父的质疑，闪烁其词的许母说不出个所以然。

在这节骨眼上说不好两家还会再生事端，许父很不满意许母这种态度，见她说不出理由，他怒了，"不说是吧。这事我做主，就用盈盈的名字贷。"

见许父转身要走，许母赶紧抓住他，压低声说："你不知道。如果是盈盈的名字，以后文嘉万一出个什么事，那房子跟我们俩一点关系都没有。"

许父不明白。

李晓琼是大嗓子惯了的，即便是刻意压低了声音，但嗓门依然不小，"如果是文嘉的名字，将来他万一出了事，那房子我们有百分之二十五的继承权。如果是那丫头的名字,就压根没我们什么戏。"

停下步子的许父皱眉,"还有这种事?!"

见老伴没再坚持,许母赶紧再补充,"万一文嘉出事,我们又把钱全部压在房子上,到时候我们还能指望谁?"

许父不语。

这时候,许文嘉从银行拐角处走出来。

许父是背对着儿子的。

许母却在第一时间看到了儿子,她神情有点尴尬,"文嘉。"

许文嘉双目不眨地盯着母亲。

意识到不对劲的许父转过身,神情也自然有点别扭,"文嘉,你妈说笑呢,你别多心。"

许文嘉仍那样盯着母亲,对父亲的打圆场不闻不问,他一个字一个字问母亲,"妈,你希望我以后出什么事?"

许母快步走上前,"文嘉,妈妈没有这样的意思。"

被房子折腾得有些心力交瘁的许文嘉避开母亲伸过去的手,"你不用想着去继承了。你们的钱留着自己花吧,我们不借了。"

"文嘉,你在怪妈?!"

"我谁也不怪。是我自己没本事,连套婚房也买不起。"许文嘉说完这话转身就走,刚到拐角,却见任家三口默默站着。

他停着步子,先向任父任母鞠个躬,"爸妈,我为对你们造成的困扰道歉。"

然后,他盯着任盈盈,"盈盈,对不起,我没有能力给你一个属于我们自己的家。如果你愿意继续跟我,我们出去租房住,我保证会尽最大努力给你和孩子创造好的条件。如果你不愿意,我陪你去医院……"

四个大人全呆了。

林秀萍率先回过神来,两个人已经领了结婚证,而且房子也十分合意,这件事上她已不想再起风波,"房子必须买。首付我们家出,也不用你们小两口以借的名义。房子就用盈盈的名字贷。"

两边一比较,许文嘉更难堪,"妈,那样的话我住进去也不踏实。"

任盈盈已从震怒转为伤心,"文嘉,我从来没想过图你家的房子,我只是不愿意孩子生在外面。"

许文嘉坚持问:"你愿意不愿意?"

泪一颗一颗从任盈盈眼里滑落,"当然愿意。"

许文嘉拉着任盈盈的手从四个老人面前目不斜视地离去。

吴子妍带出来的消息并不是吴子琪想听的,于是,权衡再三后她还是决定给吴子涛打电话。席慕凡已经做了让步,她不能言而无信。虽然很不愿意见她这个弟弟,可又怎么办呢?谁让他是她弟弟呢,谁让她与他一母同胞呢?

电话拨通,却不是吴子涛接的,对方说:"你是大姐吧。子涛在我这里睡觉。"

白天,而且是工作时间,吴子涛居然在睡觉。吴子琪内心有点不悦,她想,难怪席慕凡要他离开公司,不过现在她没时间考虑这个,她问:"你是?"

"我是小林。"

"哦,是小林啊。"吴子琪反应过来,这是母亲远方亲戚家的孩子,目前在公司开货车,"让子涛听电话。"

"他喝了点酒,估计接不了。"

吴子琪心里突然有个主意,"你们在哪?我过去一趟。"

"红旗路与经八路交叉口水利局家庭院。大姐,我在院门口等你。"

半个小时后,吴子琪出现在小林的出租房内。旧家属院房子虽然老,但房间收拾得挺干净。小林为吴子琪倒杯水后说:"我下午有趟货,要先走了。"

吴子琪点点头。就在她东瞧西望观察房间摆设时无意中发现,小林出门前竟然往门口挂着的上衣兜里塞几百元钱。

那上衣是她给吴子涛买的,她不会记错。

她心里有种不好的预感,因此,小林前脚出门,她后脚就进了房子里唯一的一间卧室里。她推一把沉睡未醒的吴子涛,"醒醒,醒醒。"

十分钟后,很不耐烦的吴子涛终于睁开眼睛,"是姐啊,你怎么来了?"

"你为什么在这里?"

"我不回新郑时都住这里。"吴子涛拿起床头的一瓶水喝几口,"我在这里又没有房。"

听出弟弟语调中有赌气的意思,吴子琪气不打一处来,"现在是上班时间,作为负责公司调度的人,你是不是应该在岗位上工作?!"

"身体有点不舒服,请假了。"

"跟谁请了?"

"我们领导。"

"我等会去问他。"

"姐,你来就是问我这事的?"吴子涛很不耐烦。

见弟弟这种态度,吴子琪心里也开始烦起来,"小林走之前往你兜里塞了点钱,他为什么要给你钱?"

吴子涛抬眼扫了一眼她,"昨晚打牌他欠我的,说是今天给。"

吴子琪心里好受一点,只要不是回扣就行。但是,赌博也是问题,"你姐夫不会容许有赌徒留在公司。"

吴子涛不以为然,"公司里赌博的人多了去了,哪个司机不玩两把?姐,你到底有什么事?"

"妈想买我们家现在住的老房子。"吴子琪很仔细地观察着吴子涛的表情变化。

"哦,听妈提过。"吴子涛轻描淡写。

"那房子最少二十万元。"

吴子涛眉毛颤了颤,"哦。"

"今年先换了辆车,然后又买了房,买房时我们借了席慕凡他姐二十万元,现在他姐需要钱。"

"哦。"

"子涛,你要不要买?"

"妈不是告诉你了吗?"吴子涛耍太极,很显然,这件事母子俩已经交换过意见。

吴子琪心里这才真正难受起来,有种被母亲和弟弟算计的感觉,只是,换工作的事母亲告诉他了吗?吴子琪不愿意再与他费口舌,她开门见山地说:"现在房价什么样你也清楚,二十万元并不算贵。"

"哦。"吴子涛的回答仍然只有一个字。

吴子琪有点怒,"但我有一个条件,买房后你离开公司,你姐夫会托人为你找一份相对稳定的工作。"

吴子涛干净利落地拒绝,"房子我买,但是,我不离开公司。"

"那不可能。两者你选其一。"

"姐,我是你弟,你这么帮姐夫挤对我,我心里很难受。"

吴子琪压制不住发火了,"谁挤对你了?作为他小舅子,你在公司给他长脸了?！公司是股份制，并不完全是他说了算的。"

"我怎么不给他长脸了，我又丢他什么人了？"吴子涛的口气冲了起来。

吴子琪思索了一下，"子涛，既然在他手下做得不开心，离开公司不是很好的选择吗？你放心，你姐夫找的工作绝对是好单位好岗位。"

吴子涛这时候已经意识到吴子琪的来意，她不是来说房子的，她是来劝他离开公司的。顿时，他伤心起来，"姐，你以为我这种性格适合那种朝九晚五按时上下班的工作?！妈坚持让我跟着他，不就是因为你是我姐嘛。"

见弟弟眼圈发红，吴子琪心又软了，"子涛，别人跟着你姐夫都能挣着钱，你为什么不能呢？房款二十万元还要妈拿，你这几年挣的钱都花哪了？"

吴子涛沉默。

吴子琪站起身，"这个事就这么定了。你如果同意，十天内给我来个电话，如果不同意，房子我就卖了还债。"

见她要走，吴子涛气呼呼说一句，"你还让我盯不盯姐夫了？"

其实，现在吴子琪已经完全信任席慕凡不是那种有钱就变坏的男人了。公司始建时，她确实有这样的担忧，公司拉业务时难免会去一些娱乐场所，常在河边走哪有不湿鞋，她坚信他不会背叛家庭，但是，她担忧他偶有出格之举时带来后续的麻烦。但是，事实证明，她的担忧是多余的。

因而，乍一听到弟弟提起这事，她愣了下才明白他的意思，"不盯了，你姐夫不是那样的人。"

吴子涛神色一黯，"难怪你也想我离开公司。"

心情郁闷，看看时间就是赶回单位也已接近下班时间，吴子琪准备去公司看看。

席慕凡不在他办公室。拿起他办公桌上的电话拨打他手机，手机铃声却从衣架方向传了出来。看来是没带手机，不过，她由此肯定他没走远。

吴子琪如往常一样坐在他的位置上准备上网。晃了下鼠标，发现桌面上的文档没有关闭，正要最小化，赫然发现标题竟然是"调度收受回扣明细表"。她一行一行往下看，越看心里越慌张。

"子琪。"不知何时，回来的席慕凡已站在办公桌旁边。

"这是不是真的？"

席慕凡点点头。

"这些数据哪来的？"

"周波拿过来的。你也知道，周波手下的车也不少。"

周波是席慕凡之下股份最多的一位股东，这个人生性耿直，对席慕凡把小舅子放在调度岗位很是不满。

吴子琪已从震惊中回过神来，"你准备怎么处置子涛？"

"你跟妈说了房子的事没有？"

吴子琪起身坐到办公桌对面，"子涛愿意买房子，但不同意离开公司。"

席慕凡沉默一会儿，"既然愿意买就必须离开公司。子琪，别怪我，子涛赌博赌得很大，而且上午基本上看不到他的人。我现在刚从调度室过来，他今天又没来。"

"有多大？"

"听说每晚赌注都上万元。"

吴子琪面色苍白，"慕凡，就按你说的办。"

席慕凡默盯她一会儿，"过分溺爱就会惯坏孩子。其实你妈早就应该完全放手,子涛也不小了,他应该有担当了。"

　　吴子琪点点头后掏出手机,熟练地拨通母亲家电话,"妈,房子的事你和子涛商量好了尽早给我电话,十天内没有消息我就卖了。"

　　说完后,没等母亲多说,她便挂断电话。

Chapter 7　矛盾激化

许文嘉拉着任盈盈游走于大街小巷。

中午,两人在路边一家拉面馆应付了事。任盈盈明白许文嘉心中难受,她好脾气地一路跟着。直到觉得身体疲惫不堪,她才温柔地开口:"文嘉,我累了。"

许文嘉用力握了一下任盈盈的手,"没想到压力说来就来。前几个月还是无忧无虑的少年,今天就是被一套小小蜗居逼死的英雄汉。"

听他语调虽然刻意轻松,可眉眼间依然愁云密布,任盈盈知道他是故意这么说,为的是让她心里好受一些。她暗中叹口气,手在肚子上抚摸几下,"都怪这宝宝来得不是时候。如果晚几年,咱俩可以奋斗奋斗,说不定还能挣个首付。"

许文嘉温柔地把她揽在怀里,沉默一会儿后他试探着问:"如果我们租住的条件差些,你能接受吗?"

自从买房到现在一路走来,任盈盈同样感到心力交瘁,其实,她真想指着他的鼻子狠狠地骂他,骂他怎么有个那样的母亲,骂他怎么生在那样的家庭。可是，她明白即便骂过也改变不了什么，她的骂也许又是他无法承受的最后那根稻草。

可是，虽然只是短短的四个月，她已经快速从无忧无虑的女孩变为一个知道向现实低头的女人。她无力改变现状，她只能改变自己。除非，她离开他。

她明白，这么顺从他，不是因为退让和体谅，她只是无可奈何。

妻子一直沉默，许文嘉心里万分难过。

心里苦涩的任盈盈突然羡慕起吴子琪来，同样有辛酸的新婚，但是，短短几年，她已跻身这个城市的上层。任盈盈明白，无论是许文嘉还是她自己，都没有这样的能力。直到这刻，她才霍然明白吴子琪的担忧。同时，她也万分羡慕这种担忧。

许文嘉眼窝有点酸，"要不然我们暂时分开住。你先回家。"

"条件差点也没关系。钱还是省点花，生孩子费用也不低。"

心里感动的同时许文嘉有些汗颜，他极力压制住心底的难受，"你今天先回家，我租好房子后去接你。"

任盈盈有自己的担忧，"你不回家吗？"

许文嘉不正面回答，"我先查查你们单位附近的房源。走，我先送你回家。"

任母一直追着任盈盈问，许文嘉到底想怎么办。

被问烦了的任盈盈回答："他正准备租房子。租好了我就搬过去。"

任母一听顿时大怒，"任盈盈，我生你不是让你受苦去的。租房子生活，他想都不用想。我不同意。"

在外晃悠一天，有孕的身体散了架般难受，任盈盈打个大大的哈欠，"我们是合法夫妻，我不跟着他跟着谁。"

林秀萍后悔不迭,"早知道是今天这结果,就不能领这个证。他们一家子都什么人啊。儿子还是这么年轻一大小伙子就咒着儿子出事。"

对于这件事任盈盈也极不理解,"就是,他妈的思维方式怎么跟正常人不一样?"

母女俩你一句我一句,句句不离李晓琼。任父听了一会儿,"先租房子也好,让年轻人受受苦是好事。不过,盈盈,你告诉文嘉,就说是我说的,你生孩子前必须回来。"

"我尽力劝他,文嘉脸皮薄,今天这事他脸上挂不住。"其实,任盈盈也不希望孩子生在出租房里。

任父轻叹,"真不懂亲家怎么会有这种想法。"

林秀萍厌恶地接一句,"别一口一个亲家的,听着难受。"

十天时间内,吴、席夫妻俩搬到了富田文博的新居,可是,吴子琪并没有一丝一毫迁新居的喜悦,因为她没有等来任何消息。她明白了母亲和弟弟的意思。于是,第十一天上午她就在几家二手房中介公司登记了房源。因为急着出手,吴子琪要价不是特别高。

看房的人络绎不绝,五天后吴子琪与一购房者达成初步意向后回家和席慕凡商量。

一口价四十万元,各项手续费购房者付。

席慕凡很满意这个结果。

说完旧房子,吴子琪问席慕凡,"子涛的事你们怎么处理的?"

席慕凡从茶几上的果盘里叉起一片水果送到嘴里,边吃边回答:"还没有处理。这些数据是周波给的,负责调度的又是子涛,我肯定要调查。牵扯的车辆太多,调查不会这么快结束。"

"如果是真的,你会怎么处理?"吴子琪用小叉子叉起另外一块递过去,"他毕竟是你内弟,脸面上的事你还得顾忌一下。别搞得太难堪了。"

席慕凡明白她的意思,知道了回扣的事,她已经无法再开口要求他什么,她只是希望他处理吴子涛时程度轻一些,"子琪,你什么地方都好,就是遇到你家里的事时太糊涂。"

十几天的煎熬,吴子琪精神又到了崩溃的边缘,因此,听到席慕凡无奈的责备话,她眼睛又酸起来。

这一次妻子并没有坚持把房子卖给娘家,席慕凡心里还是有几分感动的。他伸手揽住她的肩,"你一直这么两边为难,为什么不仔细想想解决之法呢?如果子涛长进,我愿意帮他,可是,他根本不往长进的方向努力。子琪,你帮他不就是因为你妈吗,既然这样何不直接把你妈的生活安排好了?"

吴子琪心中一亮,是啊,去帮子涛不就是因为看在母亲的面子上吗?既然子涛这边帮不好,直接跳过他好了。也许母亲会暂时不理解,可是,她坚信同是儿女,母亲终有一天会理解她的。心思既定,她身子往前凑了凑,头顶挨着他的面颊,"慕凡,长大真不是一件好玩的事。"

席慕凡收紧胳膊,"如果不能改变别人,不如就不要伸手去管。过好我们自己的日子就好了。"

心里疲惫的吴子琪轻叹道:"也只能这样了。"

席慕凡向女儿房间看一眼,"最近我们之间太冷淡了。"

吴子琪心领神会,她率先站起来,"你关电视,我回房。"

席慕凡会心一笑,他喜欢吴子琪这种羞涩的样子,他很庆幸,随着婚龄增长,他还能时常感受到妻子小女儿家的姿态。于是,他快速关了电视尾随妻子进了卧室。

许家父母如热锅上的蚂蚁一样,他们不知道许文嘉去了哪里,打电话不接,去单位找同事们又说他请假了。

难道请假在亲家赎罪?

这个想法狠狠地折磨着李晓琼。

猜了几天,许母先忍不住,提议许父陪她一道去任家看看。一直心里窝着气的许父呛她,"去干什么?"

"找文嘉。"

"找他干什么,你不是担心儿子出事你继承不了房产吗?"乍一听到继承问题,当时许父是有点心动,可回来这么一细想心里就不是味了,这不是巴着儿子出事吗?他明白李晓琼的心思,也知道她十分担忧儿子,可是,房子的事不谈妥,去任家干什么呢?

"不怕一万就怕万一嘛。"

"我不去。"

"为什么?"

"怕不遭人待见,怕听到冷言冷语。"

"他们敢?!"

"他们有什么不敢的?人家女儿怀孕四个月了,至今没有一套可以容身的小小婚房,甚至连场婚礼婆家都没操办。"

这话在理。许母却犹在强撑,"可也不能把咱儿子白白送给她家啊。"

"那就买房让儿子回来。"

夫妻俩吵了足足两个小时,许母才勉强同意用任盈盈名字贷款买房。这时候,他们不知道小夫妻已在出租房里生活了五天。因此,当许父许母在任父任母带领下出现在出租房里的时候,许母难受了。

儿媳妇坐在看起来很单薄的床板上端着碗吃水果,儿子在鸽子笼似的小小厨房里忙活着。

见到四位长辈，任盈盈放下碗，"爸妈，你们来了。都坐床上吧，家里凳子不够用。"

听到妻子说话，许文嘉含笑转过头，待看来人有自己父母时笑容明显一顿，"你们来了。坐吧，饭菜马上就好。"

林秀萍虽然一直冷眼旁观，但心底还是很希望许家夫妻能心疼儿子，借钱给小夫妻俩。因此，虽然不情愿，但她仍然走进厨房，接过女婿手中锅铲，"陪你爸妈说说话。"

许文嘉动作顿了下，但还是听了任母的话。他直接走到任盈盈身边坐下来，随手拿起桌边烟盒，"爸，烟。"

许父还在观察这一室一厅中简单至极的摆设，"盈盈在呢，谁都不许抽。"

许文嘉却自顾自点着一根吸起来。

一直注视着儿子的许母还是落泪了，"文嘉，还在生妈的气？"

许文嘉表情未变，"没有。"

"明天你们就去办手续，就用盈盈的名字贷吧。"

"不用了，这里挺好。"许文嘉表情平静，语调也无丝毫情绪起伏。

听到婆婆又变主意，任盈盈虽然心有疑惑，但仍稍稍犹豫了下，从临时充当茶几的桌上抽一张面巾纸递过去，"妈，纸。"

许母的泪越擦越多，这时候，她才意识到她之前所说的话确实伤到了儿子的心，她很想补救，很想尽快回复到原先那种母子间的状态，"走，现在就走，新房能住前你和盈盈先回家住，明天就去签合同。"

许文嘉的视线终于对上母亲的，"妈，我和盈盈先暂时住在这里，需要的时候我会带她回家的。"

许母仍然坚持,"别跟妈赌气。走,听话。"

看许母的手伸过来,任盈盈如避蛇蝎般躲开。许母有些尴尬,任盈盈只当没看见。

许文嘉把烟头摁进烟灰缸,"妈,你别多心。我们没有赌气,只是觉得长大成人了,不应该再事事依靠父母。再说了,这房租我一次性交了三个月。"

默默听着的许父开了口:"这样吧,你们想住这里就暂时先住着,不过,房子的事不能拖。"

小夫妻俩沉默。

许父站起身,"就这么定了,明天去办手续。"

小夫妻俩依然沉默。

长辈陆续离去,走在最后面的任母寒着脸提醒小夫妻俩,"你们买的那些菜不新鲜,吃了对胎儿不好。手头紧了告诉妈,现在是特殊时期,不能太省。"

许文嘉站起身,"谢谢妈。"

调查结果显示,绝大多数数据属实。当然,也有个别对吴子涛有意见的司机信口胡诌。

公司高层召开了小范围会议。席慕凡当众表示这件事他不发表任何意见,他出席只是旁听而已。

讨论很久,结果是吴子涛不能再在调度岗位上工作。但是,考虑回扣也多是司机"硬塞"给他的,因此,调吴子涛去业务部门当一般业务员。业务员的工作多在外面跑,属于跑腿多却只能报销点出租车费、餐费这类小钱的工作,算是苦差事。

其实,席慕凡内心里非常希望能把吴子涛逐出公司。他明白这个结果是众股东看在他的面子上,但他却不好公开说什么。

会议结束，席慕凡交代负责调度工作的部门领导找吴子涛单独谈话。他不想与吴子涛正面说这件事。

吴子涛仍是一贯的做法，向吴母求助。

因此，当席慕凡接到吴子琪的电话时，距离会议结束不过半个小时而已。

"子琪，什么事？"

"有了结果为什么不先和我说，由我向我妈解释不好吗？"

席慕凡这才回过了味，"刚开过会，我手头还有点急事要处理，哪有时间和你说？子琪，前几天你还说不再插手管子涛的事，怎么又忘了？这个结果已经很轻了。"

吴子琪怒气不减，"股东们意见很大？"

"怎么可能不大？子涛是谁给他回扣他给谁派车。车辆多少是股东分红的最大依据。如果他不是我内弟，开除他都是轻的。"

"我要回新郑一趟。"

"先说好，我可不去。"

"就没打算让你去。你每次去都没解决问题，让你回去也是给我妈添堵的。"

知道她心里难受，席慕凡本不想与她计较太多，可是，吴子琪字字带刺，似乎不把他刺个满身鲜血决不罢休。这一瞬间，他心底那丝冷又蹿出来。可他不想与她争吵，"晚上回来吗？"

"我把青诺带走。你自个儿在家也好好想想。"吴子琪率先挂断了电话。

席慕凡盯着手机愣了好一会儿，然后才给吴子琪发了一份邮件，并附带一条提醒信息：你手机邮箱有一份回扣明细表，可以让你妈看看。

吴子琪没有回复。

席慕凡坐下来沉思。他不知道吴子琪回来时会带来什么新问题，但是，很明显的是那肯定是棘手的事。他不是容不下吴子涛，只是这个内弟太不争气了，不仅对岗位挑肥拣瘦，还把公司资产当成自己家的私有资产，而且，用的时候连个招呼都不打。每次都是相关负责人员问到他他才知道内弟干了出格的事。以他的脾气，他早想让吴子涛离开，可是，顾及吴子琪的感受，也不希望帮过自己的岳母伤心，他一忍再忍，可是，结果呢？吴子涛不仅没有收敛，而且越发嚣张，搞得公司辖下司机怨声载道，股东们意见也越来越大。

事已至此，妻子还在维护吴子涛，还在埋怨他。她想让他怎么做？把公司拱手让给吴家，还是把内弟当太上皇一样供起来？

也许，确实到了该快刀斩乱麻的时候。怨恨就怨恨吧，难道能看着自己的公司因为一个人而解散吗？席慕凡仰头长叹。至于妻子，她能理解他就万分感谢，她若不理解，也就随她去了。爱一个人，并不代表要为此失去自我。

烦恼的他忘记了，晚上女儿席青诺是有课的。

任盈盈赶到富田文博时，才发现席家新房所在的一期就在她选中的三期的那套前面。遥望即将封顶的新楼，她心里有股难以描述的情绪在涌动。

一套小小的婚房竟然离自己这么遥远，难道，自己的选择真是个错误？想想婚后丈夫紧蹙的眉头，再想想婆婆眼里不加掩饰的愤恨，本就郁闷十足的心情再度沉重。她想，也许应该完全听从母亲的话，上学时好好上学，工作时好好工作，到结婚年龄时母亲自会挑一个家庭、个人都不差的人让自己去相处，然后自己会和母亲一样，一辈子衣食住行都不发愁。运气好的话，还能永远是丈夫心中的女王。

可现在呢？因为未婚有孕，不得已在仓促之间把结婚提到日程上。不仅双方家庭没有足够的了解，自己与许文嘉也对以后的生活没有任何规划，甚至，没有考虑过有没有能力组织一个家庭，抚养一个孩子，可以说未来的生活一片渺茫。

这就是自己憧憬过的生活？

很显然，不是。

另外，许文嘉近期时常以加班为由让她回娘家居住，到底是什么意思？心疼她，担忧她，不想让她在出租房里挨冷？还是，他同样挨不了这份苦，也选择了回自己家？

为了得到答案，她并没有听从他的话，她连续两晚答应他回娘家住后回了租住的房子里，她希望她能等回他。可是，她很失望，他并没有回去。

她不想相信，却又不得不信，他的确回了自己家。

所以，她不敢想象以后的生活，也不敢把心里的恐惧说出去，因为她没有倾诉的对象。她已经很少去找吴子妍谈心，因为她发现把自己的遭遇告诉好友后，好友并没有提出建设性的建议，而且，隐约之间她能发现好友似乎在轻视她。她不愿在任何人面前有卑微的感觉。

因而，她开始了忍耐，也学会了把什么事都藏在心里。

暮色灰暗，小区内所有的灯都亮了起来。任盈盈依然仰望那幢高楼。她万分希望凭自己的能力去拥有一套完全属于自己的房子，不会再与婆婆争房产归属权，丈夫也不用小心翼翼地看自己父母的脸色。

席慕凡驶进小区的那瞬间，心里万分懊恼，只顾忙自己家的事了，竟然忘记给任盈盈打电话，让人家挺着肚子在楼下秋风中等待这么长时间。

车子经过她身边，他正在打招呼时赫然发现她居然泪流满面。顺着她的目光看过去，除了几幢楼外什么也没有。

他有点不知该怎么办才好,而她显然依然沉溺于自己的情绪里,根本没发觉他的存在。

为避免她尴尬,所以他径直把车子开到自己家的车位。坐在车上,他拨打她的电话,"盈盈,不好意思,忘记告诉你,青诺跟她妈妈回新郑了。"

任盈盈慌忙擦腮边的泪,"没关系。"她边说边快速往小区大门方向走,走得太急,身子竟然趔趄了下。

在车子里看得分明的席慕凡不得不下车。他跑过去扶起她,"盈盈,没什么事吧?!"

泪痕未干,任盈盈不想让人发现她的狼狈,她强撑着往前走,"没事。啊。"

尖叫声传来,席慕凡手一抄堪堪捞起她的腰身,"你这丫头,逞什么能?!脚崴了吧?"

泪毫无预警地涌出来,她边擦边挣扎着站稳身子,可是脚却疼得钻心,但即便这样也依然不想在这个豁达的男人面前显露自己的伤悲,"没事,我能走,席哥,你先上楼吧。"

席慕凡不知道她身上究竟发生了什么事,但直觉告诉他,任盈盈情绪很不对。看她一瘸一拐往前挪,他转身开了车停在她身边,"上车。"她是来给女儿青诺上课的,他有义务送她回去。

一直强撑着的任盈盈不再坚持,这种状态下,她无法拒绝。

席慕凡先带她去了医院。急诊大夫仅几下子就把半脱臼的脚踝骨捏了回去。

任盈盈搬到出租屋后席慕凡并没有送过她,离开医院后,他一如往常向她娘家方向驶去。任盈盈并不想回娘家住,她担忧在母亲面前流露出自己的委屈。

"席哥,我现在住任砦北街。"

任砦北街是都市村庄,因外地租房人员多,那里环境十分复杂。席慕凡有点意外,据他所知,许文嘉并非那里的人,显然,两人在那里是租房居住。他有点意外,曾听过吴子琪提起许家不愿买房,但确实没有料到小夫妻俩竟然租房生活。他有点回过了味儿,难怪任盈盈会望着新楼盘落泪。

吴子琪怀孕时也因为没有房子而哭泣过,席慕凡十分明白任盈盈的感受,"盈盈,我和你吴姐刚结婚时也是租房生活。以后,会好起来的。"

被人窥破心事,任盈盈有点尴尬。

席慕凡轻笑起来,"你吴姐怀青诺时也哭过鼻子,不用不好意思。"

任盈盈讪讪一笑,"席哥,你学过心理学吧。"

见她开口,席慕凡心头一松,"小许多大年龄?"

"二十五岁。"

"年龄不够。如果你们俩之中有一个够二十八岁就可以申请一套经济适用房。再坚持三年,时间很快过的。"席慕凡并不会开解人,但他仍尽力劝说,他对任盈盈的印象相当不错。

任盈盈犹豫一会儿才开口:"席哥,如果吴姐怀孕,你会不会晚上不回家住?"这个问题问得很艰难,但她真的想知道这个答案。

席慕凡微愣,他以为她是为房而哭,没料到居然是因为其他原因,这个问题回答不好会增加任盈盈的心理负担,也可能会误导她而影响他们的夫妻感情。他斟酌一会儿才开口:"他是不是工作上有事?!你也知道,婚后男人会把生活重点放在打拼事业上。把时间都用在儿女情长上,哪有精力挣银子让妻儿生活得更好啊?"

任盈盈沉思一会儿才幽幽地说:"希望如此吧。"

都市村庄的晚上，小街道上全是人，车子前行困难。当车子再次堵了后任盈盈说："前面就是我住的地方。席哥，我先下了。"

席慕凡仔细看一眼她的神情，"哦，再见。"

"再见。"任盈盈很努力地挤出笑容。

车门被关上，席慕凡笑看着冲他摆摆手后快速跑开的任盈盈的背影。他发现，她的肩膀一抽一抽，似乎又哭了。她的背影消失后，他开始观察周围环境。小街两边果皮垃圾随处可见，小摊小贩或坐或站待在自己摊位附近聊着天。

街道狭窄，就在他一点一点打方向准备往回走时，任盈盈竟然又出现了，样子惊恐而慌张。他赶紧拉开车门，扬声喊："盈盈。"

任盈盈跑着过来，"房门被撬了，房间被翻得乱七八糟。"

"小许不在家？"

任盈盈嘴唇哆嗦着，"不在。"

席慕凡眉头蹙起，但不方便发表意见。

任盈盈再次拨打许文嘉的电话，仍然是关机状态，她彻底崩溃了，泪顺脸流下，"席哥，把我送到桐柏西路。"

一路无话，直到车子驶进许家所在家属院。从车窗望向二楼窗户，有灯光。任盈盈拨打家中座机，她没有独身一人来许家住的心理准备，她要许文嘉陪她回出租屋居住。响了许久，没人接听。

拨了十几分钟，她最终放弃，"席哥，耽误你这么长时间，不好意思。我在这等一会，估计他们出去了。"

外面秋风劲吹，席慕凡当然不放心这么放下她，"反正回家也没什么事。还是坐在车里等吧。"

任盈盈刚想再推托，就见许家三口出现在眼前。许文嘉正和父亲说着什么，许母李晓琼笑吟吟提着食品袋，从透明袋子里装的食品上可见，许家人外出用餐顺带打了包。一瞬间，任盈盈双眼的泪汹涌而出，虽然早有心理准备，可是，打破最后一丝侥幸的巨大打击狠狠地击懵了她。

一行三人上了楼。任盈盈放声大哭。

席慕凡不停地抽纸递给她，他不知道从哪个方面劝导她。他理解不了许文嘉，怎么能在妻子有孕的时候让她一个人居住在出租屋里呢？难道不知道那里环境复杂吗？难道不知道孕妇身边是不能离人的吗？难道不知道为人夫为人父后自己的责任和义务吗？

可是，他不能说出口。

任盈盈哭了足足半个小时。然后，她说："席哥，还要麻烦你，把我送到中原路。"

席慕凡轻叹一声，"不用听他解释吗？"

任盈盈摇头，"这时候还不想，等我情绪平稳下来再说吧。"

席慕凡点点头，他很欣赏她的这种处事方法。盛怒之下情绪难免失控，失控局面下很容易说伤人的话。妻子这方面显然还不如任盈盈，妻子总是接到母亲电话后的第一时间就去指责他、埋怨他。

许文嘉站在门口，"妈，把汤递给我，我直接回去了。"

好不容易见到儿子，李晓琼当然不愿意儿子这么离开，"你不说她回娘家住了吗，今晚你也在家住吧？"

许文嘉看看手机上的时间，"连续加了几天班，吃住都在办公室里。今晚得回去收拾一下，明天去她妈家接她。"

李晓琼很不满意儿子如此宠爱儿媳，"都是她家事多，要不然你们在家住，哪有恁多事？"

许文嘉轻轻一叹，准备自己去厨房提母亲煲的猪脚汤。买房那天母亲所说的房产继承问题是让他难受了很多天，但静下来想想后他不再难受,他理解母亲,妻子的态度确实令人担忧。虽然很想住在家里,可是,他要在妻子回出租屋之前把房间清理干净,他明白,妻子能跟着他外出租房,已经很委屈了。

车子停在楼下,任盈盈从包里拿出化妆包。眼睛红肿,根本没办法出现在母亲面前,不是不想听母亲的责骂,而是不想让父母跟着伤心。自己的选择,苦果只能自己吃。

席慕凡适时提议道:"晚上我还没吃饭,盈盈,能不能陪陪我?"

明白他只是想化解她眼前的困境,可两个多小时的陪伴,她已经心存感激,让他继续帮下去,接下来的日子她想她不可能若无其事地去给他的女儿授课。就如吴子妍,向她吐露太多心事的结果就是无法坦然面对。席慕凡是个很好的雇主,而她也需要这些报酬。在见到许家一家三口那瞬间,她明白她此后已不会把自己的生活拴在许文嘉这个男人身上,已经发生的事已经无法改变,能改变的只有未来的生活。

因此,她拒绝了,"我有点累,改天我请你。"

席慕凡不好过分坚持,"那早点回家。"

任盈盈拉开车门,下车后冲他摆摆手。

吴母多少知道儿子所在岗位有油水可捞,可是,她不相信儿子竟然收受这么多回扣。金额之大,超出了她的想象范围。

吴子琪难掩伤心,"难怪子涛不要我们家房子。"

吴母显然不相信女儿手机里的那些数据,"是不是有人故意诬陷他?!"

吴子琪没有马上与母亲辩驳,她给席慕凡打电话,让他把调查结果也发过来。

当看到调查对象五花八门的签名后，吴母沉默了。

吴子琪痛心疾首，"子涛怎么这么糊涂，不只毁了自己前程，也给慕凡脸上抹了黑。妈，公司是慕凡一手创办的，他经历了多少苦难才有今天的成绩，你没有看见，但我却是亲眼看见的。子涛，还是听从公司的安排吧。"

吴母仍然替儿子争取，"能不能暂时干两个月业务员，然后慕凡再把他调到调度岗位上？"

吴子琪摇头。

吴母开始流泪，"房子没买上，岗位也变了。子涛怎么办啊？"

"公司又不是只有他一个业务员，人家能干，为什么他不能？还有，妈，他的事能不能让他直接跟我说，事事让你出面，子涛就不担心你心里难受？！"吴子琪准备趁今天这个机会把心里话都说出来，"这些年他也挣了不少，可是钱呢，他给了你还是给杨梅了？"

吴母有点不自然，"他肯定给杨梅了。"

吴子琪见母亲还在为弟弟遮掩，她生气了，"子涛之所以有今天的结果，都是你宠的。你问问杨梅，子涛的工资她见过没有。妈，子涛不回来的时候都在干什么，你问过他没有？"

吴母急忙问："他干什么了？"

"赌博。赌注通常上万元。"

吴母被惊住了，愣一会儿后老太太又找出了原因，"这能怪他？！不能天天回新郑，家又不在郑州，不打牌能干什么？！"

吴子琪彻底灰心了，她不再奢望和母亲说通这件事。心平静了，火气自然而然也就散了。

"前阵子慕凡同意将房子低价卖给子涛，也想托人给他找份稳定的工作。就为了调度这个破岗位，他不同意，你也生气。现在呢，房子没有了，调度工作也没有了。以后他的事我不再管，你也别因为他再给我打电话。妈,这种两头受气的日子我过够了。"

吴母痛哭起来,"说到底还不是因为他不是席慕凡的亲弟弟?琪琪,如果你手里有这个权力,你能让你弟混到这个地步吗?"

母亲这么悲伤,吴子琪也很难受,"妈,你到底想让我和慕凡怎么做?"

"让你弟弟跟着你们。你们有口稠的,让他喝口稀的。"

吴母初衷不改,但吴子琪却不敢一口答应下来。

Chapter 8　夫妻分歧

许文嘉发现任盈盈变了，几乎不怎么答理他。通常他问十句她只回答一句。而且，她似乎越来越爱数钱。

她会把包里所有的现金都掏出来，连硬币都不放过，一张一张，一个一个，仔仔细细地数。不只数她自己的，也数他的。

许文嘉以为回娘家住的几个晚上她又被岳母洗了脑，他不希望自己给自己找麻烦，所以，对这种异状他不主动去问。他想，她不说就不说吧，只要这么做她心里高兴就行了。所以，当任盈盈开口要他的工资卡时他爽快地答应了。

他有点好笑，他想，这长不大的丫头终于想起要掌管家里的财政大权了。他认为这是好事，这有利于妻子成长为标准主妇。

周六周日两天时间里，在母亲的引领下，吴子琪走访了新郑内大大小小的超市。她极度震惊，闲谈之中她发现超市生鲜区的工作人员都知道，海鲜供货商席家珍是因为有一个了不起的富翁弟弟才发财的。

席家珍是席慕凡的姐姐。

吴子琪一直掌握着家里的经济大权,席慕凡是怎么给他姐启动资金的呢?吴子琪心事重重地回到郑州。她很想开口质问席慕凡,但是,她知道她没有证据。其实,有时候她会这么安慰自己,席慕凡也帮了自己的弟弟,那么,即便他真帮了自己的姐姐也无可非议。

所以,她努力不去想这些事情。她弟弟的,他姐姐的,通通不想,她努力让自己快乐起来。工作时她认真工作,闲下来时她带着席青诺去书店看童话书,去儿童乐园疯玩,甚至,她领着女儿去听音乐会。

席慕凡以为她在调节心情,他也配合她不再多说一句关于公司关于吴子涛的事。

终于,郑州这座城市飘起第一场雪花的时候,她心中的阴霾彻底消失了。工作,依然清闲无比。为了打发时间,吴子琪把卖房还债后剩余的钱抽出五万元投到股市。她自认心理素质不是特别好,因此,她总是炒低价股,而且赚钱就撤。这种小心翼翼的操作,她居然还真挣了钱,但不多,够给席青诺买衣服了。尝到甜头的吴子琪常在席慕凡面前卖弄。

从娘家回来后吴子琪没再多说一句,席慕凡竟然觉得很感动。而他也确实喜欢她这种自然而然流露出的小女儿姿态,因此,就是吴子琪不卖弄的时候他也会主动提起。

这天晚上,公司签了个不错的合同,心情愉悦的席慕凡又开始逗吴子琪母女,他先引诱女儿开口,"妞妞,这几天妈妈给你买新衣服没有?"

席青诺的小脑袋摇几下,"没有。"

席慕凡继续问:"为什么啊?上次你不是相中了一件上衣吗?"

不提还好，一提席青诺顿时想起了这件事。小丫头从沙发上跳起来直接跑向厨房，"妈，你的股票没挣钱吗？！"

正在洗碗的吴子琪哭笑不得，"呸呸呸。童言无忌，谁说我股票没挣钱？"

"那为什么不给我买衣服？"

吴子琪摆好碗筷洗干净了手，拉着女儿走向客厅，"妈妈这次改变战略了，等妈妈出来后妞妞一年的衣服钱都有了。"

席青诺拍手欢呼道："妈妈真棒。"

席慕凡不服气，"比爸爸还棒？"

席青诺边笑边挤坐到吴子琪身边，"当然了。"

席慕凡心理不平衡了，"妞妞住的大房子，还有每天坐的车子都是爸爸买的哦，比妈妈买的值钱多了。"

席青诺有自己的见解，"可是房子、车子爸妈也有份住和用啊，衣服却是妞妞一个人的。"

吴子琪捧腹大笑。

席慕凡吹胡子瞪眼，"以后妞妞的衣服我买。"

席青诺很不给面子地直接拒绝，"不行，爸爸买的不漂亮。"

吴子琪得意扬扬，"不要在妞妞面前与我争宠，这么做是没有意义的。"

席慕凡愤愤地抽出口袋的钱夹子，"妞妞，你相中的那件衣服爸爸明天就给你买。"

席青诺思索了一下后马上倒戈，"好耶，爸爸也真棒。"

心理稍稍平衡些的席慕凡顿时笑开了花。

一家人气氛正好时，任盈盈敲开了门。

席青诺连说带比画地和她说刚才家中趣事。任盈盈万分羡慕这种家庭氛围，也十分钦佩席慕凡的胸襟气度和行事风格，因而，虽然心中酸涩也极力挤出大笑脸，"青诺要好好练琴，老师也会有奖励哦。"

小丫头十分好奇地问："什么奖励？"

任盈盈轻点一下她的小鼻子，"保密。"

几个大人寒暄几句后，任盈盈带席青诺去练琴。夫妻俩有默契地把一切行动音量放低。盯着无音的电视画面，席慕凡问："你又往股市里投钱了？"

吴子琪神秘地点头，"短线太麻烦，挣得也少。这次我挑了个高价股，做长线。"

席慕凡轻叹后提醒她，"股票终究是投机，投机的事就会有赔有赚。你心理素质一般，别给自己找不自在。"

吴子琪很不满意他这种说法，"赔赚就这十万元，我能承受得了。"

席慕凡把目光又投向电视，"到时候别说我没提醒你。"

吴子琪再想辩驳时家里的座机突然响起，恐影响女儿练琴，吴子琪跳下沙发光着脚丫子跑去接了，"谁啊？"

"姐，妈在医院已经住五天了，需要做手术，可是，我担忧这里的大夫做不了。"子妍声音有点低，似乎是背着人打的。

听到母亲在医院，吴子琪已经慌了，不由自主地嗓门高了，"怎么了？妈到底什么病？"

"脑血管狭窄，需要放支架。"

"我马上联系郑州的医院，尽快让妈妈转院。"

子妍声音更小了，"姐，我是偷偷打给你的，妈不愿意你知道。她现在情绪刚刚稳定下来，你来了会不会……"

吴子琪愣了，"为什么不愿我知道？"

子妍声音尴尬，"妈就是因为子涛哥离开你们公司才气得晕过去的。送到医院检查出来她血管狭窄。"

"我明天一大早就回新郑,今晚辛苦你了。"放下电话,吴子琪泪流满面。

已经站到她身后的席慕凡揽住她的肩,"子琪,妈什么病?"

他不出声还好,一出声吴子琪顿时找到了出气筒,"子涛为什么会离开公司?"

席慕凡愣了下,"刚才谁打来的电话?"

"子妍。"

"她怎么说的?"

"她说子涛离开公司了。"

席慕凡的脸色已经非常难看,他不希望女儿听到夫妻俩的争吵声,而且任盈盈还在,他把声音压得极低,"你听不懂吗?是子涛离开公司了,并不是我让他离开公司。"

母亲重病住院,丈夫还在为自己辩解,震怒的吴子琪指着席慕凡,"即便是他主动辞职,你也应该极力挽留。"

妻子声音太大,席慕凡听到女儿琴声骤停,他极力压下胸腔左右冲撞的愤怒,"吴子琪,我请你顾念一下女儿,她还在练琴,她的老师也还在。"

帮助姐姐做生意的事瞬间涌上脑海,家徒四壁的席家珍摇身一变成为新郑海鲜供货商,她不是没有怀疑过,但是,却想着家里是自己掌握经济大权,没想到席慕凡私下能动用的钱居然还有这么多。她已经被愤怒遮挡住了眼睛,因此,声音不但没低反而还高了几分,"你怕什么,敢做还不敢让别人知道。"

席慕凡是真恼了,吴子琪说得有点过分。他冷冷地盯着吴子琪,"我做什么了?"

"从子涛进公司你用各种各样的办法逼他,你为什么不让他待在公司,你害怕什么?害怕从公司抽出资金去帮你姐做生意的事让我知道?"

席慕凡听出了门道,"你让子涛在公司就是为了监视我?"

"你到底有没有帮你姐?"

"帮了。"席慕凡很坦然地望着吴子琪。

"为什么不告诉我?"

"害怕你这种反应。"

吴子琪气得直哆嗦,"你既然帮了你姐,就必须帮我弟。我要你马上、立即请他返回调度岗位。见我妈之前这件事情必须办妥。"

听卧室已传来女儿的哭声,席慕凡拿起上衣准备出门,"这不可能。"他不想再跟吴子琪争吵,他担忧吓坏女儿。

吴子琪对着席慕凡的背影吼一声,"你不帮我弟,我们就离婚。"

手拉在门柄上的席慕凡沉默了一会儿,"我会考虑你的提议。"说完,摔门离家而去。

吴子琪痛哭失声。

缩在任盈盈怀里的席青诺也大哭起来。

任盈盈很矛盾,这是席家家事,她不方便插言,可是,眼前这情形她也不可能就这么离开。她先柔声安抚席青诺,然后去劝吴子琪,"吴姐,别再哭了,吓着孩子了。"

吴子琪声音已哑,"他能帮他姐,我为什么不能帮我弟?"

任盈盈无话可说。

吴子琪哭声慢慢低了下来,"他把我弟从公司逼走,我妈也因此事晕倒,我还不能发发脾气了?他还摔门离开,他有什么可气的?"

盈盈咬唇沉默一会儿后才说:"席哥生气的原因是不是觉得你坚

持让你弟在公司是为了监视他?"

心中掠过一丝慌张的吴子琪愣了,"我什么时候说我弟在公司是为了监视他的?"

看来两人争吵时吴子琪只顾嘴上痛快了,说的话压根没经过脑子。任盈盈小心翼翼地把两人之间的争吵复述一遍,然后委婉地提醒:"你说的话令席哥误会了。"

吴子涛进公司前她确实存有这种心思,最初,她也确实经常打电话给吴子涛询问席慕凡的行踪。但是,现在她确实没再做这种事,她已经完全相信了他。

吴子琪心里有点后悔,她不该有这种心思的。婚龄渐长,与席慕凡是争吵不断,可是,席慕凡从来不轻言离婚,即便是气头上她先提出离婚,他也从来不接口,甚至,他会因为她的这种胁迫而快速开解她。没想到今天他竟然说考虑考虑。

见吴子琪沉默,任盈盈赶紧告辞。

出了电梯,迈出大堂,她下意识地往席慕凡的车位方向看过去。

她发现,席慕凡其实并未离开,他正在车内抽烟。

前些日子两个多小时的陪伴,现在想来心里还是暖暖的,没有任何犹豫,她上前拉开车门,"席哥,吴姐哭得很伤心。气头上的话就别计较字眼了。"

因为是男人,所以从来不向外人吐露心中的苦恼。他很鄙视那种四处倒苦水的男人,他不屑做那种娘娘腔。他认为,男人之所以是男人,就是为家庭为妻儿创造幸福的,作为男人,无论是哪种角色都应该做得好。他是这么想的,也是这么要求自己的,可现实中他却有很多事没有做到。首先,作为儿子,父母至今还生活在乡下。不是不想把他们接到郑州,他是担忧好心办坏事,妻子的态度决定了她不会对自己父母和颜悦色,而他,没有时间也没有精力时刻陪伴在父母身边。所以,他另辟捷径,全力扶助姐姐夫,先让姐姐在新郑县城打好根基,然后他会在那里为父母购买住房,父母与哥哥姐姐生活在新郑县城,而他开车往返新郑又很方便,他认为这是最好的照顾方法。

但是,他不想把这件事告诉妻子,他太明白妻子的性格了。可是,他从来没有想到,她对自己的父母不仅仅是冷淡,她竟然还有把他拽离他的家庭的想法。

他爱妻子,也爱父母,这是并列的。他不能因为妻子的态度而置父母于不顾。他想,只要方式方法对了,会把两者兼顾好的。

可是,妻子又做了什么呢?结婚几年来对公婆不闻不问。即便父母没有为妻子提供过什么,可是,孝敬公婆不应该是儿媳应尽的义务吗?

她只是一味地指责他,她为什么不问问他为什么这么帮助姐姐?所以,当她再次用离婚逼他时,他有点动摇。自己的小家是重要,可是父母同样也很重要,难道就因为妻子的不理解而去做那不孝顺的浑蛋吗?

所以,任盈盈的劝慰对他来说毫无作用,"你不懂。"

听他声音沉重,任盈盈心里也有点难受,"谁说我不懂,我也是结过婚的人。"

席慕凡扔掉早已掐灭的烟头,"她帮她弟不就是为了她父母吗?她弟既然是扶不起的阿斗,为什么不想想直接的做法,直接把父母的生活安顿好了就行。每逢遇事只是一边倒埋怨我,不好好想想,我为什么会这么做。"

第一次,席慕凡在女人面前发牢骚,而且,一发不可收拾,"我真后悔当年用了她家的钱。人情债我整整还了七年,但仍然没有还完。如果她弟争气，在公司会有很大发展空间。可她弟又做了什么，迟到早退是家常便饭，而且经常以我的名义挪用公司物品，甚至，收受回扣，直接影响公司业务。难道我还要继续不闻不问？"

任盈盈没有插言，她只是静静地听着。

就这样，一个说一个听，整整一个半小时。直到任盈盈的手机响起，席慕凡才惊觉自己做了什么，他歉意十足，"我送你回家。"

是许文嘉的电话，任盈盈直接摁断，"我打车回家。你还是赶紧上楼吧。毕竟，吴姐的母亲在医院，有些事还是需要你主动去做的。"

席慕凡轻叹："没想到你年纪轻轻，看问题还挺透。"

任盈盈苦笑，这五个月来经历的事太多，令她的观念想法改变很大，这是有原因的。但是，在席家夫妻发生战争这节骨眼上她不想过多说自己的事，因此，她浅浅一笑，说："我只是旁观者清。"

看着她单薄的背影越来越远，席慕凡梳理了下心情后下了车。任盈盈说得不错，岳母病在床上，接下来怎么医治是重点。至于吴子琪的无理要求，还有要不要离婚这事，以后再说吧。

吴子琪还在抽泣。

见他进门，席青诺眼神怯怯的。

他先对女儿温柔地笑笑，然后坐到吴子琪对面，"把妈接到郑州医治之前，我们还是先和子涛碰个面，把妈晕倒的诱因找出来。"

她痛哭时，他拂袖离开，现在回来就若无其事地跟她讨论诱因，吴子琪刚平息的怒气顿时上涌。

见她神色突变，席慕凡盯着她，"我再重复一遍，不要当着妞妞的面跟我吵。还有，你妈的病是主要的，其他都是次要的。"

吴子琪恨恨地瞪他一眼，然后牵着女儿的手走进卧室。半个小时后，她关上女儿房间的门走了出来。哄女儿睡觉时她又静静想了会，她意识到他说的不错,她必须亲口问弟弟这件事。经历了这么多事,席慕凡对吴家情况的了解程度不比她低,也许母亲晕倒会有其他原因。没有丝毫犹豫,她拨通子涛的电话,"你现在在哪?"

"有事?"

"在哪?"

"郑州。"

吴子琪怒了,"妈在医院,你却在郑州。吴子涛,你现在马上来我家里一趟。"

"我正忙着呢。"

吴子琪从电话里听出了异声,她有些不可置信,"你还在打牌?"

"姐,到底什么事?"吴子涛居然很不耐烦。

"我不管你在干什么,但是,现在,你必须马上来我家一趟。"挂断电话后吴子琪的泪止都止不住。

席慕凡没有上前相劝的欲望和心情,他觉得很累很累。

变得异常节俭的任盈盈打车回到出租屋,候在外面的许文嘉很惊奇,"怎么打车回来了?"

任盈盈没精打采,"心里有点不安。"

许文嘉赶紧接上她的包,"以后不舒服了就打车,现在你是重点保护对象。"上次从家里回来后他大吃一惊,听说过出租屋会经常遭贼光顾,可仍然被凌乱的场景吓坏了。当时他就给任盈盈打电话,但身在娘家的妻子没有接听,况且第二天回来后她并未提起,他最终松了口气,很庆幸,没丢什么东西,更庆幸,遭窃的时候妻子不在。因为担心她害怕,他便不告诉她这件事。愿望虽好,但是他没料到妻子早已知道,而且对他有了深深的误会。

任盈盈依然不冷不热地回答他。

没有空调,位于北面的房子就越发阴冷。室内跟室外气温差别并不大。

心里很不情愿,但实在挨不住,背靠着许文嘉的任盈盈最终还是蜷缩在他怀里取暖。

感受到妻子的身体瑟瑟发抖,许文嘉只恨自己的怀抱太小,顾得了这边顾不得那边,"盈盈,对不起。没受过这种罪吧?"

自己家一直是集中供暖,任盈盈的确确没有过这样的遭遇。她的脑袋不舍地从被窝里伸出来,言不由衷地说:"现在已经很暖和了。"

胸口被她说话时呵出的气吹得痒痒的,许文嘉仍忍着不动,他担忧身体一动掖好的被角就会漏风,"明天你回家住吧。"

任盈盈微愣,"你在哪住?"

"我住在公司。马上十二月份了,公司忙会经常加班,我办公室有空调有沙发,冻不住人。"

任盈盈冷笑,又是这种理由,打着心疼她的幌子,其实是他自己挨不住。看来他不只是优柔寡断,还根本就是谎话连篇又没有担当的小男人,"工作要紧,你忙你的。"

许文嘉没有听出她的话外之音,他讨好地说:"我卖力加班还不是为了你?"

任盈盈伸出脑袋,"所以我们应该同甘共苦,我哪能一个人回家享福,你在哪住我就在哪住。"

"我万一加班呢?"

"我在家等着。"

妻子嘴里的家就是这里,许文嘉轻轻一叹,"听话。你现在是孕妇,不能逞强。"

"你不在身边,不只我,宝宝也会觉得孤单的。"任盈盈说得有点假,她只是希望许文嘉能给她说句实话,她希望夫妻间能坦诚一点。

许文嘉却根本不知道妻子的意思,他再次叹气,怀中的妻子虽然看似彪悍,其实,骨子里还是娇滴滴的成分居多。在天寒地冻的季节,生活在这种简易出租房里,不要说女人了,就连他这个堂堂七尺男儿也觉得挨得难受,他很担忧她嘴上逞能身体却吃不消。加班是假,想让她回家住是真。岳母虽然嘴上厉害,骨子里还是十分心疼妻子的。

"我加班还不是为了你们母子俩以后生活得更好?"

任盈盈的目光对上许文嘉的眼睛,"真的?"

许文嘉对她的质疑感到好笑,"当然是真的。在你最需要关爱的时候我却没有能力为你创造好的条件,想起这事我心里就不是滋味。加班费虽然不多,但总归是多一点是一点吧。"

任盈盈心头坚冰有点融化,她很想去相信他。可是,那天晚上亲眼见到的事实却总在眼前晃,提醒着她,他在撒谎,他这么做只是不想住在这种寒冷的出租房里。

见她神情古怪,许文嘉问:"为什么这么看我?"

任盈盈不慌不忙收回目光,"我只是觉得夫妻间应该坦诚一点,什么事都要商量着来。"

"你的意思是我瞒你了?"

坦诚应该是主动行为,不应该是被逼问出来的。见许文嘉在意,任盈盈反而不自然了,她掩饰地挠他痒痒,"说什么呢?"

"别挠别挠。"许文嘉硬邦邦撑在床上居然纹丝不动。

任盈盈觉得奇怪,"你现在不怕痒了?"

"我一动掖好的被子就漏风了。"许文嘉摸索着把任盈盈的手抓住,"怎么手还没有捂热?快放我身上再暖暖。"

感受到他身上的热量源源不断传到自己身上,任盈盈心里温暖起来。手脚渐暖,心里的那份坚持也变得不那么坚定,她想,也许,他真的只是想让她不再挨冷。

吴子涛踏进吴子琪家门时已是凌晨。
吴子琪压下心中愤怒问道:"晚饭吃了没有?"
"吃了。"吴子涛快速观察几眼客厅陈设,"不过现在又有点饿,若家里有现成的,我再吃点。"
"吃速冻包子吧?"
吴子涛一屁股坐在沙发上,"什么都行。"
吴子琪开完火后站在厨房门口问道:"你不知道妈住院了?"
吴子涛眼睛盯着茶几,"知道。"
"知道你还在外面瞎混。"吴子琪忍不住喊了句。
这时,席慕凡从卧室里走出来,"子琪,让子涛吃完饭再说。"
吴子琪阴着脸进了厨房。
席慕凡坐在吴子涛对面,"子涛,你现在有什么想法?"
吴子涛冷冷地扫他一眼,没吭声。意思很明显,他没什么话跟席慕凡说。
席慕凡仍然静静盯着内弟,"妈是因为你离开公司晕倒的?"
吴子涛仍不接话。
席慕凡收回目光打开电视。

吃完饺子,吴子琪又追问:"你在郑州干什么?"
"筹钱。"
"筹什么钱?"
"妈做手术的钱。"
吴子琪呆了,"妈怎么可能连做手术的钱都没有?"

Chapter 8 夫妻分歧 / 149

吴子涛目光闪烁。

吴子琪声音尖厉,"爸妈一个月的退休金三千多元。平常除了日常用品又不买贵重物品,她怎么可能没钱?家里到底出什么事了?!"

吴子涛不住搓手,"我欠了点债,妈替我还了。"

"为什么会欠债?欠了多少?"吴子琪隐约猜出欠债原因,但她不愿意相信。

可是,事实是改变不了的。而且,吴子涛也没打算瞒她,"前阵子打牌输了。"

"多少?"

"五六万元。"

吴子琪伸手给了他一个耳光,打完后,不只她愣了,连被打的吴子涛和默默听着的席慕凡也愣了。

席慕凡最先反应过来,"子琪,你干什么呢?"

吴子涛回过神来后怒了,"你以为我想赌啊。晚上你们一家老小热炕头,想过我吗?我连个电视都看不上,今天去这个司机家凑合一宿,明天去那个朋友家窝一夜。打牌不就是想打发个时间吗?"

吴子琪也怒了,"打发时间赌注有这么大的吗?"

席慕凡提醒吴子琪,"重要的是妈。"

吴子琪深深吸口气,她十分努力压制心中愤怒,"把妈晕倒的真实原因告诉我。"

吴子涛来这里,也是希望姐姐能帮他一把,因此,他选择了实话实说,"业务员收入有限,爸妈就想让我也买一辆车加在公司名下。"

吴子琪接口道:"结果你用这钱还债了?!"

吴子涛点点头,"我再不还他们会找人砍我。"

"妈是因为这个晕倒的?"

"不完全是。我实在不想干业务员,就辞职了,告诉妈时妈说不想干就不干吧,反正有辆车跑着,手里就不会断钱。我不想瞒她,就说钱丢了。"吴子涛越说声音越小。

但吴子琪却清楚母亲的性格,她仍有怀疑,"妈会因为你丢钱而晕倒?!"

吴子涛目光又开始闪烁。

"实话实说。"

吴子涛声若蚊蝇,"妈不相信,我就实话实说了。"

吴子琪再次伸出了手,扇到吴子涛脸上的前一刻被席慕凡挡了下来,"赶紧商量明天该怎么办。"

吴子琪把事情的来龙去脉在脑海里捋了一遍后,心里还是没有一个主意。母亲的执拗是根深蒂固的,老太太既然不想让她知道就铁定不会接受她的安排。

吴家这个新情况出乎席慕凡的意料,眼前如果吴子涛没有一份固定的工作似乎不行。沉思一瞬后席慕凡违心建议道:"壹家那边准备设个点。子涛,你愿意去负责吗?"

面对席慕凡时,吴子涛的表情马上转为冷淡,"我不会再干跟你的公司有关的活。"

吴子琪觉得席慕凡这个提议可行。母亲之所以不愿意让她知道,她认为有两个方面的原因,一是,老太太对于调岗的事还是心里不痛快,二是,吴子涛这次办的事让老太太觉得颜面尽失。况且,直觉上她知道这是席慕凡临时起意,她十分希望弟弟能再次珍惜这个机会,所以,她盯着吴子涛,"我不管你愿意不愿意,但在妈面前你必须答应下来。否则,妈万一出了事,你就永远不要再叫我姐。"

吴子涛没有接话。

吴子琪起身从卧室里拿出一床被子,"今晚你睡书房,明早跟我们一起回新郑。"

吴子涛默然接过被子。

第二天,把席青诺送到幼儿园后,一行三人驱车赶往新郑。同行的,还有省第五人民医院的120急救车。

赶到医院时,席慕凡建议吴子琪让吴子涛去接母亲上车。他觉得还是到郑州后再与吴母见面较为妥当。

在医院外整整等了一个小时,席慕凡仍然没看到岳母出来。他忍不住催吴子琪拨了吴子妍的电话。夫妻俩没料到,吴母的住院费居然是欠费状态,医院根本不给办转院手续。

席慕凡直接把包中全部现金递给吴子琪。做这些事的时候他没有考虑太多,他已经习惯无条件地帮助吴家。

可是,吴母却执意不转院。用老太太的话说,哪个儿女都不省心还是早死早干净。很无奈,夫妻俩只有现身轮番苦劝老太太。吴子琪苦口婆心,吴母嘴里翻来覆去就一句话,"是我害了子涛,要不是我坚持让他去郑州,他哪会是如今这结果啊"。

吴子琪心里像被人放了块烙铁,母亲这哪是自责,这跟当着众人的面扇她耳光没什么两样。因为这个弟弟,她跟丈夫哭过闹过,用离婚相逼过,可结果仍是两边落埋怨。心里十分委屈,她的眼泪也扑簌扑簌往下落。

站在妻子身后的席慕凡心里满满的都是怒,吴家人的敌意丝毫不加掩饰,他很想掉头就走,但是,岳母的身体不得不顾,妻子的情绪也必须要顾及。吴子涛干净利落地拒绝掉那个提议后,他本不愿意再提,可是,如果不提怎么能解除眼前困境呢?于是,他努力压下心底的怒火,说道:"妈,我们公司在壹家设了一个点,全权负责公司与壹家的业务,这事我想让子涛去负责。本来想等你病好了再提,现在正好子涛也在,我就问问他的意见。"

席慕凡这席话把各方面都兼顾到了，吴母满怀希望地看向儿子，她不是很懂女婿口中的壹家是什么公司，但是"全权负责"这四个字很有吸引力。按她的思维方式的理解是，全权负责跟单位一把手那样，全面负责。

吴子涛却不和母亲目光对视，"我能力有限，你还是找其他人吧。"

儿子这么说，吴母马上理解为这是一份连业务员都不如的工作，愤怒的老太太顿时胸闷起来。吴子琪哭着大叫医生。

医生忙碌半个小时后，吴母的状态终于恢复正常。

吴子琪冷冷扫席慕凡一眼，"你先回郑州吧。"

席慕凡的目光在吴家人脸上逐一扫过，然后头也不回地走出病房。

任盈盈被冻感冒了。

许文嘉起床后就发现了。

她脸颊通红，额头很烫。

许文嘉迅速帮她穿好衣服出了门，他知道孕妇发热对胎儿的影响。

他们直接去时常做产检的省第三附属医院，量体温查血象，忙完后已是上午十一点。许文嘉没有犹豫直接送任盈盈回了娘家。

一进门，已在电话里知道女儿感冒的林秀萍就抱住任盈盈，"我可怜的宝贝闺女终于回来了。"

任盈盈有点想哭，但仍极力忍住，不是为了顾及许文嘉的脸面，她只是不想母亲更伤心，"我不是每星期都回来吗？老妈，我饿了。"

林秀萍擦了擦眼角的泪，随后进了厨房。

受到岳母冷落的许文嘉有点尴尬，其实，他每次陪任盈盈回家都会觉得尴尬别扭。岳父岳母虽然没有明言责备，但是，那份不满是怎么掩饰也掩饰不了的。或许，他们压根就没想掩饰。

"你们俩过来。"坐在餐桌边择菜的任父开口叫夫妻俩，待两个人坐定，他说，"你们回来住吧。"

任盈盈想也没想直接拒绝。

许文嘉愕然，他以为妻子会直接答应。他突然发觉，他越来越看不懂她。可是，现在不是想这些事的时候，"爸，我这阵子经常加班，凌晨回来会影响你们休息，让盈盈暂时回来住吧。"

林秀萍神经衰弱，夜里惊醒后很难入睡。见女婿这么体贴，任旭军点点头，"盈盈必须回来。"

任盈盈仍是拒绝。

任旭军转而再看向女儿，"那么，你们还是买房吧。孩子生下来后你们两个应付不了。况且你们租的房子过于简陋，对产妇和婴儿都不太好。"

这是事实，许文嘉很惭愧地点点头。

任盈盈没有接话，她很专心地吃着水果。

徒步走回租住地，许文嘉心里不断琢磨，以后该怎么办。一直住在岳母家，他并不愿意。可是，回自己家婆媳两个在一个屋檐下能有平静日子过吗？很显然，不会有。

这从任盈盈的态度上就能看出来。

租住在外的这三个月内母亲常来探望。可是，任盈盈与母亲几乎没有交流。如果他不在，她直接拒绝母亲过去。意思相当明显，她不会与母亲有冲突，但也绝对不与母亲来往。

症结是房子，他知道。可是，他没有办法去要求任盈盈，他觉得开不了口，那时候，母亲是过分了一些。

唉，他重重地叹了口气。

仰头看一眼路边的摩天大厦，不由自主地，他又叹了口气。平常，趁任盈盈午睡时，他把以租住地为中心周围两公里内的新楼盘都看了，可遗憾的是，没有一套他可以买得起，哪怕是只有四十几平方米的大一居。

胡思乱想中，许文嘉走进了租住的院子里。

许母提着炖盅迎面走来，"文嘉，你们去哪了？"

见母亲一直往自己身后看，许文嘉赶忙说："盈盈没回来。"

许母脸一沉，"又去他们家了？"

许文嘉接过母亲手中物品，"盈盈昨晚感冒了，让她回家调理一阵子。"

"怎么搞的？"许母又开始了一贯的批评埋怨，"这么大的人了，连自己都照顾不好。文嘉，你到底看上她哪了？"

许文嘉一如既往地沉默。

见儿子不吭声，许母问："大夫怎么说？"

"不是病菌性的，对胎儿影响不大。"

"那就是受凉了。知道自己怀孕还不操点心，怎么能……"跟着儿子走进房间的许母不由得打了个寒战，房间里冷得超乎她的想象。她明白了儿媳为什么会受凉，也明白了儿子为什么选择沉默。

许文嘉把炖盅里的排骨汤倒出来，"妈，这里冷。你回去吧，我收拾收拾东西。"

"收拾东西干什么？"

"给盈盈送过去。"

"不回来住了？"其实，许母今天来也是想和儿子儿媳商量回家去住的事，算起来，房屋租金已经到期，她希望能借伺候媳妇月子这个机会与小两口缓和关系。

"到时候再说吧。目前盈盈的身体不适合在这住。"许文嘉把床头的孕期知识书往包里塞,"她妈也希望盈盈待产前住在家里。"

"不是就她家是家啊。咱家比他们家面积还大呢,要回也只能回咱家。"希望即将泡汤,许母很想挽救,"文嘉,以前是妈糊涂,你再劝劝盈盈。"

许文嘉把妈咪奶粉也装进包里,"好,我劝。这挺冷,你先回去吧。"

"文嘉,你们真不打算买房子了?!"这是每次来许母都会提到的话题。说实话,买,她心里难受,不买,她心里还难受。买与不买,她既渴望从儿子嘴里得到答案,又恐惧这种答案出现。如果儿子说买,那么以前的问题仍是问题,这些问题不解决她想她仍会夜不能寐。可是,如果不买,儿子冰冷的眼神就像在她心底放了一块万年玄冰,每次见到儿子,那块冰就会从心里直接扩散到全身。

就在许母倍感煎熬的时候,许文嘉回答:"以后再说吧。"

仍是以前的答案。

许母轻轻叹了口气,"文嘉,已经这么久了,妈纵使有天大的不是,你也该消气了。"

许文嘉手上的动作顿了一下,"我没生气,你别多心。出来住的这段日子我也想通了,我和盈盈也没必要一定买房子。两边父母都是一个孩子,房子买多了也是浪费资源。"

许母心里一喜,"就是就是,又不是没地方住。"

许文嘉却话锋一转,"不过,两辈人住在一起也确实容易产生矛盾。"

许母的笑容一僵。

许文嘉淡淡地一笑,"所以,等盈盈生产完,缓和一阵子手头不紧了,我们租套条件好点的。"

许母愣了，儿子这种决定太出乎她的意料了。

不过，许文嘉却没有再往下说的意思了。他又开始收拾往岳母家送的物品。

许母默站几分钟后离开了。

Chapter 9　裂隙难补

吴母最终还是被转到了郑州的医院。

虽然气愤,席慕凡并未放任不管,他还是托同学找到了省人民医院心脑血管科的科主任。这科主任挺给面子,从检查会诊到手术方案,他把每项决定会出现的后果都明明白白地告诉了吴家姐弟。

从知道可能会放三个支架起吴子涛就不再发表意见。吴子琪说什么,他都回答说,他听吴子琪的。吴子涛这么做,吴子琪知道原因,弟弟没有这个经济能力,所以他选择不开口发表意见。

吴子琪不清楚三个支架放进去对母亲的身体会不会有其他不好的影响。而且,科主任也已明言,手术方案仅是方案而已,真正手术过程中或许会有突发事件发生,或许三个支架根本不够用,当然,也有可能放一个支架就已经足够。还有,支架是该选国产的还是进口的。

没有可以商量的人,内心焦虑的吴子琪虚火上升,仅一个晚上的工夫就起了满嘴泡。一直陪伴她身边却从来不发表意见的席慕凡只好开口,她顿时找到了主心骨。

于是，从进手术室到手术期内的饮食疗养，席慕凡全盘拿了主意。自然，住院及手术费用也全是他出的。

在母亲仍然不愿对他和颜悦色的情况下，他能做到这一步，吴子琪心里的怒火渐渐平息。

这天，席慕凡与科主任共用过午餐后把吴子琪叫出了病房。

医院楼下小花园里，席慕凡问："你手头那些股票怎么样？"

"套着呢。我正要问你，妈住院后交的这些钱你哪来的？"截至目前已经花了十万元，而她清楚家里能用的也只有一万元左右的现金。

"我从公司拿的。月底之前把股票卖了，我不能带头坏公司的规矩。另外，你妈用的进口支架是黄主任托关系找的医械代表，是成本价，这人情不是吃几顿饭就能还得了的。你妈出院时咱给人家封个大红包是应该的。"

"封多少钱？"

"一个数吧。"

席慕凡习惯把一万元说成一个数，吴子琪很为难，股票正被套牢，现在出估计三万元都不到。别说一万元红包了，就是还公司的还远远不够。她刚想开口，席慕凡的手机突然响起来。他冲吴子琪摆摆手，"我上楼和妈打声招呼就走，公司有急事。"

望着丈夫匆匆前行的背影，她对自己说，还是回家再说吧，这地方不是谈这些事的合适场所。母亲已经平安，心情已经完全放松的吴子琪却再度开始愁眉不展。她在小花园发了好一阵子呆才慢慢地朝病房楼走去。

刚走进病房楼大堂，吴子琪就见席慕凡已走出电梯。她迎上去，"和妈说过了吧？"

席慕凡冷冷地看了她一眼，没接话就大步流星地离开了。

丈夫的这种反应，肯定是在病房里听到了难听的话。吴子琪心头一紧，然后跑着冲向正要关门的电梯。

还没走进病房，母亲的声音便传过来，"谁稀罕他送饭了，他不送也饿不着我们。"

母亲住院后，席慕凡常来医院为她们送饭。虽然很多时候都是在外面买的，可是，一看就知道是小锅饭。吴子琪明白，这肯定是席慕凡去公司定点饭店定做的病号饭。

虽有思想准备，可吴子琪还是被吴母这句话惊呆了。她没有料到母亲居然仍是这种态度。

"妈，别这样，手术费都是姐夫垫支的。"是子妍低低的劝慰声。

"他的就是你姐的，我可不领他这份情！"精神恢复了的吴母说这话时显得中气十足。

吴子琪很生气，她快步走进病房，发现除母亲和子妍外，消失几天的吴子涛居然也出现了。顿时，她的怒气找到了发泄的方向，"子涛，妈的手术费钱赢回来了吗？！"

吴子涛头一低，"妈，我明天再来。"

吴母点头。

吴子琪直接拦住他，"你走什么啊。你是妈唯一的儿子，这种时候你应该守在这。"

吴子涛从她身边直接挤出去。吴子琪无可奈何看着弟弟的身影快速消失，心里的怒火直往上涌，"子妍，刚才你姐夫过来了吗？"

子妍摇摇头。

看来席慕凡并没有走进病房。吴子琪心里虽有气，但还是有些顾虑母亲的身体，"你在这里陪陪妈，我回去睡会儿。"

神情略显尴尬的子妍点点头。

自进病房吴子琪的目光就不与吴母对视。这种无声的不满吴母又岂会感觉不到？见女儿转身就走，她冷喝一声，"你给谁甩脸子呢？"

吴子琪心中怒火再也压制不住，但她仍然没忘记先支开子妍，"子妍，我想吃对面的糖炒山楂，你帮我去买半斤。"

吴子妍点头离去。

吴子琪坐到离病床较远的沙发上，"本来我不打算说的。妈，截至目前已经花了十万元，这些钱是慕凡临时拿公司的，月底前要还回去的。"

吴母脸色微变。

吴子琪苦笑，"我们家的现金只是一万元左右。"

吴母显然误会了，老太太气呼呼地说："我打电话让你爸卖房子还你们。"

见母亲手哆嗦着拿床头的手机，吴子琪快速走过去抢过来，"无论是我还是慕凡都没有让你还的意思。有句话你说的不错，我是你的女儿，当娘的用女儿的钱天经地义。可是，我想提醒妈一句，慕凡姓席，因为我是他妻子，他才会叫你一声妈。可以说，他并不是完全意义上的吴家人。可是，这些日子跑前跑后的是谁？不是我，也不是子涛。是他，你的女婿。就连给妈主刀的大夫也是他找的。妈，到底是子涛不长进，还是慕凡故意为难他，你心里真没有谱吗？慕凡做到这种程度都不能感动你，你到底想让他怎么做？或许，我该和他离婚，让他永远远离咱吴家人的视线。"

吴母默默地听着。

吴子琪泪流满面，"外人只是看到他挣了钱很风光的那一面。可是，没有人比我清楚他的压力有多大。我们家所有固定资产都是贷款买的。如果生意不好，也许明天就会露宿街头。"

吴母轻哼一声，意思相当明显，老太太觉得女儿有些夸大其词。

泪落口中，咸咸涩涩的，吴子琪唯有再次苦笑，"从公司成立到现在，慕凡没做过让其他股东挑理的事，唯有在子涛这件事上。如果不是周波收集了这么多证据，慕凡依然不会动子涛。他为的是什么？妈，请你站在他的立场上为他想想。"

"是不是他指使那周……周什么的搜集证据的？"

"他这么做岂不是自抽耳光？"

"哼。"

"妈，你想让我们离婚吗？"

吴母急忙否认，"我没这个意思。"

"那你想让我怎么办？继续夹缝里难做人？"

吴母揉揉眼角，"妈只是想让子涛一直跟着你们干。你们有稠的，给他漏点稀的。"

"前几天慕凡提议让他负责壹家公司的业务，子涛当着我们的面就拒绝了。"

吴母又开始生气，"子涛为什么不愿意，还不是他席慕凡欺人太甚？你就看见他帮子涛了，难道他没帮过他姐？他姐家以前多穷啊，可现在呢，全新郑的超市都是她供货。你们前几年没钱的时候咋没想起他有哥有姐？他也不想想，当初没有我帮他，他有今天吗？"

吴子琪开始觉得头疼，她知道她没办法再与母亲交流下去。母亲这种心态下，继续交流是不会有任何结果的。

吴母住院期间，吴子琪与吴子妍在医院轮流照顾。吴子琪还好，工作清闲。可是吴子妍是毕业班主课教师，教导主任频频催促其尽快销假，碍于不是亲生女儿这个原因，吴子妍无法开口回学校，毕竟她是吴母抚养长大，忘恩负义这个罪名实在太大，她自认背不起。所以，在实在不知道该怎么回复催促电话时，吴子妍无奈之下关了机。

教导主任找到任盈盈，很明确地让她传话给吴子妍。如果两天内不回校，学校便会考虑给她调岗。

事有凑巧，吴子妍刚走出医院大门，任盈盈就来了。她本来想提两箱牛奶来的，可是，身体情况不允许，她只好买了束鲜花。

找到心脑血管科护士站，问清吴母所在病房后任盈盈就过去了。她没料到会听到吴家母女俩的谈话，更没料到吴母竟然这么顽固，老太太在女婿出资救治下才康复，可不仅不心怀感激，居然还是满口埋怨。而且，听母女俩话中的意思，似乎席慕凡刚刚在这里受了气，没来由地，她为席慕凡感到委屈和愤怒。她认为吴母这种态度吴子琪有很大的责任，吴母最后那席责难话，吴子琪应该为席慕凡辩解，可是，吴子琪并没有这么做。

走廊里时不时有人经过，任盈盈不便久站。而病房内的母女俩也住了嘴，任盈盈便走上前敲敲门，"吴姐。"

吴子琪一愣，"盈盈，你怎么来了？"

"阿姨住院我应该来看望的。"任盈盈与吴子琪寒暄几句后，含笑问几句吴母身体状况，然后，她才问起吴子妍。得知吴子妍外出买东西不久便回时，任盈盈开口告辞："我还是不打扰阿姨休息了。吴姐，我先走了。"

任盈盈能来医院，吴子琪意外的同时心里还是有点感动。毕竟，她只是自己女儿的古筝老师而已。

"谢谢你，盈盈。"想到这里，吴子琪由衷地感谢道。

任盈盈与吴子妍在医院大堂相遇。转述教导主任的意思后，任盈盈问："你打算怎么办？"

早早知道了自己的身世，也早早明白了自己必须依靠自己。吴子妍很为难，"我怎么开口说呢？如果是亲生的倒也罢了，现在离开医院不明摆着找骂吗?"

"不会吧。"

"不会才怪呢,你不知道我妈的脾气。"

任盈盈心道,怎么可能不知道?

吴子妍苦恼半晌后,开始责怪吴子涛,"他是男人不方便照顾,可好歹让我嫂子来啊,三个人轮我还能调调课。"

任盈盈最终还是没忍住,"我觉得还是怪你妈。该用的人不用,偏用不该用的人。"

吴子妍顺着她的话往下说:"可不是,这事本来就是我哥的事,可她偏偏用我姐夫。还有这伺候人的活,杨梅应该是主力,我妈偏偏想不起这茬。我姐有我姐夫这棵大树靠着,去不去单位都行,可我哪行啊?"

"现在不说你姐夫不好了吧。"

闻言,吴子妍微愣,"敢情你是为我姐夫鸣不平的?!"

任盈盈心里一紧,"你说什么呢,好心没好报。主任的话我带到了,先闪了。"

从医院离开后,整整一个下午席慕凡都无心工作。他理解不了岳母的想法,不知道自己究竟怎么做才能让她不再敌视他。为自己的父母他也没有如此尽心过,他想不通,他怎么就暖不热岳母的心呢。

就这么想了几个小时,到了接女儿的时间。十分想念妈妈的席青诺不断要求他带自己去医院,可是,席慕凡不想去,他用各种办法劝慰女儿,可小丫头却执意要找妈妈。愤怒之下,他重重拍了几下女儿的屁股,无奈女儿放声大哭,他只好妥协。可是,他不想再见吴家任何一个人,包括吴子琪。所以,他给吴子琪发了一条信息,告诉她女儿已经前往病房。

而他，就在医院门口的停车场等待。他不再去想吴家人对此事的看法，不愿意去想，也懒得想。

自从任盈盈回娘家居住，许文嘉时常要求加班。即便是不加班的日子，也总是在任家吃过晚饭后就要离开。理由五花八门，目的却只有一个，不在岳母家住。

任父任母对此很不高兴。

任盈盈却只是冷眼旁观。她暗想，看房租到期后你还能找什么借口。就这样，租约到期的日子快到了，可是，许文嘉依然不开口询问以后到底怎么住。

任盈盈按捺不住了，她寒着脸开门见山地问他："以后到底想怎么住？"

许文嘉柔声安抚她，"听你爸的，我们回来住。"

"马上回来住了，你还急着过去干什么？"见他穿好鞋就要开门走，任盈盈堵在门口，"就这么迫不及待离开我们娘俩？"

岳父岳母还在收拾餐桌，许文嘉把声音压得很低，"和房东约好今晚说退房的事。"

任盈盈仍不动，"下周六再说。"

许文嘉拽她的袖子，"周四就到期了，说晚了不好，影响人家往外出租。"

任盈盈眼圈有点红，"连一个陌生人你都设身处地为他着想，你就不想想我？我和你已经结婚了，现在还怀着你的孩子。你就这么把我一个人丢在娘家，你为我考虑过吗？"

许文嘉明白任盈盈的意思。可是，他确实不想住到这里，在任家，他有种憋屈感、罪恶感，这种感觉压得他喘不过气来。虽然他明白他肯定会在这里住一阵子，可是，能晚一天也是好的。

许文嘉装作没看见,"乖,听话。再晚就没有回去的公交车了。"说完这话,他落荒而逃。

任盈盈最终还是没忍住,放声大哭。

林秀萍冷着脸把她拉到客厅,"现在知道哭了,早干什么了?现在哪个女孩子不是买了房再讨论结婚的事,你可倒好,房子还没影呢孩子都怀上了。"

任盈盈哭得更悲痛,不是因为母亲的责备,而是为了眼前无法改变的事实,她确实是怀孕了,买房子也确实遥遥无期,而丈夫也似乎越来越不像恋爱时的样子。现实生活太让她失望。她心里突然有个想法,"妈妈,如果我现在堕胎离婚,你会不会支持我?"

任父任母同时愣了。

任盈盈眼巴巴地望着母亲,"会不会?"

林秀萍一巴掌扇过去,自然,没舍得扇到女儿身上,"早干什么去了,现在知道后悔了,现在后悔有什么用啊?孩子都快六个月了,现在流产跟生个孩子没什么区别。"

母女俩抱头痛哭。任旭军不停叹气。

哭了很久,任盈盈呜咽着对林秀萍说:"妈,我对许文嘉已经完全失望了。"

心里是对女婿很不满意,可是,就这么让女儿离婚,林秀萍还是有些犹豫,如果女儿没有怀孕还好说,现在,胎儿已近六个月,流产后会对女儿身体造成什么样的影响,她无法估料。如果影响到女儿以后的再次怀孕生育,将是一件很麻烦的事。她需要考虑,需要和丈夫好好商量,因而,她无法即刻回答女儿。

任盈盈擦干眼泪,很真诚地对父母说:"爸妈,这是我考虑很长时间的结果。如果他搬来后仍是这种态度,孩子生下来之前我会做这个选择。"

任旭军叹气,"这也确实是个事,文嘉根本不想在这住。你和他回他妈家,我和你妈又不放心。"

任盈盈双眸掠过一丝冷冷的光,"我自然不会到他家住。"

林秀萍恨恨地说:"早知道他们家这种做法,咱家应该赶在你们领证前给你交个首付。"

任盈盈明白母亲的意思,也明白母亲的心情,"许文嘉必须做个选择。"

许文嘉选择了徒步回去。不是不舍得公交车钱,他只是突然喜欢上了这种独自走走的感觉。

途中,他接到了父亲的电话。许兵让他抽时间回家一趟,老人家直接亮明态度,他家的子孙不能生在别人家里。

挂断电话后,许文嘉轻轻叹了口气。

从岳父家搬到自己家,许文嘉没有把握说服任盈盈。而且,他无法预料搬回去后一家人是否能和睦相处。如果两代人再次产生矛盾,那么,他敢肯定任盈盈永远不会再踏进许家大门一步。

房子,仍是房子。

再租一套条件稍好的房子?可是,有房东愿意有人在自己家里坐月子吗?租房的这三个月里,他知道这是一个禁忌。

买房?这个念头刚闪进脑海,他就赶紧摇头。他这辈子都不想提买房的事,那是个很不愉快很不美好的记忆。

况且,他觉得他真的不需要买房。

可是,如果不买,接下来要怎么办呢?

苦恼、烦躁,许文嘉突然觉得活着心里很累。

因为吴子妍要兼顾工作，吴子琪除回家换换衣服外必须整天待在医院。这天，杨梅前来看望婆婆，吴子琪终于可以回家睡一觉。晚上八点醒来时，席慕凡和女儿青诺正吃着刚叫来的外卖。

见到妈妈的席青诺欢呼一声扑向她，"妈，我好想你。"

吴子琪吃力地抱起女儿走向餐厅，"妈妈也想妞妞。妞妞，吃的什么？"

"牛肉拉面。"

吴子琪放下女儿后责怪席慕凡，"晚上吃这么硬的东西怎么行？你忘了妞妞肠胃不好吗？"

席慕凡喝一口汤后才回答："是妞妞提的要求。"

吴子琪发现席慕凡神情冷淡，她知道那天他在病房外听到了母亲不太好听的话，说实话，她也觉得有点愧对他，可在女儿面前她不想提家里的这些琐事。于是，她笑着用手点女儿的额头，"既然这样，妞妞要负责清理碗筷。"

席青诺笑着点头。

吴子琪起身叫席慕凡去书房。

关上书房门，吴子琪真诚地道歉："慕凡，即便是我妈说了什么，你也别往心里去，她现在不是有病吗？"

席慕凡唇边漾出一丝笑，"以后你家的事我一概不管。"

吴子琪赶紧撒娇，"慕凡，我知道你受委屈了。别这样嘛。你心里不痛快就骂我，我绝对打不还手骂不还口。"

席慕凡抽出被她拉着的手，"不敢当。"

"慕凡——"吴子琪拖长声音求他。

他不为所动，只是很平静地对她说："下周六我妈过来。"

"她来有什么事？"

听妻子的声音略带厌烦，席慕凡的声音更冷，"过来检查检查身体。"

吴子琪这才意识到他生气了,于是,她收了脸上的嬉笑表情,很郑重很诚恳地说:"对不起。"

席慕凡静静看她一会儿,"我是说真的。"

吴子琪心里一紧,"来就来呗。"

"我指的是不再管你们家的事。"席慕凡拉开书房门走了出去,"青诺,洗好了没有?"

"马上就好。"

"走,我们下楼散步去。"

"好耶。"

在书房门口站着的吴子琪呆呆望着手拉手出门的父女俩。

她有些搞不明白,席慕凡一概不管的意思是只指这件事情,还是全包括。如果只指这件事情,以后万一——贫如洗的父母身体上出现病痛时,他会同意她出资救治她父母吗?可是,如果全包括的话……

怎么办?

虽然说如果真是那样的话是有点过分,可是,那也是母亲过分在先啊。

她明白,这次的事是真的伤到了席慕凡的心。

她也明白,吴子涛的事在席慕凡面前算是画上一个句号了。

就这么站了半个小时后,她意识到一个很重要的事实,那就是以后在经济上她不能再完全指望席慕凡,她必须尝试做一些投资,不为自己,只为年迈却身无分文的父母。

而做这些之前,她要搞明白"一概不管"的真实意思。这次的手术费恰恰就是一个很好的话题。

她脑中快速运转。她不希望因为此事与席慕凡闹别扭,可是,她也没打算让母亲或是弟弟吴子涛承担这十万元医疗费。她知道，目前以他们的经济能力承担不了。

就在她考虑措辞时，杨梅来电，"姐，你今晚还过不过来？"

吴子琪这才意识到明天是周一，杨梅是要赶往新郑上班的，"我马上过去。"

"姐，我明天早上才走。你还是明天早上过来吧！"

吴子琪看看腕表，这才发现这时候已经没有通往新郑的城际公交车了，她不由自主地说："如果想现在回去我让你姐夫送……"话未说完，她猛地想起席慕凡刚才说的话来。她想，这也应该包括在内吧？！

杨梅显然也不想面对席慕凡，她拒绝得很干脆，"不用了。明天我坐第一班车回去。"

席家父女散步用了整整一个小时。两人进门后见吴子琪仍然在家很奇怪，席青诺问："妈妈，晚上不用陪外婆了吗？"

吴子琪挤出一丝笑，"晚上你舅妈在。"

席青诺听后欢欣雀跃，"好耶。妈妈，我要你今晚陪我睡。"

吴子琪点头。

讲了无数个故事，兴奋的席青诺才熟睡。吴子琪从女儿身边悄悄起来，推开主卧室门后发现席慕凡还在看电视。她挤到他身边靠着试图缓和气氛，"还气着呢？！"

席慕凡视线仍在电视屏幕上，"我这出钱出力的，在你妈面前还是落不到个好。既然这样，还不如躲得远点。"

"她年龄大了，你别跟她一般见识。"

"别说了。"

"慕凡，我手里没那么多钱。"

"有多少？"

"现在卖掉股票只有三万多元，加上家里的一万元，也就四万多元吧。"吴子琪悄悄留意席慕凡的神情变化。

席慕凡脸上波澜不惊，"你妈应该有医保的吧，报百分之五十应该没问题。"

吴子琪心凉了。席慕凡明明知道母亲积攒下来的辛苦钱被吴子涛用来还了赌债，可是，他依然提到了这方面，看来他是"全包括"地不管。明白了这一层后，吴子琪心里很难受，"你还是另外想办法借四万元吧。妈报销的咱就别要了。"

"为什么不要？这钱是公司的，不是我们家的。"席慕凡语调有点难听。

吴子琪心里有点生气，"后期吃药还需要钱。他们手头紧，你又不是不知道。"

席慕凡的语调更冷，"咱家不紧？！"

被激怒的吴子琪翻身下床，摔上主卧门后走向女儿的房间。

父母一再打电话叮嘱，自家子孙不能生到任家的大门里。岳父岳母及妻子却众口一词，产妇及婴儿必须有个好环境。许文嘉再次陷入两难境地。哪边的父母他都无法说通，他只好寄希望于妻子身上。他想，只要做通任盈盈的工作就好了。于是，许文嘉住进任家的第二个晚上便和任盈盈商量孩子出生后继续外出租房的事。

任盈盈当场拒绝，"就咱俩这点工资，就够养孩子的吧。再说了，生完之后我妈既要伺候月子照顾孩子，还要两边跑，她身体能吃得消吗？！亏你想得出来。"

许文嘉早有对策，"不能一直让你妈照顾。这太辛苦了……"

任盈盈脸一沉，截断他的话，"我不让你妈照顾。"

"她是婆婆,也是孩子的奶奶,她不出力说不过去。"

"我们家不挑这理儿。再说了,我们俩都是独生子女,孩子虽然姓许,可也是我们任家的子孙啊。"

许文嘉朝任盈盈伸出手,他想把她拉到自己的怀里好好劝慰,他觉得相拥着的夫妻俩交谈会感性一些,而感性状态下的任盈盈很能体谅人。

可是,这次他的主意打错了。任盈盈直接拍掉他的手,"这事以后不许再提。"

"盈盈……"

"闭嘴,睡觉。"任盈盈熄灯给他一个后背。

许文嘉欺身上去,用自己的胸贴着她的背,"老婆,再考虑考虑。"

任盈盈屁股一顶,"离我远点,耽误我睡觉。"

许文嘉弓着腰呼痛,"顶断了,顶断了。"

任盈盈气呼呼地接口:"断了就断了,反正现在我不用。"

游说失败,许文嘉极力掩饰住自己的失望,他伸手揽住娇妻的腰,"现在不用不代表以后不用,断了以后难受的可是你。"

任盈盈哼一声后没接口。

孕妇嗜睡,任盈盈很快进入梦乡。

许文嘉却一点睡意也没有,黑暗中,他睁大双眼盯着天花板。他知道他无法劝动任盈盈,也知道现在这种非常时期他不能够两边糊弄。明天,他要给父亲一个答复,他明白这个答复父亲不会满意。

他暗中叹口气,房子,还会成为他生活中的重中之重。既然无法摆脱,他觉得他应该找一个妥善的方法来解决眼前这一难题。

想了半宿,他脑中仍是一团乱麻。如果只有自己家人知道房产归属与继承人的关系,他可以哄任盈盈用他的名字贷款,可母亲在银行外说的那席话,自己还怎么开口再去要求?

开车去公司的途中，席慕凡满腹闷气无法发泄。

母亲来了，妻子居然一次都不回来，哪怕是打一通电话问候都没有。虽没再往医院去，可他却时常与科主任联系，自科主任口中得悉几日前就能下床自由活动的岳母随时都能出院。

他很后悔放任了妻子对母亲几年如一日的冷漠态度。

他想，放言对吴家的事一概不管是对的，早在几年前就应该这么做。人情债他自认为已经还完，他不会做忘恩负义的小人。

其实，他很早之前就有了不再管吴家任何事的想法，可是，念及创业之初吴家确实帮过他，也不想让吴子琪难做人，他不仅不计较得失，还忽略吴家人对他的"仇视"，去帮吴子涛，出资医治岳母，甚至每天亲自去医院送饭，但是，换来的又是什么呢？吴母的埋怨，吴子涛的憎恨，如果说这样的"恩将仇报"他还可以忍下去，那么，吴子琪又是怎么样对待他的呢？

从那晚愤而离开主卧室到现在，她居然对他不理不睬，甚至，争吵后次日早餐桌上连他的碗筷都没有准备。就她有脾气吗，就她能随心所欲地生气吗？他同样会。于是，梳洗过后他阴着脸拉开了家门。临出门时他悄悄回头看一眼低头吃饭的她，她居然拉着脸，仿若不知道他离开似的。那一刻，愤怒才真正涌上他心头。当时，他咬着牙下了个决定，那就是他要让她明白没有他的帮忙，她在她家人面前能做什么。他一直开解自己，可心里积郁的闷气仍无处释放。

母亲不会用天然气，不会用热水器。早晨起来，老太太想为儿子孙女做一顿饭都无从下手。于是，他用整整四天才教会母亲使用基本的开关电器。

今天，母亲做了他儿时最喜欢却时常因为材料不足而吃不成的鸡蛋饼。没料到女儿青诺也十分喜欢，喜欢到连他的份也没有。因此，车子行至中原东路时，觉得很饿的他临时起意把车开进了一家极小的早餐店。

吃早餐的人挺多,一眼望去,居然没有空位子。他没有站着吃饭的习惯,所以,他准备离开再找一家。

"席哥。"是任盈盈的声音。

席慕凡循声看过去,发现任盈盈正冲他摆手。他笑着冲任盈盈摆摆手,示意她先帮他占个位置。任盈盈笑着点头。

席慕凡点了煎包和糊辣汤,这种店要自己端,他把随身所带的包夹在胳肢窝,左手端汤,右手端满满一小筐煎包走向任盈盈那张桌子。

任盈盈接过他手中的煎包,随口问:"阿姨没做早饭?"

席慕凡把包放在桌上,"做了,不过没我的份。盈盈,这煎包看起来不错,再吃点。"

"为什么没有?"

席慕凡眼睛里透着笑,"被青诺抢光了。"

任盈盈也笑起来,"阿姨做饭肯定很好吃。"

"孕妇还是在家吃比较安全。"

任盈盈笑容微僵。昨晚许文嘉又是一夜未归,她没再追问他加班的理由,她想,随他去吧,他爱住哪住哪。她在心里对自己说,再看他一个月的表现,如果他仍然这样,那么,流产离婚会是她唯一的选择。

因为相爱所以选择结婚。现在因为感受不到他的爱,所以,离婚也是必然的选择。

只是,可怜了腹中的孩子。她很珍爱这个孩子,可是,她自认为不能兼任父亲这个角色,她也不敢保证这个孩子会不会因此而埋怨她。她只有忍痛舍弃。

早晨,母亲一如既往地发牢骚,本就心情郁闷的她吃完就吐了。于是,她空着肚子出门了。可是,腹中鸣响声一阵接一阵。所以,她走进了这家早餐店。

席慕凡发现任盈盈脸上掠过一丝异色,虽然瞬息而过,可他能肯定是伤心。他急忙收回目光,他知道,如果让任盈盈知道他发现了她的伤心,她会很难堪。而他,不想让这个女人难堪,其实,他还是蛮欣赏这个传统而有点内秀的女人的。

任盈盈极力掩饰住自己真正的情绪,"在家吃了,不过,路上又吐了。"

席慕凡把煎包往她面前推推,"以后带点家里做的。"

任盈盈努力笑得甜美,"席哥,我要去上班了。"

席慕凡看看腕表,含笑说道:"快点去吧。盈盈,记得明晚青诺有课。"

"忘不了。席哥,再见。"任盈盈脚步匆匆。

席慕凡望着那道纤细的身影,突然间,他觉得心里掠过丝怜惜。这么善解人意的女人竟然嫁入那种家庭,不就是一套房子的一半首付吗,至于把人逼到这种地步吗?还有,她的爱人到底做什么工作,居然让有孕的妻子兼职挣钱。想着想着,他突然想起任盈盈抬头仰望高楼的场景,他想,她很渴望拥有一个自己的家吧。

Chapter 10　外债婚房

许文嘉中午下班前给任盈盈打了个电话,他告诉她,晚上要加班,回家的时间不能确定。

任盈盈很平静,"没关系。以后这种事不用再打电话了,工作要紧。"

电话那端的许文嘉因为看不见妻子的表情,所以,他不知道妻子的表情要多冷淡就有多冷淡,他心中甚至为妻子的大度感动了一会儿,"想不想吃什么,我回家给你捎。"

"麻辣串。"

许文嘉干脆利落地拒绝,"不行,那东西不卫生。"

孕后任盈盈很喜欢吃这种街头小吃,许文嘉开始总是这样拒绝,最后却又拗不过妻子的哀求而答应,今天,他正笑等妻子"纠缠"时却等来了任盈盈的冷哼声,"那就算了,什么也不用捎。"

经济原因,妻子怀孕期间并没有吃到多少好东西,许文嘉心里很是愧疚,因此,一听妻子声音不对,他赶紧改口:"下不为例。"可是,他却听到了电话的忙音。再拨过去,妻子直接掐断。很显然,妻子很不高兴。

他很想赶回家去安慰妻子,可是,下午他有重要的事必须回家一趟。于是,大致收拾一下桌面后,许文嘉给许父打了个电话,他知道有些事他必须和父母沟通好,否则,还会生出事端。

先去超市买了些小吃,他害怕与父母谈得太晚买不到麻辣串。

许父许母早已等在餐厅里,见他进门,许母急忙接过他手中的袋子,"我都做好了,不用加菜。"

许文嘉有些不好意思,"那是给盈盈带的。"

许母已经打开袋子,"怀孕的人哪能吃这些东西,多不营养啊。"

许文嘉已经习惯在父母面前沉默。他坐到自己的位置上,拿起筷子,"爸,边吃边说吧。"

对于儿子儿媳重新搬到亲家住,许兵心里很不痛快,"和盈盈说了没有?"

"没有。"许文嘉不想让父母知道任盈盈不愿意回来住。

许母已重新系好袋子,"为什么不说?不敢说?我明天去她家,我和她说。"

许文嘉有些头疼,他很不喜欢母亲这种处事方式,"如果是因为这,你别去。"

许母一愣,"你是没说,不是她不愿意?"

这个问题不好回答,无奈的许文嘉唯有轻叹道:"我没说。妈,别说她不愿意,我也不想你和她住一个屋檐下。"

儿子这么说,她是这么理解的,一是责怪她容不下儿媳,二是埋怨房产归属触怒了任家人。于是,李晓琼恼火了,她这么做有什么错,如果房子小,儿媳执意买房还说得过去,可是,明明是三居室,儿媳这么坚持明摆着是容不下她这个婆婆嘛。既然如此,坚持房产归属有什么错,不敢把晚年压在儿子儿媳身上,难道还不能抓紧自己的钱袋子了？另外，这么做不也是为了他这个儿子着想吗，他可倒好，心完全偏向自个媳妇那边。

"你以为我想跟她住一个屋檐下？！未婚先孕说明什么，说明她不检点。还有，她居然敢在结婚前打伤你的鼻子，这说明她根本没把你放在眼里。她根本配不上你。"李晓琼生气地说。

许文嘉瞬间没了食欲，他清楚母亲的性格，不想在这个问题上再说下去，他放下筷子看向许父，"爸，盈盈生产期间还是住她家吧。至于以后，走一步说一步。"

许父扫了一眼兀自生气的许母，把筷子往桌子上一扔，"我的孙子不能让外人养着。"

见一向理性的父亲也这么执拗，许文嘉也有些生气，"她家也就盈盈一个孩子，那孩子也是任家的子孙。"

许父盯着儿子，"你就告诉我，你们什么时候回来住。"

退无可退，许文嘉只好说出他很不愿意启齿的主意，"我们还是买房单过吧。"

许父有点意外，儿子外出租房的这三个月他已经接受了儿子不想买房的现实，所以，许文嘉这么冷不丁地提出来，他一时之间有点愣。不过，很快，他就回过神来，"你们有钱？！"

许文嘉摇摇头，"我和盈盈借你们的，买房后我们每个月按期还款。至于房产归属、房子位置这些问题你们就别过问了，我会和盈盈商量着来。"

这是无奈之举，李晓琼虽然极不情愿，但也毫无办法。其实，从内心来讲，她真不想买。

可是许兵却同意，毕竟自己养大的儿子"嫁"到儿媳家，他过不了自己的心理关，也丢不起这个人。

下午难得没什么事,席慕凡本想浏览浏览网页轻松一下,可随手点开的竟是房产信息网,就这样,不经意间任盈盈悲伤的脸庞再一次闪进他的脑中。

联想到刚结婚那阵,吴子琪也常常是这种表情。帮帮她?他心里有点犹豫,这么做好吗?不是担心给自己带来麻烦,可是,她会不会多想?

思索一会儿,他拨打一个电话,"老兄,是我,席慕凡,上次你说的那事现在还需要不需要?"

对方是某国企领导,不喜欢把钱放在银行里,可放在家里又不放心。他曾拜托席慕凡,说希望找几个靠谱的需要钱的朋友借他的钱,利息可以少给,只要他需要钱时能及时还得上。席慕凡知道这些钱肯定不是正当所得,可现今社会,不是正当所得的钱多了去了。很显然,对方没料到席慕凡找的居然是按月还款的。

这通电话聊了近半个小时才说完,当然,对方没把席慕凡的脸面扔到地上。

做完这些,席慕凡满心轻松,时间还早,可是,他竟然觉得心里有点按捺不住,有点小孩子做了好事想马上卖乖的冲动。拿起手机放下,再拿起再放下,第三遍时他决定不忍了,手指如飞拨着他熟悉的号码,"盈盈,说话方便吗?"

刚好下课,身边来往的学生多,噪声挺大,任盈盈听不太清楚,"席哥,你大点声。"

席慕凡这才意识到自己有点唐突,"等晚上再说吧。你先忙。"

任盈盈快速下楼,走到教室前面清静处解释说:"刚才在走廊里,学生多,现在好了。有事?"

席慕凡内心已恢复平静,"嗯。有个朋友手里有点闲钱,不想存银行,又想赚点利息。不知道你有没有这方面需要的朋友。"

任盈盈不明白,"为什么不存银行?"

这个问题不好解释,而席慕凡也不好说得太明白,"领导嘛,总是不想让人知道自己钱多,而银行呢,总有办法查得到数目。有亲戚朋友买房的吗?"

任盈盈心里一动,"多少利息?"

"百分之一就行。"

比住房公积金贷款的利息还便宜,任盈盈一下子兴奋了,"我现在就去找你。"

席慕凡心头也是一阵高兴,他还真害怕任盈盈找其他人,"我这也没什么事,我去接你,说完这事正好一道去接青诺。"

席任二人也没约什么地方,两人就在距席青诺所在幼儿园不远的地方找了家茶座。

任盈盈还在兴奋着,"如果借得多,行吗?"

见她这么高兴,席慕凡眼睛里也透着笑,"应该没问题。你这边数额确定了,我安排你们见个面签个协议之类的。盈盈,相中哪的房子了?"

"你们家那个小区的三期。我老早就去看过了。可是,手里钱不太够。"对于婆婆执意房产归属这事任盈盈有点羞于出口。

席慕凡赞同地点头,"一次到位,省得以后再为孩子上学着急。"

盼望已久的房子即将属于自己,任盈盈的高兴根本掩盖不住,她不停地问席慕凡关于富田文博小区的一切。

席慕凡有问必答,他也由衷高兴,举手之劳能让别人这么高兴,值了,况且,这个别人是女儿的老师,"你可以先去看户型,然后决定借多少钱。"

任盈盈举着茶杯,"席哥,我以茶当酒谢谢你。"

席慕凡被她孩子气的举动逗乐了,他笑着调侃道:"既然要谢就拿点诚意出来。以后有时间请我喝杯酒。"

任盈盈豪气万丈地回答道:"当然可以,时间你定。"

席慕凡哈哈大笑。

两个人的兴奋一直持续到接到女儿席青诺。小丫头机灵,感受到不寻常的气氛,便大胆地提出了自己的要求。

幼儿园前不远处有家肯德基,小姑娘经常要求去买,可席慕凡总是以吴子琪不同意她吃洋快餐为由拒绝。时日久了,小姑娘也就习惯了不再开口要求。

只是,小姑娘没有料到这次席慕凡这么爽快地答应,她欢欣雀跃,"好耶,爸爸万岁。"

席慕凡冲任盈盈一笑后踩油门,"走,出发。"

小姑娘大眼睛里满是兴奋的光芒,"我要吃鸡腿,还要吃铁板虾堡……"

席慕凡忍着笑板起脸,"记得不要告诉妈妈。"

鬼机灵急忙点头,"爸爸放心,我绝对绝对不会告诉妈妈。"

任盈盈笑了,"这不变相教孩子撒谎吗?"

席慕凡还未开口,席青诺双手已抓住任盈盈的袖子,"阿姨,就这一次。"

任盈盈笑着叹气。

于是,小丫头点名要买的席慕凡买了,没点名的他也买了,望着这么一大袋子早就十分想吃的东西,小姑娘难掩兴奋,"爸爸,咱应该一天买一点,这样每天都有得吃。"

席慕凡大笑,"美得你。"

回到家,席青诺没顾上换鞋就冲向餐厅。席慕凡很无奈地提着拖鞋跟过去,"妞妞还没邀请盈盈阿姨和奶奶吃哦。"

小姑娘朝他吐吐舌头,然后才想起叫人,"来吃鸡翅啰。"

任盈盈点点头后笑着拿起一个鸡翅走向席母,"阿姨,这个给你。"

老太太拘谨地笑着,"不行,年龄大了吃肉塞牙。"

任盈盈执意递过去,"这个肉质松软,不会塞牙。阿姨,你先尝尝,万一塞牙再说。"

席慕凡也劝母亲,"娘,尝尝。这炸鸡跟你炸的不是一个味。"

慢慢地,席母的拘谨消失了,老太太含笑接过鸡翅。

席慕凡看得心里暖融融的。母亲很容易满足,一句关怀的问候,一个真诚的笑脸,老太太便会感动,可是,连这小小的愿望吴子琪都吝于满足母亲。当年,母亲不是不愿意为妻子办体面的婚礼,也不是不愿意出钱买房,是父母没有这个能力。可是,妻子为什么不能理解呢?也就是因为这份愧疚,他不停地鞭策自己努力拼搏,弥补她补偿她,难道这仍不能抵消妻子心中的愤恨吗?有人说,爱屋及乌,既然妻子爱自己就应该爱自己的母亲,可是,从妻子身上怎么从来没有发现过她有一丁点爱自己的母亲的迹象呢?难道,她并不是真正意义上的爱他?

想得越多,席慕凡心里越难受。静静地看着眼前笑吟吟的母亲,他对自己说,他必须纠正妻子的想法,他要她必须善待他的母亲,就如他对她母亲一样。否则,他想他会做一些选择。

可很显然,吴子琪并不想往这个方向努力。她的气还没有消,他不是不愿意再管自己娘家的事吗?那么,她也不管他家的事。这叫公平公正。

她知道婆婆来了,也明白她应该回家一趟,可是,席慕凡却一通电话也没有。他不就是等她主动回家吗?!她偏不,她就要装聋作哑。

她就是等他催促。

这么一等,就是一周。母亲要出院,要怎么回新郑?

吴母并不知道女儿女婿正在冷战着,老太太对"忙碌"的女婿很有意见。物品全部收拾好,出院手续也办完了,她再一次催促吴子琪,"慕凡怎么还不来?他不知道我今天出院?这太不像话了。"

吴子琪仍在打电话联系吴子涛,丈夫很多天没出现在病房,她对母亲解释说年前公司太忙。其实,她很希望母亲能在郑州住一阵子,观察观察术后的情况,可眼前这情形根本不可能,不说丈夫的态度,就说婆婆来了,住宿上就不允许。她想让弟弟陪母亲直接回家,新郑距郑州并不远,打车也是可以的。

可吴子涛的电话一直打不通。

中午时分,大夫通知床位下午会有新病人使用。

吴母彻底怒了,"他就是再忙,派个司机把我送回家的时间总有吧?!他是不是不想见我?"

不想联系丈夫,母亲又咄咄逼人,吴子琪心里也有点气,"我送你不是一样吗?"

"你咋送?"

"打车。"

女儿这么做,吴母心里有点明白了,"他不是忙吧?是不愿意来?"

吴子琪径自往病房外走,她准备先把物品放到护士站,既要照顾母亲又要提这些物品,她根本拿不了。

世事凑巧,听说亲家住院的席母执意让儿子带着去探望。席慕凡拗不过,又不想让母亲知道夫妻俩正闹矛盾,他无奈同意。于是,先带母亲检查身体,临近中午时才往吴母病房走。他的想法是,正好趁中午吃个饭,两边家里人在饭桌上闲聊几句也算是见了面,他知道岳

Chapter 10 外债婚房 / 183

母的身体即便出院也无大碍。"

而母子俩走进病房时，吴子琪恰好去了护士站。

俩老太太一碰面，席母便上前握住吴母的手以示亲热，"亲家，这么大的事我也是才知道，来晚了。"

吴母"明白"了女婿忙碌的理由，顿时，老太太怒不可遏，虽然极力忍着，但语调已变得尖锐，"我说慕凡怎么会这么忙呢？难怪没空来看我，原来是亲家来了。你养这个儿子多好，困难的时候知道找我们，有钱的时候呢，就回去孝敬你们了。"

席母愣了，吴母的态度太让她意外了。她听出了，吴母就是指责儿子呢。儿子困难时亲家确实帮过大忙，人家并没有说错。于是，老实本分的席母又开始局促不安，这几日才建立的那点自信再度轰然倒塌。

吴母把席母的拘谨当做默认，于是，她的指责力度又大了几分，"早知道这样，当年我肯定不让琪琪她爸觍着老脸去求人。琪琪这丫头也真是，亲家来了就是亲家来了嘛，干吗遮遮掩掩的。"

席慕凡心底的愤怒已接近压制不住的边缘，但他仍竭力克制着，他平静地盯着岳母，"琪琪怎么遮掩的？"

吴母轻蔑地瞟他一眼，这种眼神恍若当年，"说年底了，公司忙，我们能克服点就克服点，别一直打扰你。"

看来吴子琪同样没把上次的事告诉母亲，席慕凡收回目光，"琪琪呢？"

"来了。"吴子琪心里一阵暗喜，席慕凡来得太是时候了。她快速迈进门，见到婆婆站在母亲身边，她笑容一顿，"妈来了？"

吴母微愣。

吴子琪捺着性子与婆婆寒暄几句后对席慕凡说："妈今天出院。"

席慕凡仿若不知她的意思,"哦,琪琪,我们中午带着她们出去吃个饭?"

从进门起就觉得母亲脸色不善,她不知道她不在的时候发生了什么事,可母亲正在生气这显而易见。直觉上,她认为这顿饭还是不吃为好,万一饭桌上母亲发起脾气来,婆婆又在场,席慕凡定不会轻易罢休。心里有了主意,她转而和婆婆商量:"妈,我妈这边身子刚复原,外面正天寒地冻的,这饭改天再吃,先让慕凡送我们回新郑一趟。"

席母心里巴不得吴母赶快走,因而,听了儿媳的话她一个劲儿点头。

见婆婆无异议,吴子琪这才对席慕凡说:"慕凡,咱们走吧。"

席慕凡冷冷地注视着吴子琪,不是已经明白他的意思了吗?他永远不再管他们家任何一件事。她以为当着双方母亲的面他就会答应,她错了,他席慕凡决定的事还没有悔改的先例。当然,推托并不需要实话实说,"打电话给子涛,让他开着我的车送你们。我妈检查的结果有一个是下午出来,走不开。"

吴子琪默默盯着他一会儿,"好,我联系子涛。"

吴母一把拍在吴子琪手上,"联系子涛干什么。刚才不是说好了吗,我们打车回新郑。"说完,再也不看席家母子俩一眼,老太太头也不回走出病房。

吴子琪恨恨地瞪席慕凡一眼,"万一我妈气出个好歹来,我要你好看。"

席慕凡冷冷地回敬她一眼,"埋怨别人的时候静下心来想想,你到底有没有资格埋怨别人。易位思考,你应该懂的。吴子琪,既然你陪着一道回新郑,记得把报销后的钱拿出来,那是公司的赢利,其他股东也有份的。"

这成功激怒了吴子琪,"席慕凡,你……"

席慕凡却根本不看她,他低下头柔声对吓傻了的母亲说:"妈,我们出去吃饭。"

席母三步一回头,老太太虽然不知道儿子与吴家人之间到底有什么矛盾,可是,夫妻俩肯定有了问题是事实。儿媳愤怒的神情一直在老太太脑海里晃,她有点怕,"慕凡,你送她们回新郑吧,别惹亲家生气。"

席慕凡柔声劝慰母亲,"这些事你别操心。她们家这几年有点过分,琪琪该好好反省一下我为什么这么做。"

席母不愿意上车,老太太望着医院外面站在路边等待出租车的母女俩,"听娘的,现在去送她们。你和琪琪有矛盾,不应该牵扯到亲家。当年,她没少帮你。"

席慕凡知道母亲心善,他不希望母亲因此事内疚,因此,他不得不说他本不想说的事,"她家的那点人情我早还完了。她妈现在住的房子我掏出十万元,她弟除了工资外在我公司这几年收的回扣少说也有八万元,这次她妈住院也是我出的钱。妈,我已经仁至义尽。"

"报销的钱怎么回事?"

席慕凡知道这事不说清楚母亲心里会不安,于是,他捺着性子,"这次住院花了差不多十万元。这些钱是我从公司财务部临时借的,需要还回去。新农合医保虽然报销比例不高,但报百分之五十应该不成问题。"

席母不吭声了。听了儿子的话,她认为儿子说得不错,是已经还清了。

席慕凡的眼睛余光发现吴家母女已经上车,他也再次催促母亲,"妈,我们去吃饭吧。"

吴母这才上车，不过，老太太依然闷闷不乐，"别为这事一直跟琪琪生气，两口子老生气不是好事。慕凡，你是男人，以后多担待点。"

席慕凡心里感慨，都是母亲，自己的母亲为什么如此大度豁达，而岳母就能揪住多年前的一个问题翻来覆去地纠缠呢?!

再一次，他在心里肯定自己决定的正确性。他对自己说，让吴子琪正视对母亲的态度，让她知道易位思考这个决定是正确的选择。

任盈盈请了工休假。她全天候研究富田文博的户型，户型图与实地考察相结合，一周后她趁着许文嘉加班未归和父母商量起了此事。

林秀萍这才知道女儿之前晚归的原因，前后不过半年，女儿变化如此之大，她心里很不是滋味，"我可怜的女儿，居然要靠兼职挣钱。"

任盈盈赶紧截断母亲的话，"我已经看好户型了。建筑面积一百平方米，除去公摊也就是八十多平方米的居住面积，布局很合理。"

许父提出不同意见，"可是，那地方升值空间不是很大。"

任盈盈笑着反驳，"你看到的是明面上的升值。实际上，就凭那两所学校，无论是前期我们居住还是后期我们出租，那地方都是抢手地段。你知道富田文博附近二十年以上房龄的老房子每月租金是多少吗？"

林秀萍接口道："一百平方米租金二千五百元绝对可以。"

任盈盈点头，"所以，孩子上学前我们租出去，还贷绝对不成问题。再说了，这些钱才百分之一的利息。"

这才是任家夫妻最担忧的地方，林秀萍问："那家男的为什么帮你？"

听母亲语调异常，任盈盈低头看了一眼高高隆起的肚子，"你们瞎想什么呢,谁会对一个孕妇感兴趣。席哥家庭幸福,他只是希望他女儿有个固定老师。你也知道,现在乐器教师层次并非都那么好。我好歹是科班出身,再说了,我的水平跟专业演员也差不了多少。听他的意思,那人的钱来历不是太正当,不敢放在银行,怕被查。"

任家夫妻一辈子教书育人,但这并不影响他们对这个社会的判断,社会上的的确确有这类人。但林秀萍仍不放心,"签协议那天我们找个律师陪着好不好?"

任盈盈把喝进去的水笑喷了,"应该是对方找个律师,是我们用人家的钱。"

商量了很久,任旭军问女儿,"这房子是你们的婚内财产,你真不打算用他们家的钱?"

任盈盈笑容一收,"我饶得了他?用,肯定要用。我借别人的钱只是不想再向银行贷款而已。"

任旭军很担忧女儿的状态,"盈盈,你确定你有跟文嘉过一辈子的信心?!"

见父母紧张地盯着自己,任盈盈扯出大笑脸,"自然有。"说这话时她有点底气不足,她比任何人都知道自己对这份婚姻的热度已一点一点地降了下来。可以这么说,对许文嘉这阵子的表现她已经失望透顶,她对他的谎言已经完全不在意,不去想他在干什么,也不去想他去了哪里,跟什么人在一起。他想回来住便回来,他不想回来随便他住哪里都行。

她明白她的心态很不好,但是,她无法阻拦这种心理上的悄然变化。

下班时间到了,许文嘉懒洋洋地起身,他准备去超市一趟。

那晚妻子吃小吃时被岳母无意中撞见,岳母说的话很不好听,让他脸面上有些挂不住。岳母的意思他懂,老人家明着是责怪自己闺女,实际上是责怪他没让任盈盈吃好。

不是他不想让孕中妻子吃好,活了二十多年,他确实没操心过买菜做饭这些事,甚至,他连什么是营养搭配都不知道。于是,他趁中午休息时间买了本孕产妇营养食谱,不会做,把做这些的原材料买回家总可以吧。

出了公司大门,从钱夹子里拿出一元硬币往公交车车站方向走,还没走到手机便传来一阵鸣响,接通后许父的声音传过来,"文嘉,房子看好没有?"

那晚回家后他并没有马上和任盈盈商量这事,他想自己先看房,看好了再跟她商量。富田文博的房子是好,也方便以后孩子上学,可是,好房子多了去了,再说了,学习好的孩子并不全是那两所学校教出来的,他认为不能迷信这些。因此,不上班的日子他都在外面看房,终于,前天,他在北环附近找了个价位环境都还不差的小区,而且,听说政府还准备在附近筹建实验小学,如果消息属实,也算赚到了。

今天晚上,他准备和任盈盈商量这件事。

只是,他没有料到,妻子那边也有个惊人的消息正等着他。

"近两天我和盈盈就回家拿钱。"

"哪的?"

"你们就不要管了。"

许兵微怒,"死小子,问问也不行?!"

"还有事没有?"要坐的公交车已缓缓停下,许文嘉急忙往上车门方向走,"没有我挂了。"

"晚上还回来住吗?"

"不回去了,晚上的事推不掉。"

"是不是又去任家陪媳妇了?"

下班高峰,挤车的人很多,许文嘉跟在众人后面挤,"不说了,爸。"

正常工作日,超市里人流量不大,许文嘉很快便提着一大袋东西出来。他拐进院子,大步流星往任家赶。推开家门,任家一家三口的满脸笑意顿时不同程度地收了一点,许文嘉早已练就了视而不见的非凡本领,"爸妈,我回来了。"

任盈盈没看见他似的继续往嘴里扔美国提子。

许文嘉恍若不觉,换完鞋子提着袋子往餐厅走,"我去超市买了点黄花鱼和虾、牛肉之类的,多吃些鱼虾对孩子好。"

见女婿把东西一股脑放进冻箱,任旭军过去帮忙,"你过去陪陪盈盈。"

任盈盈有话要对许文嘉说,许文嘉也急于和她说房子的事。因此,一听任父开了口,小夫妻空前默契地一前一后走进自己卧室。

许文嘉谈事前习惯性地想和妻子温存一番,可是,任盈盈却没这样的心思,见他的手伸过去,她本能地躲开,"我们好久没坐下来谈谈了。"

许文嘉赶紧点头。

任盈盈决定直接说,她不想绕弯子,"我们这种状态也不是长久之计,干脆我们还是买房子吧。"

这种不谋而合让许文嘉喜出望外,"我也这么想的。盈盈,我这阵子看了好多楼盘……"

任盈盈静静地听完,"还买富田文博的房子吧。"

许文嘉愣了片刻,"我们承受不了。"

任盈盈从梳妆台上拿起一张户型图,"我妈亲戚帮忙借钱给我们,百分之一的利息。"任盈盈不希望许文嘉知道她兼职这事,因此,他回来之前她已经嘱咐过父母。

"百分之一?!"许文嘉张大了嘴巴,"什么亲戚这么有钱?他知道我们近几年内还不完吗?"

任盈盈直接亮明自己的目的,"所以,还要借你们家的钱。"

许文嘉试图再次劝说任盈盈,"其实,其他地方的房子也不错,而且,学校并不只是文化路一小好。"

任盈盈断然拒绝,"你就说借不借。"

"借,当然借。"许文嘉觉得异常难受,这两个月来任盈盈变化很大,她不再有耐心听他说话,也基本上不和他交流。还有,现在她的态度,根本不是和他商量,她是通知他一个结果,她一个人或者是她一家人商量后的结果,这个认知让他极为难受。

"盈盈,我想我们真该坐下来好好谈谈了。"许文嘉平静地说道。

得到了想要的结果,任盈盈已准备结束这次交流,"改天再说吧,我困了。"

就这样,许文嘉眼睁睁看着任盈盈上床休息了。他心里有种不好的预感,妻子这态度太让人担忧了。

回到新郑后吴母一直说胸口闷。吴子琪有点担忧,她害怕这是术后的不良反应,她很想打电话给席慕凡,让他咨询医院科主任,可是,她却逼着自己不打这个电话。

拒绝送母亲回家这件事让她很愤怒,她觉得席慕凡做得太绝了。

可是,母亲这种情况下她也不放心回郑州。而且,她真的很想再带母亲去郑州问问大夫,母亲这种反应是否跟手术有关。

可是,手里没钱了也是事实。于是,她催着母亲尽快找当地医保机构报销。她决定了,报销的钱她不会拿回去,她不会让母亲手头分文没有。至于公司那边,她知道席慕凡必有解决之法。

吴母却执意不去郑州。吴子琪无奈之下带母亲去了新郑人民医院。一番检查后,大夫说手术没问题,胸闷或许只是病人执著于想某件不开心的事造成的。

吴子琪自然知道母亲为什么不痛快。开解无数遍,母亲仍闷闷不乐,明白母亲心思的吴子琪说:"妈,以后我会尝试做些投资,子涛,我不会放任不管的。"

"什么投资?"这确实是吴母的心病,因此,女儿的许诺一说出口,老太太的精神就来了。

"房产投资。"这是这些日子她深思熟虑后的结果。既然席慕凡已经放言不管她家的事,而且做得如此决绝,那么,就完全不指望他,她要凭借自己的能力解决这些困难。不是不体谅他,而是不能让母亲这么难受下去。弟弟是不争气,可是,母亲总归是母亲,为了母亲她也会尽力帮助吴子涛。

"这行吗?!"

郑东新区发展很快,而房价还没有涨上去,她常听席慕凡在家说这事。她知道这对自己来说是个机会,房产收益巨大,她想试试。因为她清楚,即便不能升值,投资房产也绝对不会赔钱。

"我觉得行。"

吴母这才长舒一口气,"这我就放心了。对了,琪琪,那个壹家负责人是干什么的?"

吴子琪咬牙沉默一会儿才说:"子涛难道就不能找找其他工作吗?难道一定要吊在席慕凡那一棵上?"

知道女儿心里也不畅快,吴母欢快的语调减弱了些,"我住院期间你们是不是吵架了?"

吴子琪摆摆手,"没有。你就别操心这些事了。"

任父的二十万元划到了任盈盈的账户上。当然,这之前小夫妻俩共同给任父打了张欠条。

次日,小夫妻俩提着一箱奶走进许家。

这是婚后第一次走进许家,任盈盈很冷漠。

许父很热情,许母虽然心里别扭但脸上也努力挂着笑容,"水果已经洗好了,盈盈去吃些。"

任盈盈公式化的笑容又灿烂了些,"谢谢。"

连"妈"这个称呼都省略了,对此,李晓琼心里很窝火。

谈话很快进入正题,许父还试图让小两口住在家里,许文嘉拒绝得很干脆。

许父长叹。

许母轻叹:"亲生儿子借老子的钱去买房,说出去丢我们老脸。"

任盈盈心里暗自鄙视她,哼,你就知道你们的老脸,你们的老脸早被你丢完了,如果不是你惹多事,你儿子咋会想出这办法。晚了三个月,指不定富田文博的房子又涨了多少呢。

许文嘉哪会知道任盈盈心里正想这些呢,他只是害怕母亲在妻子面前又说出什么不合适的话,"妈,别多想。这事是我们家的事,谁没事出去瞎嚷嚷啊。"

许母快速扫了任盈盈一眼。

任盈盈笑容一顿。

许家父子心里都是一紧。

许父赶紧说:"既然孩子们主意定了,就这么办吧。文嘉,你拿着我的身份证和银行卡去办吧。"

许文嘉从口袋里拿出夫妻俩签过名的欠条递给许父,许父没看直接递给许母,许母小心翼翼揣进口袋里。

许母的举动让任盈盈心里更不畅快。她没让许文嘉知道,在他们给母亲林秀萍打了欠条的当天晚上,母亲就把这张欠条还给了她。当时，母亲说的话她记得很清楚。母亲说，她不会让自己女儿借自己的钱去买房，那钱本来就是给自己女儿留的。

听听，这才是父母应该说的话。于是，任盈盈再次在内心狠狠地鄙视许家人。

许文嘉起身，"我这就去银行。盈盈，你累了就去我们房间睡会儿。"

任盈盈跟着起身，她不想在这个家待着，她觉得这个家不是她的，而且这个家里的人她都不喜欢。

一直想修复关系的许母接口说："小区对面就是银行，文嘉很快就会回来。"

许母这么说，任盈盈倒不好再坚持，她怏怏不乐地吃着水果。

许母望着她隆起的肚子，"肚子很尖，估计是男孩。"

任盈盈没有与她闲话家常的打算，双方父母初次见面的场景还历历在目，另外，上次买房过程中出现的一系列问题，都是因为她，所以，任盈盈仿若没听见她说的话似的，根本没有回答的意思。

许母还没有意识到这些，她依然很亲热地问："平常吃饭喜辣还是喜酸？"

任盈盈扫了她一眼，答非所问，"我有点累，想躺一会儿。"

许母这才明白，儿媳压根没打算和她交流。她有点难堪，有点伤心，还有点气恼，老太太眼睁睁看着任盈盈从她眼前走过，径自向小夫妻俩的预留卧室走去。

待房门关上，许母压着愤怒向许父发牢骚，"看到没有，她眼里根本没我。"

许父用严厉眼神制止许母的抱怨，"别说了。"

"我为什么不能说？"

"你如果想他们一家三口不登这个门你就继续闹。"许父压着嗓子说完后，起身进了书房。

　　许母捂着脸进了自己卧室，她觉得委屈，觉得自己所做的一切都是为了许家父子，可是，许家父子没有一个人理解她。他们觉得和儿媳闹的所有不痛快都是她的错，根本没有理解她的良苦用心。

　　转了账回家的许文嘉进门就觉得气氛异常，客厅空落落的没有一个人，隐约之间听到母亲压抑的哭声。望望两间紧闭的卧室门，他暗中叹了口气。他知道，买房单过是十分正确的选择。

　　他直接走进书房，把卡和身份证放在父亲面前，"爸，我们先走了。"

　　许父放下手中报纸，"买哪的？"

　　"富田文博的。"

　　"真不打算听我们的意见了？"

　　许文嘉表情平静，"我们自个住的，还是我们自个选吧。"

　　许父目光重新落到报纸上，"别怪你妈，她是为你好。"

　　许文嘉应一声"我知道"后重复说："我们先走了。"

　　没抬头的许父摆摆手，"走吧。"

Chapter 11 互相爱慕

席母身体没大毛病,小毛病却一堆。当骨科大夫说席母膝关节骨刺很长,需要长时间用药和理疗时,席母只问了一句话,会不会病变。当时大夫很不解地问,难道不觉得疼吗,按常理说,这么长的骨刺应该很疼的,席母却摇头说不疼并拒绝开药。

当时席慕凡心里的难受无法用笔墨形容,他知道母亲不想花那份药钱,也明白母亲身上的小毛病是常年操劳的结果。他相信大夫的话没有夸张的成分,所以,他告诉大夫:"要最好的药,只要疗效好,多少钱都无所谓。"

席母还要坚持。

席慕凡盯着母亲,"妈,别让我心里不安。"

席母这才不再阻拦。

从医院回家的路上,老太太一个劲儿地埋怨儿子,"这药也太贵了,三个疗程就一千多元,现在进医院一趟和遭贼偷了没啥两样。这阵子检查身体开药可是花了不少钱。"

席慕凡轻叹一声,"娘,以后每年都过来检查一次身体。这些年,儿子太忽略你们了。"

席母眼窝湿润,"哪能一直给你找麻烦?慕凡,明天把我送回去,顺路把琪琪也接回来。"

席慕凡懂母亲的意思,吴子琪送母亲回去已经五天,可是仍不回来,而且一通电话也没有打回来。更过分的是,中午幼儿园老师打电话告诉他,孩子被姨妈带走了。吴子妍很少接席青诺,刚开始他还不信,幼儿园老师却说孩子妈妈给她打了电话她才让带走的。于是,他打给吴子妍,吴子妍说是吴子琪想孩子,刚好今天也是周五。

妻子这是想干什么?明摆着的,她不想回家。

是的,他不愿再管她家的事。可是,从结婚到说那句话前他是怎么做的,难道她看不到吗?

妻子这么做,不是明摆着让他难堪吗?也不是明摆着晾自己的母亲吗?

想得越多心里的怒火越压抑不住,他明白,让妻子改变对母亲态度的过程,不能让母亲亲身感受,老太太会有心理负担。因此,虽然气愤,他仍开解母亲,"妈,你别多想。她不回来肯定是不放心她妈的身体,跟你过来没什么关系。不过,既然你要走,我也不硬拦着,什么时候想过来随时就过来。还有,我准备在新郑县城给你和爸买套两居室房子,跟哥姐住一个地方,我这开车来往也方便。"

这是席母做梦都想的事,老太太一下子高兴起来了,"县城的房子贵不贵?"

见母亲开怀,席慕凡意识到他早应该着手办这件事了,"这都十二月底了,公司马上分红。你儿子大本事没有,挣个百十万元还不成问题。姐姐的生意也上了轨道,不用天天往外跑,没事叫她陪你和爸出去转转。"

席母一个劲儿点头,"好,好。"

席慕凡心里骤然一动,"明天我还有事,后天再走吧。"

席母仍是点头。

有了席慕凡的帮忙,任盈盈的房子终于有着落了。全款付了钱后再次仰望那座高楼,她真想大声呼喊几声,终于有房子了。

许文嘉心里却沉甸甸的。七十多万元一下子给了别人,他揪心似的难受。而且,交完钱的刹那,他骤然觉得头顶压下了一座大山。二十万元是自己父母的,二十万元是岳父岳母的,三十万元是亲戚借的,先还哪边?怎么还?他有点喘不过气的感觉。

心情大好的任盈盈心里盘算的却是其他的。母亲的不用还,公婆的想什么时候还就什么时候还。至于外债,算上课时费,一个月能存四千元左右,一年还五万元应该不成问题,还三十万元也就需要六年而已。况且,六年内孩子不会上学,领到钥匙简单装修后就可租出去,高额租金又是一笔收益,或许,根本用不了六年。

目光投到前面的房子,任盈盈明白,是她应该表示感谢的时候了。

许文嘉目光跟过去,"盈盈,这地段是富人区。我们以后住在这里肯定显得特寒酸。"

见他面色愁苦,任盈盈犹豫一瞬说:"我们也不是你想象中的那么贫困。放心吧,奶酪会有的。"

妻子难得一次性说这么多话,而且语调正常,许文嘉心头的沉重骤然一轻,"盈盈,其实我们……"

心知他肯定又劝房子未交钥匙前暂时移居婆婆家,任盈盈果断截断,"我和子妍约好逛街,你趁着周末也回家看看你爸你妈。"

许文嘉不死心,"逛街有什么意思,跟我一起回去吧,我妈挺惦记你的。"

"她惦记我才有鬼呢。"任盈盈在嗓子里哼哼。

"你说什么?"

任盈盈已径自往前走,"我说我先走了。"

许文嘉看妻子的背影消失在眼前,再望望身边的高楼,然后他重重叹口气,"还奶酪呢,以后能有窝窝头吃就不错了。"

听到任盈盈邀请,正从新郑回来的席慕凡笑着应下,"没问题。"

昨天才签过协议,今天房子已经定下来,想来任盈盈老早就相中房子了,只是差点钱而已。

举手之劳解了两个人的苦恼,他心情再一次大好。

两人在花园路会合。任盈盈一上车席慕凡就问:"请我吃什么?"

任盈盈笑着答:"今天你做主,我是陪客。"

席慕凡想了会儿,然后驱车往市郊,偶然间他发现黄河边有个清静酒家。招牌菜是农家饭,是他喜欢的口味。

出了市区,任盈盈有点回过了味,她笑说:"本来准备请你吃大餐的,你领着往市郊跑,给我省银子呢?"

席慕凡呵呵直笑,"别高兴得太早,现在的农家菜可不便宜。我今天争取把你包里的银子吃光。"

"这估计有困难,我准备的可是吃大餐的钱。"

聊了一会儿,两人对视大笑。笑过之后,任盈盈问道:"周五的课调到哪天了?"

席慕凡笑容减了一丝,"青诺还没回来。"

"你和吴姐……"任盈盈问得小心翼翼。近期吴子琪一直不在家,她多少猜出他们夫妻俩之间出现了问题。虽然不是很赞同吴子琪的处事方式,可是,道义上她觉得应该劝一劝,"夫妻俩哪有不生气的?"

其实，这些日子以来席慕凡很想找人诉说，只是一直没有合适的对象。他对任盈盈一直挺有好感，而且，上次向她倾诉过之后心情好了许多，而任盈盈也没有因那次倾诉后有异样反应，她还像以往那样，他明白，她是个很有素养的女人，知道什么时候该干什么，也知道什么话该说，什么话不该说。

"你和小许也闹别扭吗？"

这是席慕凡随口问的，可这个问题本来就是任盈盈心底里的痛，"我想如果这个月房子的事依然没定，我会和他离婚。"

席慕凡诧异，"房子真这么重要？"

任盈盈苦笑，"房子不重要，重要的是没房子的生活。"从结婚前两家闹矛盾，到买房过程中出现的一系列事情，任盈盈娓娓道来没有夸张没有删节，还附带着发生每件事时她的真实心情。末了，她强调，"我不顾一切与他结婚是因为我爱他。现在，随着房子问题附带出来的一系列问题慢慢磨光了我对他的感情。他的躲避他的撒谎，我已经不再介意，这些唯一让我有感觉的就是心累。"

席慕凡把车停在路边后看着她，"以后准备怎么办？"

"尝试补救我们的婚姻。我想，我们单独生活在一起就会少一些外在的矛盾。"

"补救不了呢？"

"离婚。"

席慕凡有点吃惊，"那孩子呢？"

任盈盈很平静地回答："流产。"

席慕凡虽然惋惜但赞同她的观点，"不错。之所以让孩子来到这个世界，那是因为有信心带给孩子幸福的生活。如果无法确定这份幸福是否存在，是要慎重考虑。"

任盈盈心头有点酸，不过，她不想影响席慕凡的心情，于是，她挤出一丝笑,"今天是陪你的,怎么话题老在我身上打转?"

席慕凡把目光投向路边,很久后才说:"如果子琪回来后还没有改变,我想,我和她也会坐下来好好谈谈。"

有一个问题任盈盈一直不明白,"你岳母为什么坚持让她儿子跟着你?"

"因为她想让我永远照顾吴子涛。"

"即便是自己的孩子也有长大自立的一天。永远?有没有搞错?吴姐是因为这个跟你闹?"

席慕凡点头,"我们家拥有的,她希望她娘家同样拥有。她希望生活在农村的父母住到县城,我无条件出资帮忙。她希望她弟弟在我的公司工作,我违背初衷也答应。她希望她弟弟在郑州有套房,我同意我们家原先住的房子以二十万元卖给他。她妈有病了,我直接提着公司公款交了钱。但这些都没用。因为仍然不能让我岳母满意,所以,她就跟我冷战。"

任盈盈没有挑事的意思,但是她真的很想知道别人的婚姻是否也跟她的一样充满无奈,"阿姨在你家期间,吴姐没有回来过一次?"

提起这事席慕凡就恨,"不仅没回来,她甚至连通电话也没有。"

任盈盈这才意识到自己问得太多了,她安慰地拍拍他的胳膊,"别提这些不开心的事了。走,咱们吃饭去。"

席慕凡轻叹后踩下油门。

心情郁闷的席慕凡喝高了,趴在饭桌上一直流泪,翻来覆去重复一句话,说他对不起他父母。

见他醉得不省人事,任盈盈叫来服务员把他驾到客房。

一阵折腾后,席慕凡终于熟睡。

任盈盈一直站在他面前盯着看,她一直以为他很坚强,是什么事都能包容的大男人,也曾认为上次他与吴子琪争吵后在车内说的那番话只是发泄愤怒的牢骚话,没有想到,这个男人只是不说,其实,内心也是十分痛苦。

她想,如果不是与妻子长达近一个月的冷战,这个汉子还不会这样颓废。她想,吴子琪确实太会折磨他了。这种做法似乎已不仅仅是驾驭这么简单。

而他,也果真是与许文嘉不一样的男人。许文嘉遇事总两边糊弄,到真正糊弄不住的时候就开始变鸵鸟,从来不会迎难而上解决难题。

席慕凡与许文嘉是截然不同的两种男人。

如果说以前的她只是注重男人长相的话,那么,现在的她更欣赏有担当有魄力,能为身后女人遮风挡雨的男人。

而席慕凡恰恰就是这种男人。他敢作敢为,敢于为自己的决定付出代价。

很可惜,他是别的女人的男人。而她,却是别的男人的女人。

她与他也许只是两条平行线而已。

任盈盈很震惊地发现一个事实,那就是她似乎喜欢上了眼前这个男人,也发现了,这个事实已经存在了很长时间,她之所以没有发现,只是因为席慕凡在她面前表现的一直是标准好老公、好爸爸的形象。

如果不是今天的交流,她想她的这份感情永远都会封存在潜意识中,不会被她发现。

因为渴望近距离地接近他,于是,任盈盈坐在床边俯视着他。

浓而密的剑眉,高而挺的鼻梁,此刻,闭上的双眼略显狭长,从来不曾留意,他的长相居然也很出色。不由自主,她的手抚上他的脸庞,发现他的皮肤紧紧绷着,想来,此刻的他睡梦中也是痛苦的吧。

如此优秀的男人,吴子琪为什么不珍惜呢?

手指向上,抚过他的眉他的额,最后停在额边,"你为什么不是他?我又为什么不是她呢?"

睡梦中的男人的眉蹙了一下,似乎对有人扰他清梦不耐烦。

任盈盈慌乱撤回手,起身走到窗前。过了一会儿后才敢回身,她发现他只是翻了个身,人仍然睡熟着。

她再次坐到他身边,静静地凝视他,这么一看就是半个小时。在这半个小时里,她脑中转过无数个念头,但是,这些念头被她一一否定,她敢保证他不会背叛妻女,也敢保证他在她面前时刻都是谦谦君子,与妻子感情未破裂前,他不会做任何对不起妻子的事。

而她自己,似乎也没有做第三者的准备。秉性使然,没办法改变。虽然难受,虽然痛苦,她也很庆幸,自己居然仍很清醒。

认清现状后,她俯身轻轻吻了下他的唇,然后起身离开。她知道,从今天起,从这一刻起,她只会是他女儿的古筝老师。她之所以没辞去这个工作,那是因为她不能承受完全彻底没有他消息的日子。

走出饭庄,冷冽寒风扑面而来,任盈盈迎风长长吸入一口气。她对自己说,每个选择都是自己选的,是对是错,是悲伤是开心,她自己必须去承受。

席慕凡站在窗边默默看着任盈盈越来越远的背影。如果不知道她怀孕,从这个方向望过去,那根本是高挑少女的背影。

从偏僻乡村考进省会的大学,他和许多男生一样,目光也曾一直追随着靓丽时尚的城市姑娘,她们的一颦一笑都能让他的身体燥热。可是,他很快就认清了现实,他与她们不是一类人,根本不可能走进一个门槛。所以,他及时收起了自己的梦,改变目标,最终追求到了吴子琪。虽然她家庭条件也比他家强,可是,比起都市的女孩来她还是相当淳朴的。

　　他希望尽快融入这个城市,也希望凭借自己的力量让家人生活得更好。所以,他把所有时间用在打拼事业上。现在,虽然离功成名就还有很大距离,但是,比起普通工薪族确实已经相当成功了。

　　有时候,他很想暂时停下来和吴子琪分享这份幸福。可是,他发现,这是不可能的事。长达数年没有用心交流,吴子琪的思想跟他的思想似乎已经不在一个高度,两个人的思想南辕北辙。他觉得,她所有的心思都放在娘家的事上,即便是女儿青诺也没有她娘家人的事情重要。她可以为母亲和弟弟牺牲一切。

　　这个认知让他心里很难过。难道说,他的努力他的拼搏仅是为了让她的家人生活得更好吗?她似乎从来没有站在他的立场上想过问题,男人累了也是需要休息的,男人同样渴望得到女人的支持与抚慰。

　　驾驭。他再一次想到这个词。她自认为她做的这些是驾驭男人的手段吗?不是。这是毁灭爱情毁灭亲情的直接做法。因为她的所作所为跟赶牲口拉磨差不多,而且,这头牲口永远不能有怨言有情绪,甚至,连歇歇脚的工夫都没有。

　　他想,任盈盈的出现就如在干渴的人面前放下一杯温度刚刚好的水一样,让人忍不住想伸手去拿。与吴子琪结婚后,他从来没再做过那所谓的春梦,可是,前些日子他竟然梦到了她,而且,梦中的他与她有了肌肤之亲,这种感受已经多年没有过,现在想起来身体还有些紧绷感。说实话,醒后他很自责,怎么会做这种梦呢?有人说日有所思,夜有所梦,可老天作证,他的确确没往这方面想过。

　　可是,自从这个梦后他一直渴望见到任盈盈确实是真的。想见她绝对没有那种龌龊的想法,他只是单纯想见她。

　　所以,当任盈盈轻轻吻他的时候,他几乎把持不住,天知道他忍得有多辛苦。那时候手脚似乎已不受思想支配。他很想跟着感觉走，但他还是忍住了。任盈盈起身离开门的一刹那，他明白了，他忍住是对的。否则，事情将会出现无法收拾的局面。

其实，任盈盈的手在他脸上游走时他已经醒了。她的举动出乎他的意料，所以，他不敢睁开眼睛，不敢正视她心里对他也是有感觉的这个现实。但是，当时心头的激动几乎冲破胸膛是事实。

他感觉到了她的矛盾，她的不舍，也感觉到了她的伤悲。由此，他再次对自己说，她确实是个有素养的好女人，她把婚后对男人异样的感情埋在自己心底，她恪守已婚之人应该有的道德规范。

所以，他更加喜爱她。他对自己说，他之所以用喜爱这个词，是因为他对她的感觉是比喜欢多一点，而比爱情又少一点。他想，这也许就是婚姻专家所说的新鲜感吧！

就这样，若无其事地相处下去？！

是折磨自己，还是折磨她？

如果从此不见面？不，他不要。

那么，就顺其自然吧。

吴子琪心头愤懑难平，可是，席慕凡一通电话也没有，她心底还是有点恐慌的，她从来没遇到过这种情况。按惯例，冷战这么长时间他早该缴械投降了，可是，他一点动静都没有。而且，意思很明显，他不会再次妥协。

晚上，躺在床上时她会静静地想，这一次到底是哪里出现问题了。

想了几天也没想出个所以然来，而且，也确实没多少时间可以静下心来想。看母亲这边基本上没什么事了，她便动心思想回家。可是，就这么回家脸上总觉得挂不住，所以，她打电话给子妍把女儿带过来。周一女儿要上学,这是一个冠冕堂皇的理由。

回到家,席慕凡不在,婆婆也不在。

她不知道两人去了哪里,想问问,又不想打这个电话。于是,她开始打扫卫生。近一个月的时间,家中物品摆放的位置已不是原来的样子,虽然很整洁,但总觉得别扭,想来是婆婆的杰作。

房间全部打扫过,母子俩没有回来,煮了丰盛的晚饭,母子俩依然不见踪影。哄女儿睡熟后,家门依然未响。吴子琪有点坐立不安,婆婆是来检查身体的,难道……不敢再往下想,她拿起手机就开始拨号。

吴子琪拨到最后一位数时,席慕凡打开了门。

夫妻俩的眼光一触即分开。

吴子琪把手机往沙发上一扔就往卧室走,她还是希望席慕凡先开口。

席慕凡换了鞋,洗了手,喝了水,然后开始在客厅里看电视。他把声音开得很低,这是多年习惯,在家里,女儿的需求是第一,妻子的需求是第二,至于他,只要方便她们就行了。可是,今天,只有他自己知道,他只是不想电视里的声音影响他。

他脑海里仍然是任盈盈落寞的背影。

不由自主,他摸向自己的额头,她的手在那里停留过。手由鼻子滑下放在唇边,他对自己说,她的吻还留有余香。

当时,他感觉她的唇有点颤抖。他不明白,她是激动,还是难过。想了足足半个小时,他苦苦一笑,他猜测她肯定是难过。如果不难过,她不会轻吻他后独自离去。

她与他,同样明白眼前的现状。

既然已经决定顺其自然,那么,就不要多想了。他轻轻呼出一口气,关了电视起身往卧室走。

吴子琪虽然闭着眼,可根本睡不着。席慕凡独自一人回来,显然,婆婆已经离开。他没有马上跟进卧室,而且,后来进来后倒头就睡,很明显,他心里仍然有气。

黑暗中,她犹豫很久后最终决定开口:"你让我很失望。我妈刚动完手术,作为女婿你难道不应该送她回家吗?你不但没有,甚至一通问候电话也没有。"

席慕凡不想开口,他还没有从下午的事件中回过神来。

几年同床共枕,吴子琪却知道他并没睡着,"还有子涛的事。周波查出的那些数据难道不是你授意的?子涛在公司就那么碍你的眼吗?"从弟弟嘴里知道这个消息后她很震惊,她不相信席慕凡会这么做。可是,仔细想想,又觉得不是没有可能。

席慕凡翻过身双目望着天花板,"我们聊聊也好。我对你同样很失望。我不管你们家的事,原因你是知道的。这件事在我这里到此为止,我不想再讨论谁对谁借,这已经没有任何意义。可是,我妈来了,她是你的婆婆,除了没给你一场体面的婚礼外,她没有亏欠你什么,你又是怎么做的呢?无视她的存在。有时候我很怀疑,你爱我吗?"

吴子琪微愣,"我不爱你怎么可能嫁给你?"

"那么,爱屋及乌肯定是个谬论了?"

"你做到了吗?"

席慕凡努力压住心底骤然升起的那丝愤怒,他确实想和吴子琪深入地交流交流,"我自认为我做到了。"

吴子琪冷哼一声后说道:"你哪一点做到了?"

"因为爱你,所以你所有合理的不合理的要求我都尽力完成。我为你家做的事我也不想一一叙述,你家里人怎么对我的,我也不想再多说。可是你呢?这么多年,除了逢年过节,你看望过我的父母吗?你关心过他们的身体吗?如果这些你都没想过,我想问你,你站在我的立场上想过问题吗?你考虑过我的感受吗?"

吴子琪被他问得说不出话来。

席慕凡轻轻笑了,"你没有吧。"

夫妻争吵或是冷战时,吴子琪从来没处在这种"劣势"过,她很想改变这一局势,于是,她说:"周波调查子涛,是不是你授意的?"

席慕凡没有犹豫,"是的。"

吴子琪翻身坐起,在黑暗中瞪着席慕凡,"你就这么容不下他?"

"是他太不珍惜自己的工作。吴子琪,请小点声,我们的女儿在睡觉。"席慕凡声音很冷漠,既然已经决定不再管吴家人任何一件事,那么,吴家的任何事他都不想讨论。从做出决定的那一刻开始,他只是吴子琪的丈夫,仅此而已。

可是,吴子琪却认为女儿就是席慕凡的软肋,她急于想要找到以前那种说一不二的状态,所以,虽然心里也顾及会吵到女儿,但声音仍然不低,她要逼他,她仍然希望他先让步,"没我家哪来现在的你?"

"够了。真是不可理喻。"席慕凡拿起枕头被子就往书房走。

"你现在只要走出这门,明天咱们就离婚。"

席慕凡脚步微顿,几秒后,他轻轻拧开房门,"只要你觉得我们无法再生活在一起,可以,我同意。"说完,他头也不回地走向书房。

吴子琪呆了。当听到书房方向门合拢的声音后,她捂着被子大哭起来。她当然不是真的想离婚,这个世界上除了席慕凡,她不会再爱上任何一个男人。她甚至不敢想象枕边的人会换成其他面孔。她只是想让他一如既往地以她为中心。这种掌握不住他的感觉让她心里恐惧。

自饭庄回来后任盈盈经常魂不守舍,本来嗜睡的她甚至开始失眠,脑海里放映的画面千篇一律是席慕凡。

她记得第一次去他家,他只是淡淡和她打个招呼就进了书房,似乎很不相信她的水平。然而熟识后,他却时常捎些小零食回家,开始时她曾以为他本来就是经常往家买这些东西,可从席青诺口中她得知并非这样,想来,是因为她有身孕,已身为人父的他知道孕妇易饿。

她还记得仰望高楼默默流泪的时候,他担忧她难堪,躲在车里给她打电话,而她仓促间扭到脚后,他快速下车扶住自己赶往医院,然后他陪她去许家楼下等许文嘉……

还有借钱一事,如果不是签协议时对方无意中说的那席话,她会以为席慕凡只是恰好找到了需要用钱的她。然而,事情真相却并非如此。对方本意是想借给生意人大额周转所用,人家根本不想借给她这种月还款的。

席慕凡帮了她却让她毫不知情。如果说前面那些可以解释为出于道义,那么,借钱一事说明了什么呢?她只是普通工薪族,他这么做是有风险的。

他到底为了什么?难道他与自己一样,对婚姻之外的异性产生了别样的好感,但却不敢表白不敢放任自己?任盈盈百思不得其解,没有答案,却忍不住一再去想。

这天,任盈盈口里嚼着饭,神思又如往常一样飘了很远。

任父任母不在家,坐她对面的许文嘉言谈举止也就随意许多,"盈盈,你不会孕期抑郁了吧?!"

任盈盈咽下饭后白他一眼,"你才抑郁了呢。"

许文嘉若有所思地盯着她,"以前是没买房子你心里不痛快。现在房子买了,你为什么还愁眉苦脸的?"

任盈盈懒洋洋地瞟他一眼,"有吗?"

许文嘉重重地点点头,"我研究了几天,你确实有点抑郁症状。"

本就没什么食欲的任盈盈一推碗站起来,"那可能真是抑郁了。"

许文嘉嬉皮笑脸地跟过去,揽住她的腰,"为夫给你治治?"

任盈盈用力挣脱他的怀抱,"烦死了,离我远点。"

夫妻间最大的难题已经解决,许文嘉很想缓和一直紧张的夫妻关系,所以,他心里虽然有点不满意任盈盈的态度,但仍然再次贴上去揽住她,"盈盈,别这样……"

他话还没说完,任盈盈已经厉喝一声,"离我远点。"

许文嘉当时就呆了,盯着怒气冲天的妻子足足愣神十几秒,然后也压制不住发火了,"不是只有你有脾气,我也有。我之所以一退再退不与你发生争吵,那是因为我爱你。我不想忍受孕期反应的你心里不舒坦。你呢?不但丝毫不关心我,还漠视我冷淡我,难道我陪你住在这里是要过这种日子的?"

走到卧室门口的任盈盈头未回,"你大可以离开这里,不必受这份委屈。"

许文嘉眼睁睁看着她走进卧室并关上了房门。瞬息之间,他的怒气散了,他宁可她跟自己吵,他就怕她这种状态。许文嘉颓废地把自己摔进沙发,捧住头开始撕扯着自己的头发。究竟怎么了?妻子什么时候变成这样的?

想了很久,没想出结果。就在他起身准备收拾碗筷时手机鸣响,看号码是自己家的电话,他赶紧调整情绪力求声音正常,"妈。"

李晓琼痛哭的声音传过来,"文嘉,你爸下岗了,我们以后怎么活啊?"

"什么,我爸下岗了?"许文嘉一屁股坐回沙发上,他呆了。交过房款后他曾一度安慰自己说,还好父母的工资够花,他和妻子的工资尚可应付每月房贷。才一周工夫,家里竟然出现这种变故,怎么办?怎么办?

耳边,母亲仍然哭个不停。他无力地劝慰李晓琼,"妈,别哭了,我这就回家。"

呆呆地起身,呆呆地走进卧室,呆呆地取出衣柜里的衣服,边换边对歪靠在床边看杂志的任盈盈说:"跟我回家一趟。"

任盈盈眼皮不抬,"不去。"

"家里出事了。"

任盈盈放下杂志,"出什么事了?"

"我爸下岗了。"

任盈盈也呆了。

Chapter 12　婆媳大战

哭得太久，已经无泪可流的李晓琼一直干号："以后可怎么办啊，咱们俩怎么活啊？文嘉是指望不上了，他的那点工资就够还月贷的。"

许兵仍在抽烟，"我明天就去找工作。"

李晓琼哭着摇头，"五十多岁的老头子了，谁要你啊？！"

许兵不服气地说："我去给人看大门总可以吧？"

李晓琼嘴一撇，"现在看大门的都是保安公司的小伙子。"

许兵意识到老伴说得不错。现今社会用人单位都请专业人员，他这种五十多岁的老头子确实没人愿意用。于是，他泄气了。

绝望的李晓琼又开始骂："天杀的任家人，我们家的老房子如果不卖，房子拆了有过渡费拿，建成新房有房租收，应付五年，等你我正式退休拿到退休金也就不紧张了。文嘉不该娶她啊，那丫头根本就是扫帚星，自文嘉跟她结婚，咱家就没有消停过。"

老房那边开发商已经破土动工，卖房确实是一件很失败的事。许兵心里也窝一肚子气，"唉。"

李晓琼很不满意老伴的态度,"你们父子俩一个样,遇事拉不开脸。当初若不是你横竖拦着,文嘉咋会娶那个扫帚星回来?"

"哪个是扫帚星?"

听到儿媳的声音,许父许母惊愕一瞬后一起看向房门方向。

任盈盈面无表情地看着李晓琼,意思很明显,她在等婆婆的解释。

如果许文嘉知道这么凑巧,他说什么也不会把钥匙给任盈盈让她提前上来。两人在小区外面下车后许文嘉准备买些盒饭上楼。他了解母亲,如果不是哭的时间太长,她的声音不会那么嘶哑。他敢肯定父母还没吃午饭。可是,外面天冷,他不想让妻子跟着去买盒饭。

李晓琼没有和儿媳翻脸的意思,所以,那些话她没办法重复。自然,儿媳的话她有些接不上。

任盈盈把钥匙随手扔到面前的鞋柜上,"妈,怎么不说呀?!"

看到儿媳这种态度,李晓琼心里有点不痛快。

买盒饭不耽误时间,前后不过几分钟,许文嘉推门而进,"盈盈,接住盒饭。"

任盈盈却仍默立不动盯着李晓琼。

许文嘉马上意识到不对劲,他没顾得上换鞋就赶紧走上前,看看妻子后又看向母亲,然后打圆场道:"妈,你和爸还没吃午饭吧?"

李晓琼如梦初醒,她赶紧接过话,"老许,来吃饭。"

任盈盈从婆婆眼里清楚地读出了她内心的慌乱,"妈,刚才你说谁是扫帚星呢?!"

许文嘉顿时明白了,这情形肯定是妻子进门时母亲正发牢骚呢。婆媳之间的关系本就紧张,在这节骨眼上不敢再发生什么事,否则事态很难平息。因此,他赶紧再次打圆场,"妈,又在家议论别人了,有这工夫还不如陪爸出去转转。"

许兵懂儿子的意思,虽然心里很不满意儿媳咄咄逼人的样子,他还是违心地配合儿子,"你妈这老毛病就是改不掉。"

任盈盈却没打算就这么过去,她缓步走过去坐在李晓琼对面,神情冷漠地复述她进门时李晓琼的话,说完后她再次盯着李晓琼的眼睛,"说我吧?!"

儿媳的话出乎李晓琼的意料,她性格本就耿直泼辣,心里有怒自然就会表现出来,"我就说你了,怎么着吧?"

"不怎么着,让你儿子听听他妈是怎么说他媳妇的。扫帚星?!"任盈盈轻蔑地笑笑,"别抬举我了。我自认为自己没有决定你们家兴衰成败的能耐。"

李晓琼彻底暴怒,她把手中盒饭重重放在茶几上,顿时,汤汁四溢,她恨恨地盯着任盈盈,"暂时跟我们住一起怎么了?老房子盖好你们就可以搬出去单过。一比一点三,六十平方米就能换七十八平方米,多划算。现在好了,我儿子刚结婚就欠下一屁股债。我们呢?现在两人都下了岗,我和你爸怎么生活?你负责还是文嘉负责?"

其实,知道老房拆迁后任盈盈也难过了一阵子。可是,无意中听到李晓琼居然考虑房产继承问题后,她对这个婆婆彻底死心了,对亲生儿子尚且如此,更何况对她这个儿媳呢?她立誓离公婆远点,能不见面就不见面,即使见面能少说话就少说话。她能想象得到公婆会为房子的事有微词,可没料到在他们眼里她竟成了许家的千古罪人,这让她心里不爽到了极点。

"我想负责,可是我没能力负责。"任盈盈气呼呼地说。

话难听脸难看,说什么儿媳都能接得上招。恼羞成怒的李晓琼愤而站起,颤抖着手,指着任盈盈,话却是对许文嘉说的,"这就是你找的好媳妇。"

许文嘉揽住李晓琼肩头,一边对任盈盈挤眉弄眼示意她暂时不要开口,一边安慰母亲,"妈,现在这不是话赶话吗?别说儿子偏心,这次是你不对在先啊,哪有这么说自家孩子的?"

李晓琼用力挣脱。

许文嘉不松手,不过,倒也没敢再批评母亲,"还有你,盈盈,即便心里有气,再怎么说她也是咱妈不是,哪能这么说话?好了好了,两人都消消气。"

李晓琼这才平静下来,不过,人仍是呜呜咽咽的。

任盈盈虽然没再开口,但脸上满是嘲弄鄙夷。李晓琼气呼呼地扫她一眼,也没敢再开口。可是,许兵却忍不住了,"什么叫没能力负责?"

任盈盈一怔,许兵在她面前从来没说过重话,即便她和李晓琼有不愉快,许兵也总是责怪李晓琼。今天,他这么突然开口责怪她,一时之间她有点不知道该说什么好。像对待李晓琼那样对待许兵,她还真有点做不出来。潜意识里她觉得,许兵是长辈,而李晓琼,是对头。这种感觉是很细微的心理变化,没什么原因,因而,任盈盈的反应只是下意识的直觉。

许兵就这么一直很严厉地盯着任盈盈,"无论你和我们有什么不愉快,你都是我们的儿媳。这是永远也改不了的事实。作为儿女,无论什么状况下都不能对父母撒手不管。这是中国五千年的文化精髓的体现。"

"爸,我……"

见妻子神色急速变化,许文嘉刚开口就被许兵冷声打断,"这家里还有没有规矩了,父母正在说话哪能轮到你开口?"

许文嘉悄悄扯一下母亲袖子,李晓琼扭过身子权当不知道他的意思。

许文嘉干着急却没什么切实可行的办法,他只好寄希望于任盈盈,希望她不要再开口反驳,也不要尝试去辩解。他明白,父亲这通脾气发过了这事也就过去了。

可很显然,任盈盈不可能这么一直沉默着挨骂,她快速梳理了心中情绪后问许父,"爸,你为什么会下岗?"

乍一听儿媳提起这事,许兵有点窘。作为办公室管理人员,安排上出现错误致使单位出现重大损失,这种失误他根本讲不出口,而且还在儿女面前。于是,他也忘记教训儿媳插口了,他只想胡乱找一个理由先把这个问题搪塞过去,"距退休不足五年的一律清退,这在企业叫一刀切。"

任盈盈微微一笑,"既然是单位一刀切,肯定跟我没什么关系了。"

许兵脸一唬就准备发作,早已听不下去的许文嘉赶紧起身往外拽任盈盈,"你不是约了朋友听胎教课吗?走,咱改天再来。"

任盈盈胳膊一甩,怒视着许文嘉,"来也是你的主意,走也是你的主意,你凭什么啊?"

许文嘉盯着任盈盈,"我再说一句,跟我走。"

任盈盈与他瞪视着,"我也再说一句,我想说清楚再走。"

许文嘉心里积累的怒在这一瞬间倾泻而出,他用手指着任盈盈,"兔子急了还咬人呢。你他妈的别蹬鼻子上脸。"

望着眼前因愤怒而有些扭曲的脸,任盈盈站起了身子。她的目光重新投到李晓琼身上,"你卖旧房的时候没人逼你,爸的下岗也跟我们没关系,所以,扫帚星这种抬举人的话以后不要再用在我身上,我没那么大的能耐。"

然后,她的目光重新投向许文嘉,"这个家根本不欢迎我,请以后不要再拉着我回来。"说完,头也不回走出许家。

"文嘉，你瞧瞧你找的好媳妇！"李晓琼再次号啕大哭。

许文嘉扑通一声跪在母亲面前，"妈，如果不是因为她现在怀着孕，我真想离婚。她以前不是这样的，我也不知道现在怎么会变成这样。现在这种生活我也过够了。"

许兵手一挥，"起来。不说这些没用的。文嘉，你们另外三十万元借谁的？"

许文嘉起身坐到母亲身边，"她家亲戚。"

"什么亲戚？"

"我也不知道。"签协议时，任盈盈是跟林秀萍一起去的。不过，临进约定地点时林秀萍单位出了点急事。因为有岳母跟着，许文嘉对这事深信不疑。

"能一次借给你们三十万元说明人家不缺这份钱。这样，这马上到年底了，我和你妈手头紧也不现实，你多少先还我们一点。过了年我再找份工作，应付五年熬到我们正式退休也就轻松了。"都是自家人，许兵说话很直接。

许文嘉直接掏出钱包，"这是我这个月工资，刚买盒饭时取出来的。你们先用着，不够再给我打电话。"

许兵径直接过，"文嘉，你得有个心理准备。明年我找工作这事我也不知道会是什么情况。你妈这边还有两年才能拿养老金，我这边有五年。不只吃喝住行需要钱，养老医疗保险费都得自己交，这钱省不了。"

许文嘉明白父亲的意思，"我们先还咱家的钱。"

许兵轻轻一叹，"我们这都办的什么事。儿子借老子的钱买房。这边刚交完钱，老子就催儿子还钱。"

这么一说，李晓琼哭得更悲痛。

许文嘉心如刀绞。

从许家回到自己家,任盈盈已完全调整好了心情。

她先打开胎教音乐,然后洗一小盘水果放到茶几上,倒在沙发上随手拿起一本杂志翻起来,边看边吃边听。

许文嘉憋着一肚子气进家门时任盈盈连眼皮也没抬。

"任盈盈,别太过分了啊。"他走过去居高临下瞪着她,"那不是别人,他们是我爸妈。"

任盈盈仿若没听见,甚至还轻声哼起了音乐。

这行为让许文嘉觉得心凉,"我这样对待过你爸妈吗?"

"我爸妈也没说你是扫帚星啊。"

"我妈脾气不好,作为儿媳,你得体谅。"

任盈盈把手中的杂志突然扔在地上,"脾气不好就可以随意骂人了?尊重是相互的,人与人之间也是平等的。"

她正孕育孩子,千万不能发脾气。许文嘉在心里一直这么提醒着自己,"这事暂且放放。我向你表明一个态度,你既然愿意嫁给我,我希望你能尊重并孝敬我的父母。现在大家心里都不畅快,我不逼任何人承认错误。可是,以后如果再发生类似事情,我不会轻饶你。还有,我家情况特殊,还款顺序适当调整,先还我们家的。"

任盈盈站起身,盯着许文嘉的眼睛,"协议内容你看过,你觉得合适吗?"

回来的路上许文嘉心里就已有了对策,"自己家的亲戚,你和他们说说。"

"那你怎么不向你们家亲戚借啊?"

"又不是我执意要买房的。"

"这事没商量的余地。"任盈盈转身就往卧室方向走,"儿子借父母的钱还不满一个月父母就催着还钱,你们家真做得出来。"

"我们家这叫有啥说啥,不像你们家,阴阳怪气的。"许文嘉说的是岳母林秀萍的态度。

这是许文嘉第一次公开在她面前指责她的父母,任盈盈当然不乐意听,她冷冷地瞥他一眼,"嫌脸不好看你可以离开啊,你也不想想我家人为什么这么对你。还有,必须先还我家亲戚的。"说完,重重地关上卧室门。

许文嘉顿时蔫了,妻子什么也不顾忌,什么话都敢说。这说明了一个问题,一个相当严重的问题,她根本不在乎这份婚姻,也不在乎他了。她之所以没直接了当说出离婚两字,想来只是因为她腹中的胎儿。

怎么办?父母不能不顾,妻子也已经是他生命中的一部分了。

怎么样才能两头兼顾呢?

钱,如果有钱,也许就没这么多麻烦了吧?!

吴子琪与席慕凡再次冷战,两人都视对方不存在。在家里,如果不是席青诺的插科打诨,两个人完全像陌生人,各做各的饭,各洗各的衣,一个人睡主卧,一个人睡书房。

席慕凡希望吴子琪能够深刻反思。

吴子琪则希望席慕凡率先低头认错。

这样的情况,两个人谁也不愿意先开口说话。两人心里都异常清楚,如果先开口就意味着前面坚持的一切都是错的。

可是,这种生活确实不是席慕凡心里渴望的家庭生活。这一切的一切都让他觉得心里累,在家里已经感觉不到轻松。他希望在家时能和女儿多待一会儿,吴子琪察觉后便刻意带女儿出去逛,于是,他明白了,她这么做是用女儿来迫他就范。

年末之际公司异常忙碌,席慕凡十分渴望繁忙之后舒适地窝在家里。因而,他很苦恼也很愤怒,是吴子琪太了解他,还是作为一个男人的他不应该这么恋家？

累，身心都累。

静下来思索很久后，他还是认为不能妥协。

于是，往日常推的应酬他不再推了。心里不爽快，醉的次数也就分外多。这天中午，他仍然大醉。司机把他送到楼下后，他坚持自己上楼，司机无奈离开。又在车内靠了十多分钟后他才打开车门，一股冷风灌入，这么一来头脑清晰了少许，于是，下了车歪歪斜斜地往大堂方向走。

"慕凡。"

是任盈盈的声音。叫的是慕凡，而不是席哥。席慕凡心里涟漪微起，顺着声音方向望过去，"盈盈。"

冲口而出的两个字让任盈盈有点窘，那两个字在她心里辗转了几万遍，她一直渴望叫出却又无法叫出来的字眼，没有料到会在突然见到他身影的情况下自自然然叫了出来。她希望他没有听出异样，可是，不知道是不是自己心虚的缘故，她竟然觉得他双眸目光热烈而深情。这让她意外也让她慌张，因而说出来的话有点不成句，"我来这里……因为售楼部打电话……"

酒精作用下，席慕凡心中充满柔情，自然，声音也极其柔和，"是过来看房子的？"

任盈盈急忙点头，"嗯。"

喝得确实有点多，冷风一吹，席慕凡又觉得酒气上涌，"那你过去吧。"

他说这话算是逐客了吧，任盈盈心里一阵难受，"好。"

席慕凡强忍着胃中的不适，任盈盈走出十米后他才快步走到垃圾桶边呕吐起来。已经吐过一次，现在呕出的全是酸水，已经几年没这样醉过，滋味很难受。

听到异声，任盈盈迅速转身，她顿时明白了他让她走的用意。这情形她还怎么可能若无其事地离开，于是，从包里拿出纸巾后快步走上前扶住他，"怎么喝这么多？"

话是责备，声音却充满关爱，席慕凡心里顿时暖融融的，接过纸擦擦嘴后才说："年末应酬多。"

"应酬不用每次都喝醉吧。这多伤身体啊。"

"以后尽量少喝。"

"她在家吗？"不知不觉间，称呼由吴姐改成了她。

席慕凡在心里苦苦一叹，脸上却挂着笑，"她中午不回来。"

任盈盈心里不停斗争着，要不要送他上楼？不是已经决定过了吗？他只是自己学生的爸爸，仅此而已。但转念又想，今天情况比较特殊，他毕竟是醉了，现在的他需要有人照顾。另外，现在看起来他站稳就很困难，他一个人上楼似乎不太稳妥。

席慕凡察觉到她的犹豫，"我这边没事。你先忙你的事。"

任盈盈说服了自己，她对自己说她就扶他回家，然后为他煮锅醒酒汤就走，"我下午没课，等会再去售楼部也行。"

席慕凡不再坚持。说实在的，他也在思索，他觉得自己应该把两个人之间悄悄膨胀的情感掐灭在萌芽状态，可是，心底里的那个声音却又叫嚣着：你不是已经决定顺其自然了吗？不要刻意制造或者是拒绝什么。他犹豫着自己究竟要怎么做。

望着不停跳动的数字，任盈盈的心也跳得越来越快，电梯间并不小，可她觉得压抑得厉害，觉得呼吸都有点不畅。

极力装作自然的席慕凡也感觉到越装场面越尴尬，最后索性就不装了，默默由她扶着。

"特别难受吧？！"出了电梯，任盈盈声音低低地问。眼前这个门是她时常进出的，今天，心里却有异样的感觉。刻意的疏远刻意的冷淡换来的却是越发强烈的想念,与其这样,不如像以前那样该说什么就说什么,该做什么就做什么,如果真到了自己无法掌控的局面,离开也就是了。

拿出钥匙,却对不住锁孔,席慕凡递给任盈盈,"很难受。"

她打开房门,把他扶到客厅的沙发上,"你等会,我给你煮碗醒酒汤。"

望着她仓促地向厨房走去,自责悔恨再一次涌上席慕凡的心头。任盈盈结婚不过半年而已,她与她先生应该还在磨合期,这个时期的婚姻双方是有情绪波动,而且,还有因为购买婚房形成的意见不统一所造成的两家人的矛盾这些外力存在,任盈盈这种状态还属于正常状态,她只是处理方法有点稚嫩。这时候,作为过来人的自己应该有效地引导她,应该去阻止这份感情蔓延,而不应该去迎合。可是,现在这情形怎么开口要她离开?酒力慢慢消退,思维慢慢清晰,人却越来越觉得困乏,这是醉酒后他的常见反应。

因而,当任盈盈端着醒酒汤出来的时候,席慕凡已沉沉睡去。

任盈盈默盯他一会儿,然后转身把醒酒汤倒回锅里。做完这些,她第一次走进了席慕凡的卧室。很整洁很温馨,只是,让她奇怪的是床上只有一个枕头。他们夫妻分居着?念头才起,她已走向书房,果然如她所想,书房的小床上有另外一个枕头。

原来,慕凡的婚姻也不幸福。这个认知让她着实高兴了一会儿。仔仔细细看了一遍书房摆设,她觉得席慕凡应该在书房里住了很久。她抓起被子拿到客厅轻轻盖在他身上,为他掖好被角后盯着他的脸,"如果你也不幸福,我是不是可以不必再压抑自己?"

许文嘉把烟戒了,出行一律搭公交车,甚至,中午点盒饭都点最便宜的。工资是死的,省钱即意味着挣了钱。

格子区同事笑侃他是二十四孝好老公。每逢同事们拿这些说事，他都含笑应付，"等你们娶了老婆有了孩子就知道我现在的难处了。"

这天，中午午餐时间，他照例点一份五元素餐。同事们再次起哄时，老板秘书出现，"小许，经理叫你。"

同事们的挤眉弄眼中，许文嘉起了身。

公司老板是一个四十多岁的女强人，据说是离异的。外出应酬酒场上总挑公司小伙子陪伴，用她的话是帮忙挡酒，公司里的员工们却私下暗传，这女强人别有用心。所以，每当有公司小伙子单独被叫进经理室，其他人肯定议论一番。

许文嘉心里也嘀咕着，不知道老板叫他究竟有什么事。因为通常有应酬时老板会提前点名，今天已经接近下班时间，外出应酬连好点的饭店都不好订。

敲门进门，许文嘉毕恭毕敬地说："经理找我？"

女强人点点头后起身去拿衣服，"跟我出去办个事。"

许文嘉答应后跟女强人离开公司。司机把两人放在国际饭店停车场后单独离去。

许文嘉赶紧开口："经理，我不会开车。"

女强人似笑非笑地扫了他一眼，"今天不用你开车。"

许文嘉一想也是，拉他出来肯定是喝酒的，喝过酒肯定不能开车。于是，他心安理得地跟着经理走进酒店大堂。经过宴会厅，经理没有停步，他心想，难道是去顶楼旋转餐厅？那种场合适合招待客户吗？

电梯在八楼停下，步出电梯，许文嘉更奇怪，经理领他去的地方居然是一间豪华套房，而且，里面空无一人。

许文嘉心中警报骤然拉响。来此地不是接待客户的，而且，他与经理是一男一女。更何况,经理"好色"之名已经远播。

女强人进门就把外套脱了,并随手扔在沙发上,"小许,酒柜那边有喝的。"

许文嘉更慌了,显然这里是经理的房间。她叫他来是什么意思?

见他呆立不动,女强人笑了,"怎么了?"

许文嘉如梦初醒,"没什么。我拿,我去拿。经理,你喝什么?"

"我只喝酒。就拿那瓶红酒好了。"

女强人现在身着深V领毛衫,乳沟若隐若现,而且,脸上笑容也较平日柔和,许文嘉看得心惊胆战。

"经理,我们等人吗?"许文嘉战战兢兢地问。

女强人笑得意味深长,"是呀,我们等人。我已经定了餐,等会会送过来。"

许文嘉刚放下的心随着后面那句话又提了起来。她要和他在房间里吃饭,他虽搞不懂她什么意思,但这绝对不是什么好事。于是,他小心翼翼地说:"我还是出去吃。等客人来了你再给我打电话。"

女强人笑容略减,"你要走?"

许文嘉笑容牵强,"不是,我只是担心影响到经理。"

女强人又笑了,"不影响。小许,先陪我喝杯酒。"

许文嘉只顾瞎想了,走到酒柜边他抓起一瓶深红颜色的液体倒了两杯。

女强人接过时顺势碰了下他的杯子,"干杯。"

"现在就干?"许文嘉面有难色。喝酒他不怕,但这么空腹喝,他有点担心。本来是来陪酒的,他如果先醉了就不太好了。

"怎么,有困难?"女强人笑容又减了。

眼前这女人掌握着自己的饭碗,况且,即便不考虑欠债,父母那边也是急事,眼前他还不能失业。所以,仰头,他干了。

女强人和他一样，也一口干了。

味道有点怪，但很少喝红酒的许文嘉分辨不出来，他以为红酒就是这种味道。女强人却眉头微皱，"你拿的是哪边的酒？酒柜里面还是外面的？"

"外面的，怎么了？"

女强人笑容又有点暧昧，"没什么，再倒一杯。"

就这样，餐前两人喝了整整三大杯。服务生推着餐车进门时许文嘉已经头重脚轻。他发现，女强人点的是西餐，两人份。

急着吃些食物中和胃中酒的许文嘉没再拒绝经理的用餐邀请。只是，吃着吃着，他就觉得浑身燥热。

女强人的吃相相当优雅，"你怎么了，小许？"

许文嘉赶紧掩饰自己的窘状，"房间有点热。"

"我开了暖气。你可以把外套脱掉。"

许文嘉不傻，他已经意识到自己身体的不妥，他暗中猜测那酒有问题，可是，女强人却什么事也没有。他明白，消除身上燥热最好的办法是什么，和任盈盈热恋时他经常这么燥热，所以，那时候他每时每刻都想和任盈盈待在一起。任盈盈有孕后，他忍得相当辛苦。日子一天一天过去，这种欲望已经忍得像压到尽头的弹簧。

"经理，我还是下楼等客户来了再上来。"

就在他仓促逃到房间门口时，女强人开口了，"听说你很缺钱？！"

许文嘉猛地停下步子。

女强人又说："我有一个让你快速致富的办法。"

许文嘉慢慢转过身子，"犯法的事我不会干。"

女强人起身坐到床边，"听说你太太怀孕了。"

许文嘉有点明白女强人的意思了。

"这样，你太太生产前你做我的情人，我一个月付你一万元，怎么样?"

许文嘉觉得自己被侮辱了,"对不起。我……"

女强人脱掉上衣,丰满的上围顿时完全暴露在许文嘉眼前。许文嘉身体仍然燥热,但却没有冲动的感觉。他说出了心中的怀疑,"那酒里放有东西?"

女强人摇头,"你拿的那酒本来就是药酒。"

许文嘉手放在门柄上,"经理,我明天就辞职。"

女强人光着身子走向他,"没必要。你愿意,我们是各取所需,不愿意也没必要辞职,我不介意。不过,你今天不必急回答我,我给你一周时间。"

许文嘉如获大赦仓促离开。

席慕凡睡了两个小时,醒来后发现任盈盈已经离开。

坐起来看看身上的被子,他发现是书房小床上的。

她去过主卧吗?如果去过她会怎么想?

就这样发了好一会儿呆,他才想起应该有醒酒汤喝。走进厨房打开锅盖,他发现是冰糖绿豆汤,锅边还放着一碟用白糖和醋凉拌的白菜心。他有点意外,这是他喜欢吃的两样醒酒食物,是巧合,还是刻意为之?如果是后者,这说明她平常都在留意他。这个想法让他心神荡漾。

站在厨房就地解决掉绿豆汤和凉拌白菜心,他觉得整个人清爽许多。

这是种久违的感觉。

结婚前几年,吴子琪也这么用心地对待过他,可是,最近两三年里,酒后她总是简简单单地给他冲杯蜂蜜水。对此,他没有埋怨过,因为他知道为了这个家为了孩子她也付出了许多。可是,心里有点落差确是事实。

今天，有另外一个女人为他这么做，理智上觉得有些不妥，觉得不应该坦然接受，可心理上还是隐隐有些期待。

Chapter 13　决意离婚

任盈盈无法平静下来。

她原以为席慕凡与吴子琪只是因为吴家的事彼此心里有些疙瘩,没有想到两人早已是分居状态。

虽然接触时日不算太长,但她认为自己了解他。如果不是到了无法调和的地步,席慕凡不会这么做,为了席青诺他也不会。她的认知里,席慕凡是顾家的标准好男人,她认为这种男人即便委屈即便愤怒,为了家庭也仍会选择让步。

她判断,如果不是感情已经破裂,席慕凡不会搬离主卧,他会再次向吴子琪妥协。

既然他们感情已经破裂,自己是不是不用再压抑了?只是,自己以哪种身份去接近他呢?

一个有孕的已婚妇女?

想到这里,她不由得打了一个冷战。

就这样,席慕凡在家喝醒酒汤时,任盈盈在自己家默默想心事。

如果不是听到房门响,她会一直这么想下去,这是这阵子常常发生的事。

见任盈盈在家,许文嘉很吃惊,"你怎么在家?"

见他面色潮红,任盈盈有点不解,但没往深处想,"下午没课。你怎么回来了?你们公司年末不挺忙的吗?"

家里有暖气,穿得很薄的任盈盈胸前同样汹涌。许文嘉觉得已经压到极限的弹簧顿时失去了控制,他疾步走到她跟前,呼吸有点急促,"盈盈,我们……"

孕后他很少提这种要求,有时候实在忍不住也哀求过任盈盈,两个人也曾点到为止过。可是,自两家矛盾升级后两个人的身体再也没有接触过。因而,许文嘉的行为让任盈盈十分意外,当然,现在心里很乱的她也没有和他亲热的心思。她后退几步瞪他一眼,"再忍几个月。"

药酒作用下,许文嘉的人完全受想要快乐的思想所控制,"现在六个多月,我们可以做的。"

孕期知识书上确实说过前三个月与后三个月之外的孕程可以适当有性生活,这点任盈盈也不否认。可是,她满脑子都是席慕凡的影子,女人的爱与性是捆绑的,没有爱不可能发生性行为,所以,她拒绝得很干脆,"书的话你能全信,母猪都能上树了。"

许文嘉控制不住,直接打横抱起任盈盈。

惊呆了的任盈盈下意识地开始捶打他。

许文嘉不开口,他锁上卧室门就开始脱妻子的衣服。拉扯间,许文嘉进入了任盈盈的身体。

进入的那一刻,许文嘉如进仙境,妻子的哭声,外面楼洞上下的脚步声和说话声,他都听不见。他只想冲刺,直到释放。

虽然十分厌恶许家，也对许文嘉感到失望，可是，任盈盈还没有做好放弃孩子的心理准备。甚至，许文嘉冲刺时她还下意识地往后撤身体，潜意识中，她还是想保护这个婴儿的。

她没有做好准备，所以许文嘉抽离她的身体时她觉得有些疼痛。但幸好，没有她担心的液体流出。

愤怒之下，她快速起身朝站立床边仍没回过神来的许文嘉伸出了手。

耳光很清脆，啪的一声惊醒了许文嘉的神经。

理智回来的他很后悔很自责，"盈盈，有没有怎么样？"

任盈盈抬手又是一耳光，"滚开，别让我再看到你！"

"可是……"他想说，可是，我怎么能现在离开呢。但任盈盈没容他说下去，"离开我家，现在，马上！"

"我浑蛋。别生气了，盈盈。你看咱俩刚结婚就有了孩子，我哪憋得住啊？"许文嘉很委屈。

"滚！"任盈盈哭着跑出卧室，她抓起手机拨打母亲电话，"妈，你几点回来？我在家呢，你回来吧，我有点不舒服。"

跟出来的许文嘉很紧张，"哪不舒服？"

"离开我家，在我妈回来之前。"任盈盈刚刚在心里做了个决定，她要和母亲交流意见。

岳母回来，妻子即便身体真有不适也不会出大事，可自己如果不马上消失在妻子面前，妻子指不定做出什么事呢。许文嘉抓起大衣离开了。但是，岳母没到家前他又不敢走远，在院子里转了无数圈，终于看见岳母脚步匆匆往家走去。

许文嘉这才放心离开。公司不想去，父母家也不想回，许文嘉在冷风中轧着马路。

林秀萍打开家门,见任盈盈正在看电视,"丫头,刚才怎么了?哪不舒服?"

许文嘉离开后任盈盈已经打扫了"战场",整理过程中也梳理了心情。她要心平气和地跟母亲讨论她心里想的那件事,"妈,我想离婚。"

正在洗手的林秀萍没顾得上擦就走出卫生间,"你们俩又怎么了?房子已经买了,孩子也快生了,为什么要离?"

"我已经不爱他了。"

"那孩子怎么办?"

"我想生下来。"说句心里话,任盈盈确实不想打掉这个孩子,可是,如果和许文嘉离婚却又执意生下孩子,她真的不能保证以后的生活会让这个孩子感到幸福。这个问题困扰她多日,她始终无法做最终的决定。

林秀萍却有不同意见,"如果离婚,这个孩子就坚决不能要。既然要断就断得干净彻底。退一步说,如果拖着个孩子,以后你还怎么嫁人?"

任盈盈又开始苦恼。

不仅林秀萍不同意,下班回到家听说这事后的任旭军同样不同意,"人是你选的,婚是你执意结的。前面的你当家了,结果呢,才过半年你就说不爱他了。爱情是什么?是感觉,是物质,还是精神?你能给我说说吗?"

任盈盈仍旧坚持,"我真的不爱他了。"

任旭军怒指着她,"这婚你不能离。"

任盈盈觉得痛苦。

吴子琪虽然刻意冷淡席慕凡,可整个心思却都在他的身上。眼前,她最着急的事是公司年终分红,她要用这些钱去投资房产。

夫妻俩不说话,吴子琪只好每天去一趟银行查询,她很烦却没有其他办法。还好,圣诞节前夕终于到账,一百八十九万元。公司小,这成绩已经很不错。近日留意到报纸大篇幅宣传东区楼盘,她很想抽时间去看看。

于是,趁上班时间吴子琪前去郑东新区。逛了整整一天,天色暗淡下来才记起还没有交代席慕凡去接女儿,赶紧掏出手机打过去,"我在外面,你去接妞妞。"

席慕凡直接答应,"好。"

吴子琪有点不适应,他居然问都不问她在哪里。气呼呼地挂断电话,她决定继续看下去。

席慕凡心里有点气恼,这个时间女儿早已放学。而且,女儿今日有课,想必此刻任盈盈已经等在楼下。来不及收拾桌面,他拿起衣架上的外衣冲出公司。在车上,他先给幼儿园打电话,告知老师他会在十五分钟内赶到。然后,他打给任盈盈,可是,她却一直没有接听。

席慕凡虽然是见缝插针,可下班高峰堵车是谁也没有办法的。接了女儿驱车刚进院子,他便看到了在寒风中等待的任盈盈。

席慕凡的车子映入眼帘,觉得快被冻僵了的任盈盈心里升起一丝别样的感觉。

下车后,席慕凡赶紧迎上去,"怎么不接电话?快快,赶紧上楼暖和暖和。"

想快步跟着父女俩的步伐,冻得木木的双脚似乎有点不听使唤,"我今天手机忘家里了。"

"盈盈,以后我接你……们。天冷,正好我们也顺路。"

物流公司确实和五十七中在一条路上,可是,一个在路的最东边，一个在最西边，而那条路又是主干道，几乎贯穿半个城市。哪是什么顺路，这根本就是刻意。任盈盈心里有些犯嘀咕，他这么关心她，会不会他也像她一样，暗中对她很有好感？

是这样吗？她默默盯着他的后背。

没听到后面的人回答，席慕凡回过头来。

四目相对，任盈盈来不及掩饰眸中的情绪，于是，就这么看着他，希望能看到他内心深处。

席慕凡心头震动，他不想让她知道内心的真正情绪，所以，他赶紧收回目光。

"慕……席哥。"孩子面前，任盈盈及时刹车。

"嗯？"席慕凡的目光不敢与她相遇，"怎么了？"

任盈盈仍定定盯着他，"有小虫飞进我眼睛里了。"

席慕凡赶紧看向她。任盈盈双目不眨定定望着他。

见她孩子气的举动，席慕凡无奈地轻叹口气，"赶快上楼吧，这冷。"

任盈盈肯定了自己的猜测，他果真和她一样，他对她有感觉。

有孩子在场，既然撒了谎肯定要圆谎。心里犹如小鹿在撞的任盈盈朝已跑到电梯旁的席青诺招招手，"妞妞，来给阿姨吹吹眼睛。"

席青诺迅速跑回来，蹲下身子的任盈盈光明正大地瞪大双眼看着小丫头身后的席慕凡。

犹豫、矛盾、踌躇的情绪在席慕凡的心头辗转，最后，行动还是对思想投降，他决定随着心走。因而，他嘴角最终抿起一丝笑后静静回望着任盈盈。

气氛很好，席青诺借机提要求，"阿姨，我要吃手擀面。"

由于近日冷战，吴子琪刻意不做席慕凡喜欢吃的餐点。席青诺跟爸爸口味相近，因而也受到了波及。

换过鞋去洗手的任盈盈从卫生间探出脑袋，"妞妞，今天阿姨给你做另一样，也是超好吃的哦。"

小丫头一副口水快要流出来的样子，"是什么？"

任盈盈走出来，笑了，"暂时保密。"

席慕凡扫一眼她的小腹，"妞妞，饿了先吃点点心。阿姨身体不方便，不能累到阿姨。"

提到怀孕这事，任盈盈心底骤然而起的那丝难受渗入到刚才的满腔快乐中，一点一滴替换，最终完全代替。

席青诺嘴里答应着爸爸，小嘴却哑巴哑巴干咽几下。很显然，小丫头还是很想吃。

感受到任盈盈情绪的悄然变化，席慕凡有点摸不着头脑，他看着她，"主要怕累着你。"

任盈盈与他默默对视几秒，"是吗？"

席慕凡点点头，"当然是。"

任盈盈挤出一丝笑，"做这个很快，不会累着。"

席慕凡还没来得及说什么，席青诺已经欢欣雀跃。

任盈盈做的是小馅饼，是席家父女都爱的食物，席慕凡心中滋味难辨，"你妈妈也喜欢吃这种带馅食物？"

任盈盈摇摇头，"这是我两个月前学的。"

席慕凡突然记起来，有一次他为接送女儿的任盈盈捎带馅饼时曾说过，外面的馅饼馅太少，外皮太厚，而且味道口感都不是很好。当时，任盈盈曾问他喜欢什么口味的。那时候，他也就那么随口一说，没有想到任盈盈居然记住了，而且做得那么好吃。想来，应该练习过无数次。

席青诺不知道两个大人间情绪很不对，她吃得相当开心，"爸爸，这饼做得比妈妈还好。皮薄馅多,还是我们喜欢吃的味。"

席慕凡当场沉默下来。

许文嘉陷入空前恐惧中。

在家里,任盈盈根本不答理他。但岳父岳母却破天荒地对他好起来,岳父会叫他进书房陪着下棋,岳母也会含着笑与他谈两句。在这种情形下,许文嘉很迷茫。他不知道那天离开后妻子跟岳母说了什么,也不知道岳父岳母态度发生这么大改变到底是什么原因。但是,直觉上,他认为不是什么好事。

公司里,女强人每天都会叫他进办公室,问他想好了没有。

日子过得很煎熬,每一分每一秒他都觉得心里不踏实。这种状态下,他知道他必须尽快找一份新工作。他开始把履历表一份一份往外投递,可是,年前请人的公司实在少之又少。而他对一些短期工种又不感兴趣,因为他明白自己的环境不允许他选择这种毫无前途毫无保证的工作。

不安中,五天时间就这么匆匆而过。还有两天就是答复的日子,焦虑的许文嘉如热锅上的蚂蚁。

午餐时间,关系要好的同事见他这样,便嘲笑他,"你太太又给你出难题了?!"

许文嘉讪讪笑着,"谁说不是呢?现在的女人可真难伺候。"

休息室内一起吃盒饭的同事们哄堂大笑。这时候,许文嘉的手机突然响了,接通后传来父亲焦急的声音,"文嘉,你妈妈被车撞了,现在正在医院急救。"

祸不单行。许文嘉顿时傻了,"在哪家医院?"

李晓琼虽说泼辣,但本质很淳朴,而且,勤劳的她骨子里还有股不服输的韧劲。许兵下岗她仅难过了一周,一周后她就坦然面对眼前的困境了。她买了辆脚蹬的三轮车,一大早去北郊蔬菜批发市场批菜,回来后就在居住地附近的几个家属院里卖。这些家属院不比开发商开发的商品小区,居住的多是年龄稍大的人。就近买菜而且能便宜几角钱,大家很乐意光顾李晓琼的小菜摊。

　　生意好,往批发市场跑的趟数自然多。就这样,抢时间的李晓琼在批发市场外面的路上被车撞了,而且肇事车辆逃逸,这就意味着治疗费用没有着落。

　　雪上加霜。

　　病床上的李晓琼再次号啕大哭。

　　赶来的许文嘉有点不知道该说什么好。上个月的工资已经给了父母,年终奖还没有发放,他不知道该去哪里筹住院需要的钱,而预交的两千元住院费在刚才手术中已经花得差不多了。

　　许兵也很无奈,"文嘉,你们手里还有多少钱?"

　　李晓琼的目光也投向许文嘉。

　　许文嘉从来没问过任盈盈有没有存款,但是,大致的数目他是知道的,也就是买房后任盈盈两个月的工资而已。

　　他很苦恼,但又不能在父母面前显露出来。而且,母亲被车撞这件事上他负有不可推卸的责任,所以,他必须把这个责任承担起来,"妈,你就放心养伤吧。住院的钱你们不必管了。"

　　许父许母相视一眼后安下心来。

　　可是,许文嘉却真不知道该怎么跟任盈盈开口。那次争吵过后她与他没有说过一句话,无论他说什么她都沉默以对。痛苦随着时间一分一秒过去,一点一点蚕食他的思想,从医院回到任家,他脑子里只有向妻子开口要钱这一件事。这天又是妻子晚归的日子,他不知道她在外面干什么,但他知道每周的这几天她都会回来得晚。他问过她,可是没有答案。如往常一样,他先帮岳父烧饭。

吃饭过程中,他没精打采地应付着岳父岳母聊天似的闲谈。任父觉察到异样,"文嘉,心里有事?"

虽然和岳母岳父的关系有所缓和,但岳母仍然从不提自己的父母,显然,岳母岳父接受的只有他一个人而已。因而,他不想在任家议论自己家里的事,"没事。爸,我们借钱那家亲戚不在郑州吗?"

林秀萍内心微怔,"问这个做什么?"

"没见家里人走动过这家亲戚。他家里似乎挺有钱的。"许文嘉倒不是怀疑这些钱的来历,他只是想从侧面打听一下迟些还款的可能性。

林秀萍却不这么想,她以为女婿怀疑钱的来历。女儿借这些债她内心也是有些不安的,可是,女儿因为房子的事婚姻不幸福也不是她所愿。她不希望小夫妻俩在这个问题上生出枝节,于是,她直接把这个话题堵住,"嗯,不在郑州。我家里的老亲戚,平常是不怎么走动。"

许文嘉在心里轻叹。

于是,场面就这样冷淡下来。直到吃完,许文嘉习惯性地起身收拾碗筷,林秀萍赶紧阻拦,"难得早回来一次,回屋上网去吧,年轻人都爱这个。"

搁在平时,岳母的话会让许文嘉感动万分,可是今天他怎么也高兴不起来。回到卧室站在窗前,他发现灰暗的夜空中飘起了雪花。

这是今年的第一场雪,打开窗户伸出手,他发现砸在手心里的居然是大雪粒,一会儿工夫,手心已经全湿,而且半个胳膊都是冷的。于是,他快速关下窗子拨打任盈盈的手机,发现她没有如往常一样挂断,就这样一个信息竟然使得他内心一暖,"盈盈,在哪呢?我去接你。"

在席家正换鞋的任盈盈没看清电话就接了。待听清是许文嘉的来电时她的声音不自觉冷了几分,"不用了,我马上就能到家。"

"可是,现在外面正下着雪呢。气温又低,万一结冰,路很滑的。"说这话时许文嘉已拿起大衣准备出门。

"下雪了?!"

许文嘉走出卧室门,"嗯,下得挺大。爸妈,我接盈盈去。"

"真不用接,我打车就好了。"说完不由分说挂断电话,然后她笑着冲席青诺挥手,"妞妞,阿姨走了。吴姐,下周一见。"

和女儿并排站的吴子琪含笑,"刚才是你爱人的电话吧?!"

任盈盈的余光瞥见客厅沙发上的席慕凡似乎往她这方向看了过来,她很想知道他的表情,可是,她却不敢在吴子琪的注视下看过去,"哦,吴姐,我走了。"

"外面是不是下雪了?"回家时天色是有点阴沉,可是,天气预报并没有说下雪。吴子琪没有听清任盈盈夫妻俩的对话,但是,她又有些担忧,毕竟任盈盈是孕妇,她不希望出现意外。

"没事,这边打车很容易。"任盈盈拉开房门准备离开。

"我送送她。"席慕凡的话是对吴子琪说的,但却没看她,"盈盈,走吧。"

在吴子琪面前,任盈盈做不到若无其事,因此,她慌忙推辞,"不用了,席哥。"

吴子琪却坚持,"别推辞了,盈盈,路上万一滑倒了可不是闹着玩的。"

任盈盈再次向吴子琪道谢。两人身影消失在电梯间,吴子琪才关上房门。这时候,席青诺已经坐到餐桌边,"妈,怎么又是这几种菜?妞妞不喜欢。"

吴子琪坐在女儿对面,"那你想吃什么?"

"盈盈阿姨做的馅饼，可好吃了。"席青诺眉飞色舞地向吴子琪描述馅饼的样子、色泽、口味。末了，小姑娘央求吴子琪，"妈妈，下次盈盈阿姨来了你向她学学。"

若有所思的吴子琪边笑骂女儿边继续追问那天的情形，"爸爸说什么了没有？"

那天小姑娘的注意力全在馅饼上，席慕凡与任盈盈几句对话她哪记得住，"没说什么。对了，爸爸说怕累坏盈盈阿姨，刚开始不让做。"

吴子琪问得特别认真，"后来为什么又让做了？"

席青诺笑嘻嘻地跟她贫嘴，"当然是妞妞嘴甜了。"

吴子琪笑笑后发起呆来。

出了电梯，席慕凡交代任盈盈，"先在这等着，我把车开过来你再出去。"

大堂里没有行人，知道了席慕凡的心思后，任盈盈在他面前不知不觉改变了许多。比如，他和她目光相遇后她会执拗地与他对视数秒，又比如，他所说的每句话她都能"理解"成另外一层意思，至于她理解成什么意思全凭她当时的心情。就如现在，他明明关心她却非要装出一副轻描淡写的样子来，她心头就有点郁闷，"怕别人看到你和我出双入对啊？！"

听她把"出双入对"四个字咬得很重，席慕凡轻叹口气，"小丫头，还真不知道好歹。既然不怕冷，那就一起走。"

任盈盈这才露出笑容，"既然你这么心疼我，我就听你的好了。"

席慕凡无奈轻笑，"真服了你。"

任盈盈甜甜一笑，"快去快去。"

席慕凡含笑迈出大堂往停车场而去。

一路上笑声不断，两个人默契地不说敏感话题。虽然，任盈盈很想问问，她和他会不会有机会，会不会有结果，可是，她不敢开口，她害怕打破目前这种状态。而且，现在她和他都有另外的身份，她是许文嘉的太太，而他是吴子琪的先生。她与许文嘉的婚姻已经到了濒临结束的境地，而他与吴子琪的婚姻也有了严重的问题，但是，席青诺还是一个重要的环节，而她腹中的胎儿也是一个棘手的难题。

席慕凡也在苦恼，他一直对自己说顺其自然，他开解自己，任盈盈已不是一个不谙世事的小丫头，她知道自己在做什么，他也希望随着心走，不为自己的心设置障碍。可是，现实情况却一再提醒他，他不该这么放任这份感情继续往下发展。

他和她的感情注定没有未来。

他目前还不能舍弃女儿席青诺，虽然他对吴子琪已经极端失望。

他承认他对任盈盈有感觉，可是，他要搞清楚是真的喜欢上了这个女人，还是对吴子琪失望时暂时的感情迷失。如果是真的喜欢上这个女人，他希望她过得幸福，当然，也希望拥有她，可是，如果拥有后带给她的不是幸福，他宁可放弃她。因为再婚家庭有一些矛盾很难调和。她能像吴子琪那样对待女儿青诺吗？她能永远像现在那样温柔贤淑吗？她会不会变成第二个吴子琪？

这是他常考虑的问题。每次想过这些时他都会告诉自己，真正的爱情是不需要想这些的，那是件一头扎进去宁可撞得满头包也会坚持的事情。可每次见到想到任盈盈的时候他又止不住去想这些。

很矛盾也很现实。

席慕凡觉得现在的他很难把握住自己。这是种从来没有过的经历，即便和吴子琪热恋时也不曾有过的感觉。那时候，从追求到迎娶，在两人感情上他都处于主导地位。而身边的这个女人，竟然让他夜不能寐。

留意到他有些失神,任盈盈笑道:"怎么了?才离开家一会儿又想家里的人了?"

这话很酸,但听在席慕凡耳中,那种被需要被珍爱的感觉刹那间填满心胸,以至于他在她面前第一次很感性,"盈盈,我不敢对我们的以后许诺。"

一种异样电流划过心田,任盈盈头轻轻靠在他右臂上,"那就走一步算一步好了。"

席慕凡低头用脸颊蹭蹭她的额头,"其实,以前的我万分鄙视婚外情,我认为那是人品问题、道德问题。现在我们……"

任盈盈没有他体会得那么深,"我们就维持现状好了,不逾距,不做与现实身份相悖的事。什么时候身份变了,我们再进一步。"

"你与小许……"席慕凡没有说完,但是意思任盈盈懂。

"我们已经完全没有可能了。"

"那孩子怎么办?"

"我还没有考虑好。"

"这事必须慎重。"这时候席慕凡已经有点懊恼,他觉得自己不应该擅自提出这个话题。他暗骂自己无耻,明明无法给她承诺却又给她无限的希望。因而,他决定实话实说,"因为我这方面没有把握。我不想见不到青诺,你也知道,女儿跟着妈妈的概率很大。"

"法律上你有探视权的。"

"她的脾气你不清楚。我们如果离婚,她会永远让我见不到女儿。"席慕凡声音低沉。

任盈盈也消沉了,"慕凡,我与他离婚跟你无关。"

席慕凡没有再接口。

许文嘉不敢相信自己的眼睛。

任盈盈是从一辆轿车里下来的,这车是价值不菲的进口车,而且,驾驶位置上坐着的是一位成熟稳重的有型男士。

他是谁?为什么在晚上送妻子回家?而且,两人分别时的眼神,似乎很深情。他怎么会对一个身怀六甲的孕妇感兴趣呢?不合常理。

直到妻子的身影消失在楼洞里,车子才离开,由此看出那个男人相当关心妻子。

出神地望着车子越来越远的尾灯,许文嘉觉得心被人揪了一把似的,那种无法用语言形容的难受狠狠折磨着他。

见女儿独自一人进门,林秀萍觉得奇怪,"文嘉呢?"

任盈盈看向卧室,"他不在家?!"

"他接你去了。"

任盈盈丝毫不担心,"那待会就回来了。妈,我先睡了。"

林秀萍指指书房,"我们谈谈。"

任盈盈把包和大衣随手扔到沙发上,从茶几上抓起一把松子后尾随母亲进了书房,"什么事?"

"你身子没出状况吧?!"

任盈盈摇摇头,她不明白母亲指的是哪方面。

林秀萍从抽屉里拿出前几天任盈盈打开的卫生棉,"你现在怎么还用这个?"

那天许文嘉强行进入她身体后,她下体出过血,量不大,她认为问题不大。而且,在母亲面前她开不了口说这种事,"以前开的吧。"

"我前阵子整理卫生间时还是满包的。你和文嘉现在有没有同房?"

"妈,你说什么呢?"

"有没有?"

任盈盈听到外面房门响了一下，紧接着许文嘉与父亲的对话传进来，任盈盈压低声音，"有。"

林秀萍重重地点一下她的额头，"死丫头，是不是出血了？"

"出了一点点。"

"明天去医院检查检查。"

"没事。"任盈盈很不耐烦，"妈，你似乎很期待这个孩子。"

林秀萍瞪着她，"我是担忧你的身体。"

"妈，你和爸是不是被他收买了？！"任盈盈站起身准备出去，"想想他们家以前是怎么样对待我的。"

"今日不同往日，谁让你怀孕了。如果你不怀孕我根本不同意你嫁给他。现在既然已经嫁了，而且孩子也即将出生，我劝你早点打消离婚这个想法。我和你爸坚决反对。"林秀萍痛心疾首，"我怎么就生了你这样的丫头？！"

"我的婚姻我做主。"任盈盈打开书房门走向自己卧室。

许文嘉尾随着跟进去，"这个时间段挺难打车的吧？"

"还好。"任盈盈没有隐瞒他的意愿，她只是不想与他说话，能少说一个字就少说一个字，能不开口交流更好。

可是，听在许文嘉耳中那是另外一层意思。他很窝火，她应该听父母说他去接她了，并且，他与她可以说得上是前后脚进门，她这么说根本就是不担心他发现她撒谎。是光明正大的关系？那么，她为什么不能实话实说？是婚外情？会有男人对一个孕妇感兴趣？作为男人，他感觉很不可思议。沉默了一会儿，他安慰自己说，现在不是想这些事的时候，他组织了一下语言后开了口，"盈盈，我妈被车撞了，左腿粉碎性骨折。"

"是要我去医院一趟吗？"

许文嘉摇摇头后又点点头，作为儿子儿媳，他们是应该在母亲身边伺候，"他们手里没钱，住院费还没有着落呢。"

刚坐下来准备上网的任盈盈动作稍顿，"你这两个月的工资并没有给我。"

"上个月的给我爸了，这个月还没发。就两千多元钱，根本不够。"许文嘉很不满意任盈盈的态度，母亲受伤在床，她居然这么冷漠，因而，他不打算再好言好语跟她商量，"把你手头的钱都给我，眼前交住院费是急事，其他的，都往后推推。"

知道许兵下岗，任盈盈并没有再向许文嘉开口要他的工资，她每个月要还的房贷刚好是她的工资，如果不是兼职挣点钱，她连零花钱都没有。是的，买房时他们许家是出了钱，可是，那些钱是她任盈盈打了欠条的，现在，许文嘉居然这么理直气壮地要她的工资，这也太过分了。但她不想和他吵，她只想心平气和地和他说话，"我手里没钱。"

"你的工资呢？"许文嘉已经微怒。

"还债了啊。"

"跟银行贷款一样，要每个月都还？"许文嘉没有见过借款协议，也不清楚还款方法，而任盈盈也懒得向他解释，所以，他有点不是很相信。

任盈盈瞥他一眼后从柜子底层抽出协议，"你自己看看。"

许文嘉欲哭无泪。照这种还款额度，妻子手里连五百元都不会有。怎么办？去哪里借呢？

任盈盈收好协议后开始上网。

颓废的许文嘉一屁股坐到床上，"盈盈，你能不能和你爸借点？"

任盈盈头也没回，"我们借他的钱一分还没还呢。你要觉得再借合适，你自己去借。"

许文嘉向后摔倒在床上,他很后悔,为什么要去买富田文博那套房子呢?!把父母把自己逼到这种境地。

吴子琪躺在床上等待席慕凡。

女儿的话让她心里有点不安,无论是手擀面还是带馅食品都是席慕凡的最爱,任盈盈会做这些是偶然?是刻意?如果是偶然,也太巧合了吧?!

思索半个小时后她心里有了个决定,无论是偶然还是刻意,她都不希望任盈盈再随意出入她的家庭。即便席慕凡与任盈盈之间真有什么事,只要任盈盈无法争取到女儿的喜欢,那么,做什么都是枉然。席慕凡在任何情况下都不会置女儿于不顾。

再次看看时间,已经过去两个小时。不要说送到中原路,就是送到市郊也应该回来了,而且,这个时间段主干道根本不会堵车。

她很想打个电话,但又拿不准打给谁。打给席慕凡?她不想。打给任盈盈?太突兀了。如果那丫头真对席慕凡有意,那么,她这一通电话打过去岂不是告诉那丫头她和席慕凡之间有了问题?

举棋不定时,听到家门开合的声音。

她再次看看表,距刚才又过了半个小时。听着脚步声走向书房,她起身走到门口,"我有话对你说。"

席慕凡指指书房,"去那说。"

于是,一个人坐在书桌后,一个人坐在床边开始了交流。

"盈盈身子不便,现在天气不太好,我想给妞妞再换个老师。"吴子琪很认真观察席慕凡的表情。

"常换老师对孩子进步不利。"

席慕凡脸上神情没有变化,吴子琪悄悄松了口气,"她万一出了什么事我们可担当不起,还是换个吧。"

席慕凡仍然不同意,"不就是路上的安全吗?我接送她不就得了?"

他的坚持让吴子琪心里很不舒坦,也有些意外,家里这类事情上他很少发表意见,她觉得他有些反常,"你就这么想接送她?!"

席慕凡这才明白妻子的意思,"有你这么说话的吗?你想找事大可直接说,不要掺和别人。"

"我找事还是你找事?不就是想换个家教老师吗,你急个什么劲儿。"见他一脸不耐烦,吴子琪攒了很久的气爆发了,"她不就给你擀次面条,做回馅饼吗?你就这么护着她。我保姆似的伺候你们父女俩七年了,也没见你这么对待过我。"

见她越说越不像话,席慕凡心里那股子愧疚顿时消失,他指着房门,"回你屋。我没工夫跟你生气。"

吴子琪怒瞪着他,"我明天就给她打电话,我就不乐意用她这种人。"

席慕凡脸一沉就想发作,但又顾念女儿正在睡觉,他强忍下心头的怒气,"你爱用不用,随便你。"

跑回主卧的吴子琪捂住被子大哭起来。

席慕凡的淡漠态度出乎她的意料。她不明白这次他为什么气这么久。应该生气的不是她吗?是他冷落了她的母亲,难道他不应该率先对她说句软话吗?

可他又是怎么做的呢?

她不主动与他修好,他根本不准备答理她。

这些,跟以前太不一样了。

是什么原因让他发生了变化?是任盈盈吗?

想到这里,她不由得打个冷战。她再次肯定自己决定的正确性,确实应该让任盈盈远离她的家庭她的女儿。只要女儿在，席慕凡就不会离开。

但是，万事都有例外，虽然极不希望这个例外发生，但她仍想防患于未然。房产投资，刻不容缓。即便不为母亲不为弟弟，为了自己也应该即刻行动起来。

书房内的席慕凡也在反思。是自己做得太出格了吗？妻子说得没有错，为了这个家她确实牺牲很大。现在自己刚刚做出一点成绩就看不惯她了，到底是她变了，还是自己变了？

虽然不喜欢她对自己娘家人一味地妥协，但她其他方面确实做得很好。作为一个80后的妻子母亲，吴子琪确实很出色，她把家里打理得井井有条，把女儿照顾得人见人爱。虽然，对他是没有以前认真细致了，可人的精力是有限的，不是吗？

然后，他又想起任盈盈。她确实能让他心神荡漾，这是男人对女人的纯粹感觉，没有掺杂外在因素。她或许没有吴子琪顾家，但她绝对会是一个让爱她的男人无法放手的女人。

可是，现在的自己还有选择的权利吗？

直到凌晨，他对自己说，是该做出决定的时候了。只要吴子琪不再一味偏帮娘家人做让他为难的事，他愿意敞开心胸对她。

而任盈盈，就让比他更优秀的男人拥有她吧。

心里难受，无法调整，可他知道，他必须经历这个过程。

许文嘉挨个向同事借钱，可私营公司人员变化快，没有人肯借出大额金钱。已经无心工作的许文嘉听到电话铃声就惊恐，今天，父亲已经打了四个电话催他续交住院费，他都以公司正忙走不开为由让父亲暂时和医院说向后推推。

正为难之际,电话又响。正发呆的他被吓了一跳,他觉得应该是父亲的催促电话,"爸,我这边正忙着……呃,经理,我……好的,我马上过去。"

挂断电话许文嘉才意识到今天是回复经理的日子。

顿时,紧张、不安、矛盾的情绪齐涌心头,但现状容不得他多想,从他的位置走到经理室不过三十秒时间。

经理仍是上次的行动,拿起外衣就准备走,"出去再说。"

许文嘉对经理的手段心有余悸,上次是药酒,这次是什么?他不敢跟着她走,"还是在这里说吧。"

女强人愣了,"你喜欢在办公室里说这种事?那好吧。"她没再走回板台后,而是径直走到办公室里的小会客室。

许文嘉跟进去,"我很爱我太太,不会做对不起她的事。"

女强人笑了,"没有让你对不起她。"

"我与你……"与妻子以外的女人说这种事,许文嘉觉得很别扭,"这样就是对不起我太太。"

女强人的笑容比刚才更加灿烂,"你可以把这件事当成工作,你不是正需要钱吗?"

许文嘉真想开口骂眼前这个女人,作为女人居然可以不知廉耻到这种地步,可是,他不敢这么做,他还不能失去这份工作。正要再开口,手机突然鸣响,号码是父亲的,他明白这通电话是干什么的。

"如果对价钱不满意,咱可以再谈。"女强人含笑为两个人各冲一杯咖啡,然后指指对面,"你工作能力不错,我很欣赏你这类年轻人。"

许文嘉心中一动。

女强人继续说:"我准备在郑东新区开设分部,负责人我想在公司内部产生。"

许文嘉默默思索她的话。

女强人起身从包里抽出二万元递到许文嘉面前,"这些钱先拿去应急。如果同意我的提议,这算是预支的第一个月报酬,如果不同意,算我借你的,以后你慢慢还。我约了人吃饭,先走了。"

许文嘉怔怔看着她从办公室里离去。然后,他望着那沓钱,拿还是不拿,他很犹豫。

这时候,父亲又一通电话拨进,他接通后父亲愤怒的咆哮声传过来,"别和我说忙,我就要你一句话,你妈的住院费你能不能拿过来?"

眼睛仍盯着那沓钱的许文嘉艰难地开了口,"我马上拿过去。"

Chapter 14　挥斩孽情

想到马上就能见到席慕凡,任盈盈十分开心。她悄悄观察一眼周围后掏出化妆包里的镜子,正对镜润唇时忽然听到吴子妍的声音,"还臭美呢?!"

任盈盈心虚地解释:"这是纯植物润唇霜,孕妇专用的。"自从对席慕凡有异样感情后她一直躲着吴子妍走,她担忧在吴子妍面前流露出异样表现。

吴子妍扫一眼周围,"我姐托我和你说件事,她不好意思当面和你说。"

任盈盈心里咯噔一下,但仍强自笑着,"怎么了?"

"最近天气不好,她担忧路上你发生什么事……"吴子妍面色有些尴尬,"不过,她说了,你生完之后什么时候想再带课,她亲自请你。"

任盈盈不知道席家发生了什么事,但又不能从吴子妍这里问,况且,这也是实际情况,只是不知道席慕凡知道不知道,这才是她万分想知道的事。

"盈盈，对不起。"

任盈盈努力挤出一丝笑，"没必要道歉，我也正不好意思开口呢。"

吴子妍拍拍胸脯，"你早点说啊，为这事我整整想一天了，就是不知道怎么开口。你这丫头也是的，咱俩什么关系，有什么话直接告诉我就好，害得我中午饭都没吃好。"

任盈盈强颜欢笑，"我晚上请你吃饭。"

吴子妍摆摆手，"我晚上有约会。走了，改天我们再约时间。"

任盈盈心里很难受，吴子琪决定的事席慕凡到底知道不知道？拿起桌边手机她就准备打过去，拨了几个号码后她停下了。质问他？可是，自己有什么立场质问他？

就这样，直到铃响，下课后的同事们陆续走进来她才起身离开。

走出大门，习惯性地往席慕凡常停车的位置望过去。

他居然在。

难道他不知道这件事？任盈盈快步走上前拉开车门，"今天子妍找我了。"

席慕凡让她上车帮她扣好安全带后直接驱车离开。

任盈盈盯着他的脸，"她告诉我，你们想换一个老师。"

席慕凡好看的剑眉蹙着，"那天晚上你走后我们吵了一架，她从青诺那里知道你给我们做过饭，她很敏感。"

"你的意见呢？"

"以前对这种事我是没有意见的，家里的大小事都是她打点。"

"那天你有意见吗？"

席慕凡点点头，"有。"

"什么意见？"任盈盈有点明知故问，但是，她特别想亲耳听到席慕凡说出来。

席慕凡表情沉重,"我找了个地方。到了我们再谈。"

席慕凡找的地方是家私人会所。地方很幽静,适合谈事情。

走进房间,任盈盈直接扑进席慕凡怀里,"可是,我们以后怎么见面?我想你了怎么办?我想见你怎么办?"

席慕凡身体僵直一瞬后,举在半空之中的双手才放到任盈盈腰间,"我今天想和你谈的正是这件事。"

任盈盈的泪濡湿了席慕凡的前胸,"难道我们要像搞婚外情的人一样从此开始偷偷摸摸地生活?!"

席慕凡仰脸闭一下眼睛,"我们现在难道不是婚外情吗?!"

注意到他语调异常,任盈盈抬起头,"你什么意思?"

席慕凡松开她腰间的手,"那天晚上我想了很久,我不能失去青诺,我也没有再组建家庭的勇气。"

任盈盈很震惊,前后只是三天工夫,他的决定变化得如此之快,"你究竟是不能失去你女儿,还是不想再组建家庭?"

席慕凡实话实说,"两者都有。"

任盈盈被这个答案打击得体无完肤,"你难道想我做你的黑市情人,见不得光的那种?"

见她误会,席慕凡慌忙解释:"我不是这个意思。"

任盈盈面色惨淡,"那么,你是要我永远离开你的视线了?!"

见她浑身颤抖,席慕凡更加内疚自责,"我不想欺骗你。在这件事上我处理得不够好,责任在我。"

任盈盈痛哭着大声嚷道:"我宁可你欺骗我。慕凡,你为什么事事都这么理性?"

席慕凡也很痛苦,"我是为他为你好。"

任盈盈双眼的泪如泉水一样不停向外涌,"我就问你,你爱不爱我?"

席慕凡没有遮掩,"我爱你。"

哭着的任盈盈嘴角抿起一丝温柔的笑,她再次扑进他怀里,没说话,只是搂得很紧。

席慕凡揽住她的肩,也没说话。

默默站了一会儿后任盈盈踮起脚主动吻向他的唇,感觉他有些拘谨,她放肆地伸出小巧的舌去撬他的牙齿。席慕凡忍了几忍后最终放弃。于是,两个人投入地亲吻起来。

直到深夜,席慕凡盯着任盈盈,"就这么结束吧。如果我们真的有缘有分,以后也必会再相逢。"

任盈盈虽然笑着,但泪却扑簌扑簌往下掉,"有没有你的存在,我的婚姻也已经走到了尽头。慕凡,如果有来生,请第一个选择我。"

席慕凡撸了把她的脑袋,"傻丫头。"

又一个任盈盈晚归的日子,许文嘉从医院出来后没有回家,他就站在两幢楼之间的凉亭里,忍着冷坚持等待。

从晚上八点到十一点,已经超过了任盈盈平常回来的时间,可依然不见她的人影。

人有点快被冻僵了的感觉,可是,思想一直闲不下来。他不想去猜测妻子晚归的理由,他相信眼见为实。他想的是另外一件事,要怎么样才能尽快归还经理的二万元钱呢?用他现在的工资算,要九个月才能攒得够,而且,这九个月内他的工资要分文不动。

这,能保证得了吗?

难道真要用肉偿?如果是这样,跟"鸭子"有什么区别。他才不要做这种事挣这种钱,可是,怎么才能在短短几天间挣出这笔钱呢?

苦恼。都是房子惹的祸。他再次痛恨自己,为什么要买富田文博那种高价位的房子。

雪越下越大,许文嘉觉得全身血液也结冰了。他坚持不住准备先回家,正在这时,一道雪亮灯柱扫过来,是车的前大灯。

刺眼,有点看不清到底是什么车,但方向是往岳母楼下去,这没错。

他活动几下脚腕后往家的方向走过去,心里,既希望是妻子回来了,又不希望看到十分不希望看到的一幕。

可是,现实就是那么残酷。

他刚走到拐角,就见路灯下停着的车内,妻子吻了吻驾驶位置上的男人。男人似乎没有料到她会有这种动作,慌忙躲了下,妻子不但没生气反而笑起来。原来,妻子并不是孕期抑郁,她只是不想对着自己笑。许文嘉心里开始流血,他觉得自己很失败,他很想冲上去拉下驾驶室里的男人狠狠地踹,让他知道她是有男人的,也想狠狠打妻子几耳光,让她知道已婚女人该有的道德标准。可是,残存脑中的一丝理智却不断提醒他,如果想继续这份婚姻,就装作没看见,装作什么都不知道。

于是,妻子下车后正同那男人道别时,他快步走上前,"盈盈,你也这么晚回来?"

乍一听到许文嘉的声音,任盈盈心底还是有丝慌乱,可仅在瞬息之间便消失了。她冲席慕凡摆摆手,"再见。"

站在她身边的许文嘉确认,这个男人就是上周五晚上送妻子回家的那个人。

刹那间,心底的愤恨直窜大脑,"请问你是……"

席慕凡笑容尴尬,他能感觉到许文嘉的敌意,也肯定许文嘉看到了刚才任盈盈吻他的那一幕,这个男人之所以没有发作,他觉得是因为还不想放弃任盈盈,"今天的课有些晚,我送她回来。盈盈,你家先生吧?"

任盈盈脸上的笑容没了,"哦,是的。席哥,我先上楼了。"

任盈盈走后,席慕凡松开油门后朝许文嘉摆摆手,"再见。"

许文嘉默看着车子离去后,他大喝一声后重重捶在墙上。冻僵了的手虽然木木的,但仍然痛彻心扉,他却丝毫不在意,隐约觉得妻子不对劲儿,没有想到有孕的妻子居然搞婚外情。是自己太没用,还是妻子本就是水性杨花之人?

许文嘉蹲在楼洞口足足半个小时。直到一个晚归的邻居回来,他才匆忙上楼。

家里一片漆黑,岳父岳母一向早睡,但任盈盈明明知道他在楼下,她居然连盏照明灯都不给他留。摸着黑打开卧室门,任盈盈睡着了似的,根本不开口。

于是,他直接打开房间顶灯,"你现在上的什么课?"

任盈盈拉起被子盖着头,"睡吧,我困了。"

许文嘉一把拉开被子,"我们必须谈一谈。"

两人默默对视几秒钟,任盈盈翻身起床,"文嘉,我们离婚吧。"

她竟然连一句话都吝于给他,许文嘉脑中再次浮现车中她对那个男人的笑容,顿时,他怒了,但他仍极力压着声音,"任盈盈,我因为爱你,所以包容你的一切。但是,不要用我的爱来逼我,否则,后悔的不会是我。"

任盈盈不为所动,"什么时候想通了我们就去办手续。"说完,收回目光躺在床上。

"告诉我,你现在上的什么课?"许文嘉再次掀掉任盈盈刚盖上的被子,并紧紧地握住她的手腕。

他的力道极大,任盈盈强忍着没掉泪,"教一个孩子古筝。"

知道月还款额时,他一直认为岳母在贴补妻子零花钱,没有想到妻子晚归居然是为了挣课时费。自己堂堂一个男人,居然让有孕的妻子挣这份钱养胎,他觉得自己十分没用。因而,他满腔的怒气自然而然散了,手也不自觉松了,"那个男人是那孩子的爸爸?"

任盈盈很平静地说:"我爱上他了。"

许文嘉满腔沮丧,"所以想跟我离婚?!"

"不。有没有他的存在,我都不想继续和你生活下去。"

作为一个男人,许文嘉觉得自己十分失败。这时候,他突然觉得男人有时候是必须要牺牲一方面的。目前,为了妻子,为了孩子,为了一家人还能生活在那套让他筋疲力尽的房子里,他必须牺牲他的尊严。

"我不会和你离婚。我想,你父母也不同意。"许文嘉也明白了岳母岳父近期为什么对他态度大变。

"不要坚持了。那没有任何意义。"许文嘉的态度在任盈盈的意料之中,她知道离婚这条路很难走。

"睡吧。"第一次,许文嘉背对任盈盈。虽然有了取舍,但是,脑子里一直闪现着任盈盈亲吻别的男人的画面。感情上,他做不到若无其事。

吴子琪定了一套一百二十平方米的普通住宅,现房,交过钱后直接租给一家私营公司当办公室。收到第一年房租时,她止不住得意,房子不断增值,还有房租收,这种投资根本就是稳赚不赔。这种得意不断撞击她的理智,所以,和席慕凡继续冷战的日子她一直流连于郑东新区的各家楼盘。

就这样,临近春节时,她又发现了一个很有升值空间的楼盘。她相中了一套复式,因为开发商急于盘活资金,开盘价不是特别高,甚至，比她购买的上一套每平方米还低将近五百元。可是，手中仅余不足百万元，缺口有点大。而且，这种期房即时不能收益。但她明白，这套房一进一出绝对能挣出一套市内位置较偏的普通房子。

这样的话，母亲想为弟弟在郑州置办一套房产的愿望就能实现，而她自己也了了最后一桩难事。之后，弟弟的事她坚决不会再管，母亲肯定不会再说什么。没有了娘家的琐事，她与席慕凡之间就不会再有问题，夫妻恢复到以前的状态不是难事。

只是，如果贷款，还款额度有点大。买房这件事她并没有和席慕凡商量，他已放言不再管吴家的事，所以，她想悄悄地帮弟弟，增值收益不是最终目的。

犹豫再三，她还是不能下决定。贷款百万元，她还没有这个魄力，当然，也没有这个还款能力。仔细思索几天后，她决定，将刚买的那套房子立即卖了，至于租房的，不过是赔付一点违约金而已。

于是，节前的日子吴子琪十分忙碌，常常忙得不见踪影，已经放假的席青诺只好跟着父亲去公司。

各院校放假，任家一家三口都在家。看电视、上网、和同学煲电话粥，醒着的任盈盈总是很忙碌。

林秀萍有点看不下去了，"你是孕妇，电视、电脑还是少用，对孩子不好。"

任盈盈根本不听，她仍旧该干什么干什么。

见她这样，任父任母坐不住了。夫妻俩认为这是对他们不同意她离婚的无声抗议，抗议他们不怕，关键害怕影响到孩子。万一生出不健康的孩子，女儿这罪就遭大了，她这一辈子算是永远也出不了头了。

女儿这边说不动，林秀萍就从女婿这边下手。趁女儿在自己房间上网,她把刚回到家的许文嘉叫进了书房,"你们公司也差不多该放假了吧。有时间领盈盈出去转转,老待在家上网对孩子不好。"

现在的许文嘉在她面前已经不再心怯,他也很想拉拢岳母这个强大的同盟军,"妈,盈盈一直生我的气,她不愿意跟我出门。"

林秀萍轻叹一声,"还是因为买房的事吧?"

许文嘉点头,"我妈之前之所以那么做也是逼于无奈,你也知道她早早下了岗,就靠二百元补助过日子。那老房子是她的希望,她担忧老年无依。"

林秀萍虽对李晓琼仍然心怀芥蒂,但为了不让女儿离婚她只好应和女婿,"盈盈不会不孝顺。"

许文嘉苦笑,"前些日子我爸也下岗了。我妈没办法,只好批菜卖菜维持家用,前几天批菜的时候被车撞了,现在在医院里。"

林秀萍有些吃惊,"盈盈知道这事吗?"

许文嘉点点头,"不要怪她。她身子不便,我也不想让她去医院。"

女儿的做法让林秀萍脸上挂不住,"这丫头也太不像话了。文嘉,和你父母道声歉。明天我和你爸亲自把盈盈带过去。"

许文嘉赶紧说:"妈,不要逼盈盈。我不想让她们婆媳俩的矛盾加深。"

林秀萍觉得无地自容。

父母跟许文嘉统一了战线,任盈盈在家的日子变得煎熬起来。在父母施加压力下,她很无奈地跟着许文嘉一趟一趟往医院跑。

这天,刚到病房坐不到二十分钟,许文嘉就接到了公司的紧急电话。望一眼匆匆而去的他,任盈盈客气地跟婆婆告辞。

儿媳虽然冷淡,但几乎日日前来探望,李晓琼心里早已放下了嫌隙,"盈盈,妈很感激你。"

任盈盈有点愣,不过前来探望几次,婆婆这声谢她觉得担当不起。正要开口,李晓琼又说:"妈也知道你们手里很紧。可你因为妈的伤还是给了两万元钱,你爸和我心里一直很感动。以前的事是妈糊涂……"

婆婆说的话任盈盈已经没有心思再听下去。许文嘉给他妈两万元,他怎么可能有钱?而且,近期许文嘉时常加班,是真的还是假的?

任盈盈陷入沉思。她细细回想近期他的行为举止,想着想着就发现了一个她一直忽视的问题,那就是许文嘉似乎洗澡洗得特别勤。刚搬进任家时,许文嘉一度不愿意在家里洗澡,他总说两代人住在一起,很不方便。可是,最近,他不仅每天都洗,而且有时候一天洗两次。

他到底在外面干什么呢?虽然决意跟他离婚,但是在全家人都反对的状态下,她不可能顺利离掉。她十分渴望知道他身上到底发生了什么事,也许,这正是离婚的突破口。

想到这里,她站起身,"妈,我先走了。"

离开医院后,任盈盈打车来到许文嘉公司楼下。与他热恋时常常来这里,她轻车熟路走进电梯。

到达八楼,她走出电梯的那瞬间,眼睛余光发现,隔壁即将关门的电梯里的男人赫然就是许文嘉,他身边似乎紧贴着一个女人。瞬息之间,女人的容貌并没有看清楚。

许文嘉身边有了女人?这件事让她有点意外。急忙摁电梯下行键,可是,到楼下时已经没有许文嘉的影子。

心里有点难受,但还不至于伤心。任盈盈不知道该往哪个方向走,不想回家,不想去医院,也不想见最好的朋友吴子妍。她明白,自己的这种状态是因为太思念一个人了，除了思念这个人她根本想不起去干什么事。

席慕凡怎么样？已经完全彻底忘记自己了？这时候，一股巨大的伤悲直涌心头，因为已经做过选择，所以，他和她都没有了再次选择的资本。可是，她还没有忘记他之前，他不能够忘记她。对，就应该这样。于是，任盈盈掏出手机拨打席慕凡的电话。

席慕凡想接这个电话，可是，理智告诉他，他不能接，既然要断就断得彻底一些。

这么做是对的，是对两个家庭都负责的决定。

于是，他掐断电话关了机。

可是，心却平静不下来。他想起临别时她的那个吻，蜻蜓点水式的，她偷偷吻了他。其实，他心底也曾悄悄酝酿过吻别场面，可是，他没敢这么做。一来他担忧影响她的名誉，二来，他很了解她的性格，虽然接触时间短暂，但他知道她是十分感性的女人。这种女人一旦做了决定那是九头牛都拉不回头的。他不想因为一个吻让她情绪失常。他相信，如果他主动吻她，百分之百会有这种可能发生。

女儿在办公桌一角正兴高采烈地涂鸦。他强迫自己不要再乱想，他想转移视线，"妞妞，和爸爸出去转转怎么样？"

小丫头眼珠骨碌骨碌转着，"我想要那个芭比娃娃。"

这是昨天午饭后席青诺相中的新玩具。价格很贵，席慕凡不想惯她这毛病，当时不同意小丫头买。这时候，虽然知道应该坚持自己的立场，可是，急于想换个环境调整心情，所以，他很爽快就答应了。临出门之际，办公桌上的座机突然鸣响。

任盈盈并没有打过办公室电话。席慕凡转身回去接听，是席家珍的，"姐，有事吗？"

席家珍通常是有话直说,这次也不例外,"听妈说你有意给她在新郑县城买套房子?"

"是啊。我本来想节后再和你说。"

"前几天我看了几套。新城区那边环境不错,我和你姐夫也准备买到那边。有时间过来看看,年前优惠幅度很大。"

席慕凡直接同意,"好,我明天就过去。"

席慕凡陪父母看房子时,吴子琪终于把投资的第一套房出了手,买房卖房前后不过十余天,转手后竟然还挣了五万元钱,赔付租房者的违约金后净赚四万多元。虽然很折腾,但她心里还是很高兴的,她再次肯定自己投资房产的正确性。

于是,踌躇满志的她麻利地交了第二套复式别墅的钱。拿着购房合同仰望正在封顶的楼盘,她似乎已经看到了弟弟住进她为他出资购买的新房子里时母亲等人的笑脸,也似乎看到了和席慕凡恢复关系后的温馨场面。

她暗想,不久的将来,所有的不开心都将烟消云散。她会逐步改善夫妻关系,也会适当改善席慕凡与父母的关系,她盼望着这一天的早日来到。

其实,这时候吴子琪还没有意识到最重要的一层,她依旧没有把公婆算进自家人行列,她没有意识到公婆比吴父吴母年龄还大,公婆也渴望享受天伦之乐。正因为她忽视了这一层,她与席慕凡之间自然不会和谐温馨。

但是,此时的她还没有发觉这个情况。

工地仍在施工,机器轰鸣声拉回了她的思绪。把购房合同揣进包里,她走出小区伸手打了辆车。女儿一直跟着席慕凡,她还是有点不放心。特别是今天早上,她正在厨房做饭,父女俩就出了门,很着急的样子,她连问女儿一句话的时间都没有。

在出租车上,她往席慕凡办公室打电话,她准备接了席青诺再回家。可是,座机一直没人接听,打手机,是关机状态。

公司是自家的,席慕凡很操心,他通常二十四小时不关机,以防公司临时有急事时工作人员找不到他。

今天这个情况很特别。

任盈盈陷入巨大的伤痛里。

席慕凡拒绝接听她的电话,这说明他已经决定完全彻底把她阻挡在他的世界之外。何其干脆,何其决绝,难道他说的喜欢她都是假的?如果不是假的,为什么连个电话都不敢接?

她疯狂地给他打电话。她发现,他刚开始是不接,后来是直接关机。她想去他的公司找,可是,她也明白,他既然已经亮明态度,即便去找他同样改变不了什么。

于是,她慢慢地平静了。

既然他这么做,那么,就配合他。他不是不想知道她的消息吗?那就让他完全没有她的消息。她独自去移动营业厅换了一个新号码,回家的路上泪顺腮而流,悄然而来的爱情悄然之间离去,这种感觉没有亲自体会过的人是不会明白的。

漫无目的四处游荡,阴暗的天空云层低低地压在头上,寒风吹得似乎更烈了,卷着地上的尘土漫天飞舞。路上行人急匆匆地走着,只有任盈盈一个人慢慢走着。一条街又一条街,正走着的她突然觉得脖颈里一片冰冷,这时候,她才发现,雪粒掺杂着雪花细密地下着,什么时候开始下的,她没发觉。抬头望望天,阴云似乎散了些,身子有点累,她叹口气后站在路边等出租车。

回家吧,这么糟蹋自己也于事无补,她这么安慰着自己。

路上车子飞驰却鲜有空车，等了整整半个小时却一无所获。正当她转身准备走回去的时候突然发现一辆银灰色的车子里面，驾驶位置上的男人赫然就是许文嘉，他的身边坐着个衣着精致的女人。

许文嘉什么时候会开车了？如果不是他，这世上竟然有这么相像的人吗？不由自主，她的目光紧紧追着那辆车子。很巧，车子并不是往其他方向去的，任盈盈站在原地就能看到车子拐进了对面一家酒店的停车场。

车内的两个人并没有即刻下车，这正好给了任盈盈时间，等了一个红灯，走到路对面恰好见到车内的人下来。

是许文嘉。

任盈盈发现那个女人牵了下许文嘉的手，许文嘉赶紧甩开并紧张地观察了眼周围，那个女人非但没有生气还笑了起来。

这对男女关系绝对不正常，回过神后的任盈盈举起了手机拍照。她看见，走进大堂门口时那个女人轻佻地拍了下许文嘉的屁股。缓步跟进去，走进大堂时上行电梯门刚刚好合上，任盈盈挤出一丝笑走向前台，"请问许先生住几号房？"

服务员指着电梯方向，"刚上去的那个男人吗？"

任盈盈点点头。

"8A102。登记人不是许先生，是杜女士。"

任盈盈含笑道谢后走向电梯。此时，她已经明白了许文嘉的两万元钱是哪来的。席慕凡拒绝了她，许文嘉背叛了她，她想，她算是天下最可悲的女人了吧？

这家酒店隔音效果很好，8A102房间没有任何声响传出。但任盈盈仍能猜想到房间内一定会上演的戏码。她明白了许文嘉洗澡勤的原因了。她想等下去，想拍到她希望拍到的照片，可是，她明白，这种情况下有点不太可能。

于是，她离开了酒店。这次很巧，刚走出酒店大堂就见一辆空的出租车停在酒店门口。回到家，躺到床上，她回想起与许文嘉热恋时候的情景。那时候，只要有单独相处的机会，许文嘉就想往她身上扑，想享受男女身体构造不同间的乐趣。不知道在哪本杂志上看过，说男人的性与爱是可以分开的，难道说热恋时期许文嘉爱的只是她的身体？父母不在家的时候，每晚他都要她无数次，可做爱之后他并没有及时去冲洗，她含羞带嗔责怪他时，他还打趣说他就喜欢彼此的味道留在对方身上。

现在的他和以前的他，到底哪一个才是真实的表现？

任盈盈突然觉得恶心起来，胃里翻涌得难受，趴在床边，却没有想呕吐的迹象。

这种状态持续很长时间后，她哭起来，很大声，很伤心，觉得自己的人生很糟糕。任父任母采购年货未归，家里只有她一个人，她哭得很痛快。

哭得肝肠寸断，嗓子沙哑，她才无力地停下来。大睁双眼瞪视着天花板，她再次抑制不住地开始思念席慕凡。想忍，却忍不住，她再次拨打他的电话，竟然是通着的。

"喂，说话，你哪位？"

他的声音依旧磁性温和，可思念的话却无法启齿。她就这么握住听筒，默默听着他问她到底是谁。

Chapter 15　情起车祸

许文嘉求女强人春节放假期间不要再联系他。他希望和公司里的其他员工一样,该放假时放假。

女强人听后哈哈大笑,"你把这事当做工作?"

许文嘉极其气闷,"公司其他员工都放假了,我老对家人撒谎也不合适。"

女强人走到酒柜前为他倒杯酒,"那好啊。只要今天让我满意就行。"

许文嘉在心里暗骂声"恬不知耻"后接过酒杯,他知道手中的是药酒,也知道女强人所说的满意是什么意思。为了能暂时摆脱她一些日子,他一饮而尽,喝到嘴里,觉得很苦涩,他痛恨眼前这个女人,也痛恨自己。这股子恨意直窜大脑,他扔掉酒杯,然后极其粗鲁地撕开她身上的衣服。

女强人仅仅一愣后就开始陶醉起来。

他把她身上的衣物全部扯开后重重地推她一把。女强人倒在床上后,他提起她的两条腿架在自己肩头,然后十分粗鲁地顶进她的身体。

一下又一下,他狠狠宣泄心中的恨。

女强人却很享受他的狂野,她用手背拭一下他满头的汗,"我很满意,你可以正常放假了。"

许文嘉走到卫生间淋浴,狠狠地搓洗全身上下,然后,头也不回地离开酒店,直奔岳母家而去。推开门,任家三口正在争论过年要不要炸些丸子之类的,任父任母都赞同,只有任盈盈一个人反对,"你们真是Out了,现在哪还有过年炸东西的家庭啊?"

任母笑拍她的胳膊一把儿,"死丫头,这样才有年味,瞧瞧你们这代孩子哪还记得传统节日。"

见到许文嘉进门的那瞬间,任盈盈的笑容冷了,"现在这年头谁还怀旧啊?"

任父向许文嘉招招手,"文嘉也发表发表意见,咱家过年要不要准备一些炸鸡肉、炸牛肉丸子之类的。"

许文嘉笑呵呵走过去坐在任盈盈身边,"炸些吧,那样有年味。"

任母笑着拍手,"三比一,下午就开始炸。文嘉,年前你妈能出院吗?"

岳母与母亲关系已经缓和,许文嘉由衷地高兴,"应该能。"

任母心里有个想法,"我们多炸点,这边一份,你妈那边一份。"

任父拍手叫好。已经沉默下来的任盈盈冷哼一声后起身进了卧室,并且大力摔上了房门。

许文嘉面色尴尬。

任父气骂:"这臭丫头,发哪门子脾气呢?"

许文嘉也站起身,"她这阵子心情不好。我去陪陪她。"

推开门,见任盈盈坐在床上上网。许文嘉走上前矮身准备坐在床边。

任盈盈拿起床边一本书摔到他面前的床上,"不许坐。"

"又怎么了?"

"我怕你坐脏了我的床。"

心里有鬼的许文嘉心里一阵紧张,但仍强自撑着脸上的笑容,"我的裤子今天才穿的。"

见他又要坐,任盈盈大声叫了起来,"别坐我的床,你聋了吗?"

许文嘉有点呆,直觉上觉得她心里肯定有事,可是,他自认为那件事任盈盈不会知道。虽然这么想,但身体出轨这件事的的确确很对不起妻子,所以,他不介意她的态度,他安慰自己说,女人孕期脾气异样是正常的。自己开解过自己后,他自动把外面穿的全部脱去,换上家居服后一屁股坐在妻子身边,"又看韩剧?!"

任盈盈如避蛇蝎般退坐到床角,"起来,不要坐我的床。"

换了外衣,妻子仍然这态度,许文嘉心里刚刚压下去的那丝慌乱再涌上来。但他仍然坚信他做得很隐秘,妻子不会知道,于是,他仍然试图安抚她的情绪,"你到底怎么了?"

任盈盈冷冷瞪着他,"我嫌你脏。"

许文嘉心里的大鼓擂得一下比一下重,他这才真正害怕了,"说什么呢?好好,听你的我不坐床,我晚上洗过澡再坐。"

见他起身,任盈盈避开他坐过的地方也下了床,让许文嘉愕然的是她直接把床上用品整套换了。

许文嘉意识到大事不妙,他仔细回想了今天与女强人的约会,可实在想不起来哪里出了岔子,"你今天陪爸妈去超市了?"

他想问的当然不是这些,他只是想知道她出去过没有。可是,任盈盈的回答彻底粉碎了他的希望,"我去移动营业厅办事,回来时刚好经过国际饭店。"

许文嘉眼前一黑。

盯着他的任盈盈冷冷地收回目光,"你爸妈只生你一个吧?!没有什么双胞胎被人抱走一个这种戏码吧?!"

许文嘉明白,如果他承认这件事,那么,她提出的离婚他无法不答应,因而,他死不承认,"你说的什么啊,我都听不懂,国际饭店怎么了?"

见他装迷糊,任盈盈调出手机里的照片。

许文嘉暗暗叫苦,妻子居然拍了照,这下子要怎么过关?可能距离有点远,照片里的人比较小,让他惊喜的是,照片里并没有他的正面,牵手、被女强人拍臀部,一个是侧面,一个是背影,由于是走着时拍的,照片有点晃。于是,他找到了过关的借口,"你让我看这些干什么?他们是谁啊?"

任盈盈的怒火终于压抑不住,她指着他的鼻子骂:"都到这地步了还不承认,你属鸭子的?"

许文嘉把手机屏幕放在她面前,"我真不认识这两个人。"

这时候,任盈盈才发现确如他所说,手机里的人拍得确实不是太清晰,她是因为亲眼看到所以才那么肯定。只是,她真的没有想到许文嘉竟然是死不认账,既然如此,她不愿意与他多费口舌,"滚,离开我家。什么时候答应离婚给我打电话。"

许文嘉没有离开任家,因为他知道这么离开后他没办法再回来,岳母岳父那边他没办法解释。可也不敢再坚持与任盈盈同居一室,他明白,如果他坚持她会做出他想象不到的事情来。所以,他拿着被子去睡书房的小床。对此,他对岳母的解释是,"我夜里打鼾影响盈盈休息。"

这借口相当牵强,可是,林秀萍却没有多说什么。其实,她心里一直很担忧，担心小夫妻俩忍受不住漫长孕期做出傻事，她担忧影响到胎儿。自上次发现女儿用过卫生棉后，她经常检查卫生间里的卫生用品。

副总周波拿起员工年终奖明细表离开，席慕凡再次望着手机出神。那个陌生号码每天固定两次拨打他的电话，可是，每次接通后却并不说话。

难道是她？那个傻丫头？

他犹豫着，要不要回拨过去？可如果真的是她，这通电话之后他又能为她做些什么呢？显而易见的，他什么也做不了。

算了，不打了。他把手机拿起来离开公司，准备早点回家跟吴子琪商量一件事。姐姐相中的那个小区确实不错，而且年前价格优惠幅度的确很大，他希望年前能买下来。这在家里算是大事，他觉得应该和吴子琪商量。

可他不知道的是，吴子琪手里已经没有多少钱可供使用。新郑房子价格虽然不高，但家里确实没钱。

所以，当吴子琪听到席慕凡说起要买房时，她表现得相当慌张，"老家的院子不挺新的吗？买房干什么？乡村的空气好，蔬菜也是天然的，城市里退休的老人们都还想往乡村跑呢！"

席慕凡本想趁着这次机会和她好好交流交流，可她说的这席话再次激怒了他，"乡村既然这么好，你家里人干吗往县城买房?！"

其实，如果没投资房产，为公婆买房这事吴子琪真不好阻拦，但是，家里没钱这件事她真不敢说出来，擅自做主把近二百万元砸出去，现在想来胆子是大了一些。她心里还是有些胆怯的，"我没有其他意思。"

席慕凡已经没有心情再继续下去，他觉得想好好交流这个想法有点可笑,"我爸妈两个人住,买一百平方米的房子足够了,小高层,除去公摊差不多八十平方米。有一间卧室我们用,以后过年去新郑。"

吴子琪心里很忐忑,但却找不到阻拦的理由,"要多少钱?"

席慕凡怒火散了些,"两千三百元一平方米。"

吴子琪百爪挠心,投资两次,次次都是仓促之间再卖,春节马上来临,房子不知会不会顺利卖出。她有点想哭,脸上却不敢表现出来,"节后我就给你。"

席慕凡站起身,"这就给我吧。节后就是两千五百元一平方米了。"

还有四天就是春节,吴子琪知道她必须选择实话实说,"我手里没有那么多。"

已走向书房的席慕凡转身盯着她,问:"年终分红的钱呢?"

吴子琪走进卧室把藏在柜底的购房合同拿出来。

席慕凡有点不敢相信,把近二百万元全部买了房,她居然没有和他商量一下。她当他是什么?愤怒涌上心头,"买这干什么?买之前用不用跟我商量?"

吴子琪没有往常的嚣张气焰,她低声解释:"我不是也想做投资吗?"

"投资?!"席慕凡笑了,"把你的投资理念告诉我。"

吴子琪说不出个所以然来。

席慕凡又问:"把你的投资计划说一遍。"

吴子琪张口结舌,她从来没有想过这些,也没有考虑过这么长远,她只是单纯想帮弟弟买套房子。

"你根本没有做投资的本事,就敢拿全年分红去投资。买房之前你看过开发商的几证吗?你了解过开发商以往楼盘的销售情况吗?"

席慕凡把购房合同重重扔在茶几上,"有这种时间不如好好养育青诺,你就适合家庭主妇这项工作。"

这话有点不好听,而且,席慕凡从来没有这么咄咄逼人过。吴子琪心里的愧疚顿时消失了,"除了没跟你商量,我觉得其他方面我没做错什么。你能拿钱给父母买房,我为什么不能自己做投资赚钱帮帮我弟?"

席慕凡这才明白问题的症结在哪。他不可置信地盯着她,"你投资是为了你弟?"

"对。"吴子琪恨恨地盯着他。

"走,离开这个家。"席慕凡终于爆发了,他不能忍受妻子的这种态度。

就这样,两人发生了史无前例的激烈争吵。吵完之后,吴子琪带着女儿回了新郑娘家。席慕凡抱头坐在沙发上,他心里极其难受,妻子私自拿着钱去投资,很出乎他的意料,他难受的不是投资这件事,而是妻子私自投资时的态度。她根本没想和他商量。

这么辛苦拼搏为的什么?不就是妻女父母生活无忧吗?可是,至今仍然没为父母做过一件事,妻子也根本不领他的这份情。

他是个失败的男人,极其失败,失败得一塌糊涂。

任盈盈拒绝再去医院,拒绝与许文嘉交流,父母刻意创造的机会她通通视而不见。她心里已经打定主意,她必须与许文嘉离婚。

任母林秀萍见女儿态度坚决,她向全家人表明了自己的态度,坚决不同意离婚,如果任盈盈执意要离,不是不可以,只是离婚后离开任家,她说她只当没生过这个孩子。

从不认可到站到同一个战壕,许文嘉对岳母的态度感激到了极点,他当即对任父任母表示,他会宠爱任盈盈一辈子,也会像亲生儿子一样孝敬岳父岳母。

任盈盈不管不问，她只要逮着机会就逼问许文嘉离婚的事。看她把户口本、结婚证等证件随身携带，林秀萍气得倒下了。

于是，任盈盈成了千夫所指的罪人。

许文嘉虽然忐忑彷徨，但仍然硬撑，"盈盈，我妈的腿还没好，你妈也病倒在床，你一定赶在这时候刺激她们吗？"

任盈盈淡淡地扫他一眼，"如果我把你的丑事告诉她们，我相信刺激她们的不是我吧。"

许文嘉顿时一脑门子冷汗，岳母岳父之所以与他统一战线，那是因为任盈盈正怀着孩子，如果他们得悉他出轨，他们还会支持他吗？显然，不能。照片是不清晰，但岳父岳母也不是傻子。他不能够冒这个风险。

于是，他只有把姿态放得更低，"盈盈，别拿这种莫须有的罪名往我头上扣。如果你真想离，等孩子生下来后再说。"

这是缓兵之计，许文嘉是有想法的，他认为孩子生下来后任盈盈根本没时间跟他闹。她会把全部时间用到照顾孩子身上。

任盈盈瞥他一眼，"你不用抱什么幻想了。这个孩子是不是生下来，我还在考虑中。"

许文嘉一听就急了，"这个孩子也是我的，你没有权利自己做决定。"

任盈盈冷冷一笑，正准备接口时，家居服口袋里的电话突然响了，这个号码只有一个人知道。她有点犹豫，要不要接？就这样，犹豫不定间，电话断了。

盯着她的许文嘉留意到她表情的悄然变化，他很想问是谁，但是，他不敢。

考虑要不要回拨的任盈盈收到一条短信：如果是席慕凡家人，请速回电话！

她心里大惊，这人虽然用的是席慕凡的电话，但是，拨打电话的人却不是他本人,难道,他出了什么意外?她没敢耽搁便回拨过去,"请问你哪位?"

是一个陌生男声,"我这里是交警部门,机主出了车祸,现正在急救中心抢救。请马上前来医院。"

任盈盈冲到卧室换了衣服,然后准备出门。

许文嘉大惊,"怎么了?盈盈,出了什么事?"

任盈盈没工夫理他。

许文嘉却不放心跟了出去。听着身后的脚步声,任盈盈停下步子,"你想初七就离婚吗?如果想那就跟着。"

除夕至初六是法定假日,民政部门也是休息的。任盈盈没有强烈反驳他提议的生过孩子再离婚,虽然知道她并不是听进去了他的话,可是,对他来说总归是好事。所以,虽然担心她,他仍然不敢再跟着她,"注意自己的身体,不要跑。"

任盈盈转身离开。见她果真没再跑,许文嘉上楼了,他准备上楼跟岳父岳母说一声后去医院一趟,在这种合家团圆的日子里,他不想没能赶在春节前出院的母亲过得太过凄凉。

任盈盈赶到医院时,席慕凡已被从急救室送到病房。任盈盈用家属身份处理了车祸之后交警部门需要其配合的工作,然后,她去了医生办公室。还好,席慕凡只是腿部骨折,没有内脏损伤,他之所以没醒,那只不过是麻醉药的作用。

坐在床边,任盈盈犹豫不定,要不要给吴子琪打电话?如果打,接通后她要怎么解释?

思索很久后,她决定打这个电话。

他不是决定生活在没有她的世界里吗?他不是珍惜他的家庭吗?那么,成全他,爱他就不要让他为难。爱不是占有,不是吗?她用这个理由说服自己。于是,拿起床头柜上他的手机,手指如飞拨打吴子琪的号码,不让自己有后悔的机会。

可是,令她意外的是,吴子琪的手机是关机状态。她不解她诧异,她不清楚他们夫妻间到底发生了什么事,不过,可以肯定的是他们确实再次产生了矛盾。她告诉自己,如果席家的座机也没人接听的话,那么,就是上天要给她一个机会,要给这段情感一个机会,既然上天都给她机会了,她不应该再错过,对,应该是这样。

于是,任盈盈满心期待地拨打席家的电话,一声、两声、三声……她在心里不停祈祷,千万不要有人接听。结果,确如她所愿,席家果真没有人。就这样,任盈盈心安理得地把席慕凡的手机关掉,然后放到床头柜抽屉的最里面,仿佛这样,就能阻断席慕凡与吴子琪的所有联系。

然后,她静静注视着床上的席慕凡。她发现,即使是在麻醉中,他的眉头仍是微微蹙着,由此可看,他近期过得的确确不太愉悦。这么一个好男人,吴子琪居然这么不珍惜,她从心底里替他不值。为了一个不珍惜他的女人,为了一个不再温馨的家,他还在坚守什么?如果放不下女儿,他大可以争取女儿的抚养权。而她自己,会把他的孩子当做自己亲生的对待,她会做到爱屋及乌,她敢在任何人面前拍胸脯这么说,当然,她也会这么做。

一个决定,结束三个人痛苦的生活,难道不是明智的选择吗?

由于滴液,席慕凡的手臂一片冰凉。任盈盈前去护士站要了个滴液瓶去灌热水。

席慕凡醒来时发现上了石膏的右腿被包成了大粽子。他还留意到床边有张椅子。这时候,隔壁床的老爷子告诉他,"你老婆出去了。"

席慕凡点点头示意自己知道了。对于吴子琪的到来他并不感到兴奋,因为他知道如果不是他出车祸,她是不会现身的。

其实,想了几天后对于妻子私自购买房产这件事他已经不再生气,妻子虽然不懂投资,但现今这社会,投资房产多数是挣钱的。而且,妻子选的这个楼盘确实有很大升值空间。如果不是急着为母亲买房,他那天不会发那么大的脾气。自己已经放言不再管吴家的事,作为吴家长女想为母亲分忧,用投资所得帮助自己永远扶不起来的弟弟,也勉强说得过去。

可是,她一定要这么理直气壮地责备他吗?一定要把弟弟不成材导致的一切后果归结成他的错误吗?他就憎恶她的这种态度,憎恶到了极点,她一定要用他的爱来折磨他吗?她凭什么这么对待他?

所以,他就不打她的电话,她怎么离开家的就怎么回来。想玩新婚初期那种出了事往娘家跑,然后他三请四请才回来的把戏,现在想都不要想。没有想到,除夕这天她依然没有踪影,而且,女儿打来的电话话说到一半也被人夺下,这太过分了。

电话挂断的那一刻,他的心像被人狠狠地抽了一鞭。那时候,他生气地出门了,他要出去放纵,要出去疯狂,可是,走了无数条路转了无数条街,他也不知道去哪。每当想到那些放纵的念头时,女儿青诺的笑脸都会在脑海中闪现。于是,他知道了,他永远也不可能做出这些事。

开着车,心烦躁无比,究竟自己怎么被撞的车也不清楚。

"现在的年轻人真不负责任,老婆怀着孕还不注意行车安全,撞的仅仅是自己吗?"隔壁床的老爷子用很不屑的目光扫了他一眼。

席慕凡呆了,陪护他的居然是任盈盈,那个仍然盘踞在他心里的女人。这出乎他的意料,他有点不知道该怎么面对她。

因而,当听到有脚步声传来时,他赶紧闭上眼睛。

任盈盈把用自己围巾裹好的滴液瓶先在自己手臂上试试温度,然后才放到席慕凡手臂上方,放的过程中,她的手触碰到他的手臂,她发现他微微向后一缩。他已经有感觉,而且,对轻微触碰都有反应,这种情形应该是清醒状态。

她看向他的脸。她发现,他的眼睛虽然闭着,但睫毛却微微颤着。他在装睡。

"慕凡。"

不可能一直装下去,席慕凡只有选择睁开眼睛,"盈盈,赶快回家吧,今天是除夕呢。"

他的第一句话就是让她走。任盈盈的心突然就不忐忑了,也不紧张了,她直视着他的眼睛,希望能看到他的内心深处,"如果她现在就来照顾你,我马上就走。如果你生活得很幸福,我会永远离开你的视线。"

席慕凡眸底有点湿润,心里也更难受起来,他很想把眼前这个女人抱在怀里,可是,最后一丝理智提醒着他,他不能够这么做,这么做的结果是一发不可收拾。于是,他强自压下心头的情绪,用很缓慢的语速说:"今天是除夕,你应该在家里陪伴你的家人。盈盈,听话,回去吧。"

任盈盈惨淡一笑,"你现在这种情况我能离得开吗?"

"我现在给你吴姐打电话。"

"她的手机根本打不通。"

"她在她妈那边,我打她妈家的电话。"席慕凡边说边找手机。发现手机不在身边后他看向她,"我用用你的手机。"

任盈盈双眼的泪毫无预警突然涌出,"在她面前你不避讳我们的关系?"

席慕凡浅浅一笑,"我们不曾有什么关系。"

任盈盈被这句话彻底打击到了，她觉得自己的心被眼前这个男人无情地划开一个巨大伤口，鲜血飞溅，疼得不可抑制。他说他和她不曾有过什么关系，他说不用刻意避讳吴子琪。她的深情在他眼里成了彻头彻尾的笑话，她在他眼里就是一个傻子，一个白痴。无法再站在他的面前，多站一分钟她的心就会被他多割裂一次，她转身跑出病房，径自往电梯间跑去。电梯仍在上行中，毫不犹豫地，她跑向楼梯间。她要尽快离开这里，离这个男人远一点。她觉得自己可悲，在没有看清自己的感情前仓促地接受了许文嘉的追求，而且，轻易地把自己的身体交给了那个男人。也觉得自己可恨，既然选择了伴侣，为什么不安分守己一点呢？为什么要对另外一个已婚男人产生妄想呢？为什么明明知道不会有什么结果还要飞蛾扑火般放任自己的感情呢？是的，他没有说错，他和她是不曾有过什么关系，他只不过对她说了几句暧昧不明的话，而且，说过后也曾三番五次提醒过她不会和她有任何发展。她的痛苦全是咎由自取，怪不得任何人。

认清这个事实后，她泪流满面。

跑得太快，她没留意到楼梯拐角处不知什么人放了一个板凳，板凳上横的竹竿上晾着件内衣，等发觉时已经收不住往下冲的脚步。伴随着惊叫，她从这层的楼梯上面摔倒后整个人以翻滚状态直冲到楼梯下层。她是孕妇，自然禁不住这种剧烈撞击，因而，她最先感受到的是腹部一阵钻心的疼痛，然后双腿间有大量液体流出。她知道那是什么，虽然决意离婚，但还没有下定决心不要这个孩子。况且，二十五周的日夜相伴，孩子早已成为她身体的一部分。

忍住痛，她拨打120，她告诉120工作人员她就在省人民医院的楼梯间里。五分钟后，医护人员出现在了她的视线范围，而她，眼前一黑，整个人陷入了无边黑暗中。

身边确实不能没人照顾，而且，是真的不想主动给吴子琪打电话，所以，从抽屉里面找出手机后他通知了自己的大姐席家珍。席家大姐知道后就问了一句话，"吴子琪在哪里？"

席慕凡不想让大姐操心这些事，于是，他撒了个谎，他说吴母有病，吴子琪赶去照顾了。谎言蹩脚，席家大姐却没有戳穿他，只是，她说了一句话，"你娶的媳妇可真不咋地。"

没有如期为母亲买房，席慕凡虽然没有对大姐说原因，可是，席家大姐却猜出必定是吴子琪从中阻挠，她自然对吴子琪有一肚子怨气。席慕凡知道大姐的想法，只是，他也不想为吴子琪解释，他唯一担忧的是双亲。因而，他只是简单交代不要告诉其他人。

结束与姐姐的谈话后，他开始翻看已拨电话。他发现，如任盈盈所说，一个小时前他的手机的确拨打过吴子琪及家里的电话，看来，她开始确实是想让吴子琪来照顾他。后来，她之所以改变主意，那是因为她找不到吴子琪。除夕撞车，而且妻子不见踪影，任盈盈会联想到他的婚姻出现问题合情合理。现在想来，刚才那番话说得是狠了些。但是，不这么说又能怎么说呢？身份未变之前他不能给她许诺，也不能为她提供什么，此时他若不能控制局面，以后带给任盈盈的必定是更加沉痛的打击。

席慕凡认为他做得不错。因担忧任盈盈再打来电话，他再次关了机。

Chapter 16　意外流产

吴子琪陷入两难境地。

窗外的鞭炮声一阵接一阵,春节联欢晚会马上就要开始,席慕凡那边却没有任何消息。下午,她曾往家里打过电话,可是,一直没人接听。她和席慕凡的心思一样,不想率先打对方手机。可是,等候的结果就是婚后破天荒头一遭一家人分开过年。

吴母虽然不知道他们夫妻俩到底为了什么怄气,可是,心里隐约觉得跟女儿投资房产有关。虽然对女婿有气,但她还没有让小夫妻俩离婚的念头。因为老太太直觉中认为这一次女婿是来真的,他的的确确是在生女儿的气,于是,趁儿媳在厨房下饺子时,老太太再次追问女儿,"慕凡到底来不来过年?"

吴子琪轻描淡写地说:"他今年有些事要忙,你就不要瞎操心了。"

心里有事的吴母眼窝有点湿,"那你下午打过电话后为啥偷偷地哭?"

原来落泪的事被母亲看见了，刹那间，吴子琪的委屈直涌心头，"妈，这些年为了子涛的事，无论是我还是你都一边倒责怪慕凡。你想过没有，我们凭什么埋怨他？他是真的没帮子涛，还是子涛本身的原因？"

这是吴母的心结，听女儿再次提起，老太太下意识地脸一唬，"这事不是已经结束了吗？"

吴子琪的泪没忍住还是落了下来，"因为这事你心里一直不痛快，我心里也不是滋味。所以，我想投资房产，想挣了钱为子涛在郑州安个家。"

吴母意识到自己所料不错，"他不同意？"

吴子琪发觉母亲情绪突变，她意识到这个问题不能再多说。诉苦，最好的倾听者不是最亲近的人。所以，话锋一转她说："这事是我做得不对。买房之前我没跟他商量……"

吴母打断她的话，"商量不商量又有什么关系？"

这种问题与母亲仍然无法交流，吴子琪苦笑，"妈，我花光了公司去年的年终分红。"

吴母这才愣了，"那房子恁贵？！"

吴子琪点点头，"年前慕凡急着用钱，我却拿不出来。他肯定心里有气。"

吴母虽觉女儿的做法确实欠妥，可是，护犊心切的她却说："年前用啥钱？他是不是故意的？"

吴子琪决定结束这次谈话，再说下去也说不出什么结果，说不定还会带来新的不愉快。

"我明天回郑州。这事你就别管了。"

吴母悻悻起身，"不管就不管。"

见外婆离开，席青诺再次过来央求吴子琪，"妈妈，我们回家和爸爸一起过年吧。"

吴子琪柔声安慰女儿，"妞妞乖，我们明天就回家。"

席青诺却不愿意，"妞妞就要现在回家，就要跟爸爸一起过年。"

无论吴子琪怎么劝都无济于事，于是，她重重地拍一下席青诺的小屁股，本就委屈的小姑娘放声大哭起来。吴子琪也跟着落泪。

许文嘉赶到医院时，任盈盈腹中的婴儿已经被取了出来。二十五周的胎儿只有一斤多重，产科大夫直摇头。

急救室外面的许文嘉一屁股坐在了地上，他不知道发生了什么事，但是，从产科大夫的表情中，自己未足月的孩子将凶多吉少。心底里，他开始恨任盈盈，不就是因为一套婚房吗？为什么就这样不依不饶呢？难道他就不难受吗？为了房子，把父母逼到这种境地，为了缓解生活困难的母亲做出那么大的牺牲，现在却连住院费用都掏不起，这些，难道她不应该反思一下为什么吗？难道不应该为了此事心里愧疚吗？可是，她做的又是什么呢？连基本的探视都不再坚持，这是为人媳妇应该做的事情吗？

还有今天这事，她难道不知道自己是孕妇吗？难道不能为了孩子着想一下吗？她又做了什么呢？因为摔倒导致羊水破早产，二十五周的胎儿具备在这个世界上生存的能力吗？作为母亲，她不知道吗？

她竟然是这么冷血的人，为了离婚她竟然亲手扼杀自己的亲骨肉。

她什么时候变成了这样？

这样的女人还值不值得他继续牺牲，继续活得低声下气？

也许，重新选择是正确的。

就这么胡思乱想着，直到看到被推出急救室的面色苍白的妻子，他才惊觉，他怎么可以有这种想法？任盈盈是他最爱的女人，她虽然有很多缺点,有的甚至无法原谅,可是,他爱她,不是吗?于是,他慌忙梳理心情把任盈盈送进病房。

小心翼翼地为她掖好被角,他才想到要给岳父岳母打个电话。出了病房走到走廊尽头,他简单扼要地向岳父说了任盈盈摔倒的事。任旭军一听就急了,"盈盈有没有怎么样?孩子呢?"

许文嘉难掩伤心,"孩子在早产室。盈盈还没有醒。"

"我和你妈马上就过去,哪家医院?"

许文嘉连忙阻止,"我一个人在医院就行了。你和妈明天再来吧。大夫说盈盈只是麻醉没过,她没事。"

"你等着,我们马上就到。"任旭军匆忙挂断电话。

知道无法再阻拦的许文嘉回到病房。恰好,任盈盈醒转。见她被下腹部在动,他知道她在摸自己的肚子。

他冷冷开了口:"别摸了,孩子在早产室。"

任盈盈连眼皮都没抬就直接闭上了,她视他不存在。这导致许文嘉心里的怒气再次上涌,"你难道不应该向我解释你为什么摔倒吗?还有,你今天接的电话到底是谁的?重要到可以让你不顾念肚子里孩子的死活?"

任盈盈不愿意回答,现在的她脑海里空荡荡的,不想去想任何事,席慕凡的、孩子的、许文嘉的、父母的,一切的一切,她都不愿再想。她觉得生活和她开了一个很大的玩笑,这个玩笑的结果她有些招架不住。

许文嘉恨她的这种态度,"任盈盈,你够狠。为了离婚你居然使出这种手段。那个孩子如果保不住,我让你后悔一辈子。"

提到孩子,任盈盈睁开眼睛,"他不是在早产室吗?"

许文嘉狠狠地瞪着她,"二十五周的孩子具备生存能力吗?"

任盈盈觉得本就千疮百孔的心再度痉挛了一下,泪再度毫无预警地涌出。

妻子的泪无声而汹涌,许文嘉心里的怒火退了一些,"盈盈,不要再任性了。我们的房子再有一个月就交钥匙。到那时候,我们一家三口单独生活,我们会好起来的。这些日子我想了很多,我们之所以不和睦,矛盾并不在我们两个人身上,我们单过了就会好起来。你要对我们的生活有信心。"

任盈盈仍是默默流泪。

许文嘉继续展望未来的生活,"过了年我会尝试换一份工作。辛苦点没什么,只要能多挣点钱就行。至于你,好好上班就行了。我不会再让你外出兼职挣钱……"

不提兼职还好,经他一提,任盈盈竭力想忘掉的事再度涌上心头。顿时,她哭得更伤心了。

这场面看在匆忙来到病房的林秀萍眼里,她的心疼无法形容,"我的宝贝,怎么这么不小心,怎么会摔倒?"

任旭军望着抱头痛哭的母女俩,他神情严肃地把许文嘉叫出病房,"盈盈到底怎么摔倒的?你们今天下午到底去哪了?"

许文嘉实话实说。

任旭军觉得不可思议,"你明明知道她有事,居然还让她单独外出,这是男人应该做的事吗?"

许文嘉只好把心里的苦和盘托出,他说他很想跟着她,很想为她分担,可是,她根本不让他跟着。

听过这些后,任旭军陷入沉思。想想半年前女儿坚持要结婚时的坚定,再想想今天这局面。他开始重新考虑女儿这桩婚姻,他希望知道小夫妻俩到底为什么走到今天这一步。

席家珍很麻利,来后不到一个小时就置办齐了住院所用物品。而且,还道听途说得知一个孕妇摔倒在楼梯间导致早产的事。回到病房后,她把这事当做谈资闲话间告诉了席慕凡。

席慕凡听得心头一震。他仔仔细细问孕妇的体貌特征,可是,席家珍却说不出个所以然来。无奈之下,席慕凡再次拿出塞到抽屉最里面的手机,拨打那个他熟记于心却从来没有拨出过的号码。不出所料,电话不通,这时候,他还不知道任盈盈的手机已经被摔得七零八落。

他很想知道那个孕妇是不是任盈盈,直觉上他认为是,他需要证实。所以,他对席家珍说:"姐姐,能再打听打听孕妇的名字吗?"

席家珍觉得奇怪,"是你认识的人?"

席慕凡很艰难地点点头,"有可能是。"

席家珍有点回过了味,"我来之前照顾你的人?"

席慕凡却不想再说下去,"姐,先去问问。"

席家珍满腹狐疑地走了,女人天生八卦,自然,她不负席慕凡所望,对于弟弟的疑问她有问必答,"她叫任盈盈,怀孕六个多月,现在在产科住着,至于孩子,听说情况不怎么好。她是从五楼摔到四楼的。真奇怪,有电梯不乘,偏要走楼梯。"

席慕凡呆呆听着。他可以想象得到摔倒之前她是怎样飞奔下楼的。

"是你认识的那个人?"席家珍觉察到弟弟的情绪正急速变化着。

席慕凡突然抬手重重地抽自己一耳光,他在心里骂自己:你这个浑蛋,你这个懦夫,明明是你先给了她希望,却又生生扼杀了这份希望,你让她痛不欲生却又口口声声说是为了她。你明明就是退缩了,因为你没有信心给她一份她希望的幸福,因为你没有信心再次经营一份婚姻。你的退缩间接对她造成了无法弥补的伤害。

弟弟的举动吓到了席家珍,她也由此猜出这件事非同寻常,她问得小心翼翼,"那个女人喜欢你?她肚子里的孩子是你的?"

席慕凡仍沉浸在那个令他震惊的消息中。

席家珍再问:"她性格怎么样?比子琪好吧?"席家大姐知道弟弟的为人,她知道弟弟不是随便的人。

心底的悔恨狠狠撕扯着席慕凡,他再次抬起了手。席家珍却阻拦他,"慕凡,后悔是没用的,想想以后怎么解决。"

席慕凡很颓废,"姐,我伤害了一个很爱我的女人。"

席家珍却以为像自己猜的那样,"那个未足月的孩子果真是你的?听说是男孩,正好,妈最希望你生个小子。"

席慕凡摆摆手,"别说了,这事让我想想。"

席家珍却没有住口的意思,"子琪这个媳妇我瞧不上。她根本看不起咱家里的人……"

"别说了,让我静静。"

除夕之夜,许家人任家人都在医院。心里有事的任旭军让女婿去陪自己的父母,许文嘉却不放心任盈盈,林秀萍也希望趁女婿不在的时候问女儿一些事,于是,她对许文嘉说:"我本来计划今年春节两家人一起过,现在肯定是不行了。盈盈这边我们照顾,你去你妈那边陪陪他们。除夕之夜,为人父母者都想让子女承欢膝下。"

许文嘉这才离开。

林秀萍边为任盈盈用手梳理头发边问:"盈盈,到底怎么回事?"

任盈盈不敢去回想今天发生的事,当然,也不知道怎么回答母亲,"妈,我很累。"

任旭军强忍着怒气开了口:"盈盈,和你妈心平气和地谈谈,我们虽然不同意你们离婚,可还算开明的父母。如果理由正当,我们也不会硬拦着。"说完,他转身出了病房。

林秀萍拍拍任盈盈的手,"说吧,怎么回事?"

"不小心摔了一跤。"不说肯定不行,实话实说更不行。传统的父母接受不了婚外情,所以,她避重就轻。

"你为什么出现在医院?你做产检的医院可不是这一家。"

"朋友住院了。"

"哪个朋友?"林秀萍知道女儿没说实话。

任盈盈的眼窝又有点湿,"你不认识。"

"我不认识也得有个名字吧。"

任盈盈突然间声音提高八度,"能让我睡会吗?"

被女儿的吼声吓得一愣的林秀萍沉默了一会儿,盯着女儿的眼睛问:"你心里有人了?他正在这里住院?"

一股巨大的悲伤骤然间直袭心头,泪珠大颗大颗地自双眸涌出,任盈盈的目光慢慢变得空洞而无神。

女儿的这种表现林秀萍已然明白她的意思。她觉得不可思议,几个月前女儿要死要活要嫁许文嘉的场景还没有忘掉,今天,女儿居然喜欢上另外的男人。上次的坚持没有起到任何作用,林秀萍意识到这一次她应该换种方式。她跟任旭军感觉一样,她觉得应该重新审视女儿的婚姻。

任盈盈哭累后沉沉睡去。林秀萍的心却依然平静不下来。她走出病房,找到在走廊尽头的窗前默默站着的任旭军,她要和他商量女儿眼前的情况。

整整一夜,两个人没有合眼。凌晨五点任盈盈醒来时,林秀萍把夫妻俩考虑成熟的意见告诉了她,"我承认,我对你的教育很失败。现在的你已经是成人,要学会对自己的选择负责,你以后所做的任何决定我和你爸不再参与意见。"

见母亲脸上布满心灰意懒的伤心,任盈盈低声说:"对不起,妈妈,我让你失望了。"

林秀萍摇摇头,"我只是心疼我的宝贝。你选择许文嘉时,并没有爱他爱得那么彻底,而选择后,你没有承受住生活的磨难,这是你婚姻失败的主要原因。当然,在处理与婆家人关系时,妈妈这边没有正确引导你,这我也有很大的责任。"

任盈盈静静听母亲说完,然后才说:"我以后会对自己所做的选择负责。"

同样一夜无眠的席慕凡一大早就让姐姐去借护士站的轮椅。

席家珍也十分希望看到让一向有分寸的弟弟情绪失控的女人,她行动很快,前后几分钟工夫就推来了轮椅。在隔壁床病人家属的帮助下,席慕凡坐到了轮椅上。

席家珍兴冲冲地推着他朝电梯间走去。

席慕凡却不同意她跟着。

席家珍装作为难,"产科在后面的病房楼,你确定自己能过去?听说,进后面的病房楼要经过一个陡坡。"

虽然是青年男子,可席慕凡确实不敢保证他能把自己推过去,"先说好,到了后不要说废话。"

席家珍推着他进了电梯,"你就放心吧。"

冬日,凌晨五点的天空很暗。抬头望着病房楼产科两个猩红大字,席慕凡心里一抽一抽地疼。

外面冷,席家珍推得很快。进了病房楼后,她先到护士站问了任盈盈所住的病房,然后推着席慕凡就走。

席慕凡却执意单独前往,拗不过的席家珍只好同意。这时候,他们姐弟两人身边经过一对中年夫妻,席慕凡不知道那是准备回家熬粥的任父任母。因此,他轻轻推开病房门时,任盈盈孤零零地躺在病床上。她面容很苍白,眼神很悲伤。

"盈盈。"

任盈盈觉得自己听错了,怎么可能会是席慕凡的声音?她认为自己是白日做梦了,那个认为不曾和她有什么关系的人怎么可能出现在这里?因而,没有睁眼的她苦苦一笑。

这看在席慕凡眼里让他觉得心里似被人骤然之间插了一刀,他不知道他的声音有丝哽咽,"盈盈,我是慕凡。"

不是做梦。任盈盈霍然睁开双眼。不错,是他。

席慕凡笨拙地往床边推着轮椅,其间,他没有说话,他只是紧紧盯着任盈盈的眼睛。

"你为什么要来?嫌伤我伤得不够彻底?!"她的眼泪收都收不住,眼前他的脸模糊一片。

"盈盈,对不起,对不起……"除了那三个字,他不知道该用什么来表达自己的歉意。

任盈盈痛哭出声,"你为什么要来?为什么要来?你不是说过和我没有任何关系吗?"

"我不值得你这么难过。盈盈,我没有你想象中的那么好。"

每哭一声,肚子上的刀口就疼一下,可任盈盈仍是哭,"值不值得我心里清楚。"

席慕凡紧紧握住任盈盈的手,"盈盈,跟着我你会受到意想不到的罪。我和她不可能那么轻易离婚。"

"我会等。"

"这会是一个没有期限的等待。"

"我不管。我就是要等。"任盈盈努力撑着想坐起来,"你只要告诉我,你是不是爱我!"

席慕凡觉得自己很卑鄙,因为他发现他的理智居然又回来了,她的问题他无法回答。他无法告诉任盈盈,他是喜欢她,但是,还没有到让他抛妻弃女的程度。

任盈盈有点呆了,"你不喜欢我?"

席慕凡摇摇头。

她追问:"那你还为难什么?"

席慕凡回答得很艰难,"我从来没有想过自己会是抛妻弃子的男人。这些年,她为了家庭放弃了很多机会,我不敢想象离婚后她的生活,也不敢想象离婚会对青诺造成什么样的打击。"

任盈盈再一次泪流满面。

席慕凡不停地为她擦泪,可是,泪越擦越多。

"我不逼你。我尊重你的决定。可是,别忘了,我会一直等你。"

席慕凡觉得心酸,任盈盈如果强悍地要求他离婚,他想他会毫不犹豫拒绝她。可是,她从头到尾都没有这么做,他稍微流露出一丁点绝情的意思,她都会伤心地离开。按理说,这是一件很好处理的事,只要拒绝她就好了。但事情就是这么怪,她离开了,他会疯狂地想她,她在时,理智与道德又不断鞭挞他,让他说出许多言不由衷的话。

这到底是怎么了?是心里的道德观作祟,还是他真的没有那么爱她?

两个人太过专注,他们不知道早早赶来的许文嘉听到了他们所有的谈话,也不知许文嘉走后席家珍悄悄出现了一会儿,直到早晨查房的护士不满的责怪声传来,两人才回过神来。

护士说的是,"既然这么心疼妻子,就不要让她独自一个人出门。36床,儿科那边通知你们家属过去一趟,孩子不行了。"

任盈盈愣了足足十几分钟,才给母亲林秀萍打电话,"妈,孩子不行了。"然后,她告诉席慕凡,"你先回病房吧。"

从产科回到病房，席慕凡没有说一句话。任盈盈的孩子不行了，这个消息让他无法承受。如果不是他，她不可能来医院，如果不来医院，她怎么会摔跤导致早产？他应该对这件事负责。

他知道，他应该重新考虑与妻子的关系，是不是真到了必须分开的地步。也许，是时候和吴子琪好好谈谈了。

席家珍听得不是很全，但弟弟与那清丽女孩的悲伤她亲眼看见了。她觉得那个女孩比吴子琪强，于是，她开始找机会说自己的观点。

许文嘉跑在清晨的大街上，十分钟，二十分钟，半个小时……整整两个小时，他才因筋疲力尽停下步子，就地蹲下来喘息。

肉体出轨陪女强人筹钱是他觉得最对不起任盈盈的事，他暗中发过誓，因为这件错事他会永远把她捧在手心宠爱，也会包容她所有的缺点。因为，他太对不起她。可是，她居然也出轨了，她的心里根本已经没有他的存在。那晚亲眼见到她亲吻那个男人后，他不希望因为此事造成婚姻破裂，所以他选择了宽容与大度，他以为那样做能够挽回妻子的心。不过，之后的日子里妻子没有再晚归，甚至，她都不愿意出门。他以为，自己的决定是对的。可是，让他没有料到的是妻子却越走越远，甚至为了那个男人连腹中的孩子都不再顾及。现在想来，那个晚上就应该告诉岳父岳母。他相信，在父母施加的压力下，妻子肯定没有机会再与那个男人有丝毫联系。

现在怎么办？孩子生死未卜，妻子却仍然执拗于自己的婚外情。

继续坚持下去？可是，如果孩子有什么事，没有了任何牵绊的妻子会做怎样的选择，他想象得到。

离婚？难道这不是自己割裂自己的行为吗？

阴暗的天空中又开始飘起了雪粒子，街道上本就脚步匆匆的行人走得更急了些，没有人理睬抱膝蹲在地上的许文嘉。也许是气温太低，雪有越下越急之势，一会儿工夫，许文嘉整个后背白茫茫一片。

一直振动的手机终于偃旗息鼓，掏出来一看全是岳母打来的。没有想问的欲望，他又把手机揣进衣兜里。起身，往前走去。半个小时后他发现自己去的方向是母亲所住的医院。还是去陪陪母亲吧，母亲永远不会背叛自己。神情落寞的他出现在病房时，李晓琼没有询问他的异样，她很着急地问他，"盈盈到底怎么了？怎么会早产？亲家一直给你打电话，说孩子不行了，怎么回事？"

许文嘉心中一痛，"孩子不行了？！"

李晓琼抓起身边靠枕砸向许文嘉，"你是不是控制不住动盈盈了？你们这些不懂事的孩子呀。"

许文嘉知道母亲所说的"动"是什么意思，可是，他宁可孩子是被他"动"掉了。但眼前不是解释的时机，而且，他也不想让母亲知道那么多事，"妈，我先去那边，回来再给你说。"

李晓琼望着儿子的背影，哭着埋怨："娶这个媳妇咋就这么不省心啊？"

赶到省人民医院时许文嘉的心绪已经平静了许多，小小的儿子已经没有呼吸，不及拳头大的小脸蛋，皮肤薄得透明，他小心翼翼地把儿子揞在胸口，第一次也是最后一次与儿子心贴着心。他没有觉得悲伤，也没有觉得恨，他明白，从这一刻起，他与任盈盈再也回不去了。

林秀萍边擦眼泪边劝他，"孩子都是天使。因为降临到我们家的这个天使太可爱太美好，所以上天舍不得他受这尘世的辛苦，又带走了他。文嘉，你和盈盈还年轻，很快的，会有另外一个天使降临。"

许文嘉一步一步走出去，穿过长长的甬道前往产科，到达任盈盈的病房后，他把孩子放在她的床边。

任盈盈却不敢去看,她知道她对不起这个孩子,她有些不敢面对他。

许文嘉淡淡地开了口:"看他最后一眼吧。我想,他很想问问你,为什么不珍惜他。"

任盈盈不寒而栗,她觉察到了许文嘉那无声的恨意。

尾随而来的任父任母也极度震惊,女婿此举太狠了一些,可是,没人开口责怪他。他们开始为女儿未来的生活担忧。

吴子琪彻底慌了,大年初一一早赶回家,家里却没有席慕凡的身影。她猜测他可能回新郑父母家过年了,可是,新郑公婆所住的乡村没通电话,她无法联系到关着机的他。试探着,她拨打大姐席家珍的电话。

响了很久后席家珍的声音才传过来,"谁呀?"

"我,子琪。"

席家珍瞥一眼正在发呆的席慕凡后走出病房,"哦,子琪,有事?!"

吴子琪有点不知道说什么,"年前给爸妈买了点东西,准备过两天捎回去。他们在老家吧?!"

提起此事席家珍就恨得牙痒痒,她知道吴子琪想问的是什么,她就是不往弟弟身上说,"不在老家在哪啊。"

吴子琪忍住难堪继续和席家珍"闲话家常","姐有没有什么需要的?"

席家珍冷冷一笑,"你就不用管我了,管好咱爸咱妈就行。还有事没有?没有我挂了。"

吴子琪只好问:"慕凡在老家吗?"

"不在啊。怎么了?"

"没事。我挂了。"吴子琪心里一紧,席慕凡不在新郑老家,他到底去哪了?

许文嘉处理完儿子的事后回到任家,他抽出柜底的那份借款协议后一点一点地撕成碎片。她不仁在先,也怪不得他不义了吧?!既然已经决定离婚,那么,该争取的他会一样不落。父母为了那套婚房遭受了那么多委屈,他不会因为一个不爱他的女人让父母继续委屈下去。

做这些事的时候他自认为自己很平静,也认为很合理。他觉得任盈盈应该为自己的所作所为付出代价,至于他的手段,最多也就是"正当防卫"。

离婚,唯一有争议的只会是房产。而这方面,他决定寸步不让,那个男人不是有钱吗?那么,那些欠款说不定就是那个男人的。什么借亲戚的,骗无知小儿的吧。

望着满地的碎片,再看看温馨不再的房间,他开始收拾自己的衣物。私人用品有用的也没几样,他一股脑儿扔进垃圾袋子里,然后,把地上的碎片一点一点捡起来全部冲进马桶里。做完他认为该做的一切后,他头也不回地离开任家。回到自己家,推开久违的卧室门,他对自己说:"所有的一切已经结束。从今天起,你是全新的你。"

Chapter 17　一夜情事

席慕凡决定和吴子琪谈谈。

焦急万分的吴子琪这才知道席慕凡竟然受伤住在医院里。匆忙带着女儿赶到医院，见到整条腿都打了石膏的他，她后悔不已，"慕凡，怎么不给我打电话？"

席青诺扑到床头抱住席慕凡，"妞妞好想爸爸，爸爸怎么了？"

席慕凡没接吴子琪的话，他只是含笑逗女儿，席青诺和他腻歪一阵子后注意力集中到他的石膏腿上。他有话对吴子琪说，因而，他让席家珍带女儿出外玩。

因为吴子琪对席家人的态度，席青诺对席家珍这个姑妈并不喜欢，小丫头根本不愿意跟着她。席慕凡只好说，他伤好后送小丫头一个新芭比娃娃，小丫头才满意地离开。

吴子琪已经意识到席慕凡所说的话题不会轻松，她决定先放低姿态求得原谅，"慕凡，这几天我想了很多。近两年我确实过分了一些，对你的关心也少了些，以后我会注意的。你也原谅我这一次。"

这是结婚以来吴子琪第一次这么郑重其事地道歉,但现在的席慕凡已不是以前的他,他急于知道他的婚姻是不是还有希望。他很想给任盈盈一个明确的许诺,或是答复。他知道自己的所作所为很不光明磊落,可是,他必须要有个选择,"我们心平气和地谈一谈。"

吴子琪意识到有点不妙,但她没能力改变什么,席慕凡一旦做了决定,任何人也改变不了什么,"好。"

"你觉得我们的婚姻还能继续下去吗?"

这不亚于一枚重型炸弹,吴子琪有点摸不着头脑,这次夫妻怄气虽然比之前的严重,但她根本没往离婚这个方向想,她也从来没有料到席慕凡居然会有问这话的一天。她怔了许久,才开口:"当然能。"

席慕凡苦笑,"你根本没有意识到我们之间出现了问题。而且,这个问题直到现在仍然没有解决,仍然是顽症。"

吴子琪自认为她听明白了他的意思,顿时,她尖锐起来了,"不就是子涛的事吗?是的,以前我们是因为他争吵了无数次,可现如今你已经放手不管,而且我也没有要求你再管他,这还是问题吗?"

听她声音渐高,席慕凡有点烦躁,"如果不能心平气和,我们今天便不要再谈。你带着妞妞回去吧。"

吴子琪一阵伤心,席慕凡居然不让她照顾他,什么时候他们之间变得这么生分了,她想宣泄她的委屈,她想掉头就走,可是,她明白,如今的席慕凡已不再给她随意任性的机会,她只好竭力压住满腔闷气,点点头说:"我们继续。"

席慕凡声音低沉,"女人生育之后会把全部精力用于孩子身上,作为这种女人的丈夫,即使觉得受到妻子冷落也会甘之如饴,会努力拼搏让妻儿过得幸福安康。你我都是传统的人,所以我们也未能免俗。但是,最近两年你变了,你让我觉得你离我很远,离女儿离我们的家都很远。你妈妈随便一个电话你就能咆哮着冲到公司找我,你弟弟的每一句牢骚你也能理解成很多意思,我和妞妞在你心中的分量越来越轻。你让我感觉我的拼搏我的奋斗没有丝毫价值,让我觉得我就是为你们吴家创造财富的一名长工,而且,是一名只能干活连一句话都不能说的长工。这种感觉让我很伤心,在你身上我越来越找不到体贴、温暖,我每时每刻都担心不知道什么时候你会突然发飙。我看不到我们未来的希望在哪里。"

吴子琪极度震惊,席慕凡竟然会有这种感觉,这和她的感觉南辕北辙。潜意识中,她想为自己辩解,可是,却不知道从何说起,她明白,他没有说错,可是,她真的不知道只想单独解母忧的行为居然伤他这么深,"对不起,我以后改,一定会改。"

席慕凡苦笑着摇摇头,"你要求我爱你的家人,要求我帮助你弟妹,难道只有你有家人?我的父母至今生活在偏僻的乡村,那里什么情况你不知道?自给自足,靠天吃饭,想买点肉都得跑到三公里之外的集市。知道我为什么帮助大姐吗?因为我知道你容不下我的父母,我希望越来越年迈的父母由她来照顾。我资助了大姐,可是,大姐生意成功后做的第一件事就是把本金还给了我。如今,大姐已经有能力在新郑生活,可是,想为父母置办一套房子这事你却千般阻挠。你确定你是真的爱我?"

这又是一个事实,一个让吴子琪无法为自己辩解的事实。是啊,自己怎么从来没有站在他的立场上想想,怎么可以这么漠然地对待他的父母呢?他是没有因为此事跟她吵过,可这并不代表他心里没有想法,自己确实太疏忽了。此时的吴子琪已经后悔万分,"我马上就会把东区的房子卖了,年后就给你爸妈买房子。"

其实,席慕凡心里也很难受,七年的朝夕相处,每每想到要与她不再生活在一个屋檐下,他心里很不是滋味,那是种割舍身体一部分的痛楚。可是,只要想到任盈盈苍白悲痛的脸,他就觉得有一只无形的手扼着他的脖子,让他无法呼吸,"我很不希望我们的家庭出现问题,也不希望青诺成为离异家庭的孩子,可是,继续维持这种生活我真的很痛苦。"

吴子琪彻底明白了他的意思,长达几年的外在矛盾已严重影响了他们的夫妻感情,他对他们目前的生活感觉到疲倦,感到绝望,他希望结束这种疲倦这种绝望。刹那间,她心如死灰,她不能想象没有他的生活,"你想怎么样?"

席慕凡静静盯着她,"暂时分开。"

"暂时?"

"我们双方都冷静冷静。"

指甲掐进肉里,吴子琪却没有觉得疼痛,她力求自己看起来平静,"如果我说同意离婚,你会怎么安排我和妞妞?"

席慕凡有点意外,"目前的两套房子全部归你,我净身出户。妞妞,如果你要就跟着你,如果你不想要,我要。另外,如果妞妞跟着你,公司每年分红的一半算是她的抚养费。"

听他说得条理清晰,吴子琪彻底绝望了,她明白了,冷静冷静只不过是个说辞,他早已决定离婚了。既然他已经不要她了,她又何必再做无谓的纠缠呢?于是,心里流着泪脸上却笑着的她说:"我同意,你出院了咱就去办手续。席总,现在从法律上说我还是你妻子,还是需要尽妻子义务的,不过,我知道你很注重心里的感觉,我还是遵从你的意见。"

席慕凡更意外了,这不是吴子琪的风格,他之所以提议冷静冷静就是害怕仓促之间做出的决定以后会后悔,更害怕吴子琪承受不了这种打击,他没有想到,吴子琪非但承受住了,甚至能从容地掌控局面。这么一来,他倒有些踌躇不定了,"子琪,我并没有必须离婚的意思。"

吴子琪浅浅地笑了，"我知道，所以我说等你出院后。席总，我觉得你还是喜欢被自己姐姐照顾，我这就带女儿回家，什么时候想女儿了打个电话给我，我送她过来。"说完，她没容席慕凡再说什么，直接掉头离开病房。

席慕凡有点回不过神来，他发现他真的越来越看不透吴子琪了。她居然这么爽快同意离婚，一点回旋余地都不留。他本来以为她会哭闹着不愿意。她的反应太奇怪了，突然之间，他很担心她。

许文嘉回到自己家后做的第一件事就是好好梳理心情，他要把心底里对任盈盈的那份爱彻底转化为恨。他从认识她的那一天开始回想，把每一件他自认为她做得出格的事情都列出来，然后不停地看、读、背她的这些罪状。终于，春节长假结束时，他觉得他已经十分恨她。于是，他找律师草拟离婚协议，当然，重点是财产分割。

而这些，刚刚出院的任盈盈并不知情。出院回到家她只是觉得卧室有点异样，检查后发现许文嘉的衣物已经被全部拿走。这事，她没有告诉父母。她不希望离婚路上再有父母的阻挠声音。

直到接到许文嘉邮递过来的离婚协议书时，她才愣了。她没有想到他会主动提出来，而且，协议条款这么离谱，他居然要分割刚买的房产。顿时，她怒了，抓起手机打过去，"离婚我同意。分割房产？你别做梦了，那房子你只能拿走你们家出的二十万元。"

电话那端的许文嘉冷笑，"怎么分自然不是你我说了算。如果你同意咱就痛快离婚，如果不同意，那咱们还是走法律程序吧。"

"你这个……"任盈盈发现他已经挂断电话，显然，他已经铁了心要这么离。气头上的她没有多想再次拨过去，可他直接掐掉了。

任盈盈赶紧找柜底的借款协议，她发现居然不翼而飞。她马上意识到事情的严重性，慌了神的她起身把离婚协议书交给了正看报纸的任旭军。

任旭军看过后叫出正在厨房做饭的林秀萍。

夫妻俩十分意外,他们不相信女婿竟然会这么做。林秀萍和女儿反应一样,抓起话机就要打许文嘉的手机,任旭军阻止住她后转而问任盈盈,"他态度怎么样?"

任盈盈实话实说,"很强硬。而且,我借的那些外债协议书被他拿走了。"

林秀萍也有点慌神,"真是什么样的圈养什么样的猪。前些日子我还庆幸许文嘉跟他娘不一样,没有想到骨子里一个德行。老任,怎么办?要不要咨询咨询律师?"

任旭军沉吟良久,"我们需要请一个专业律师。盈盈,你要联系借给你钱的那人,把他的那份协议复印一下,记得,在复印件上你们双方重新签字。"

任盈盈没敢耽搁,赶紧联系对方,对方答应得很爽快,可就在临挂断电话时,对方随口问了句这么重要的协议怎么弄丢了,任盈盈不是法盲,她知道如果协议成为一份证据时对方肯定要出庭作证,所以,她就把眼前难题粗略地叙述一下。她没有料到,对方知道后居然直接改口,他不同意为任盈盈复印,而且,也不会出庭为她作证。对方不愿意说缘由,而且自此之后不再接听她的电话。

任盈盈很为难,她不愿意主动给席慕凡打电话,她不希望在他未做决定前影响他,她希望他所做的决定是心甘情愿的。如果选择她只有他爱她这一个理由,她不希望将来生活在她身边的男人只是因为愧疚。

可是,眼前的事也不容耽搁。见她这边迟迟没有回信,林秀萍坐不住了,"盈盈,那边是不是有什么事?"

任盈盈知道那边是什么意思。她也知道母亲早已怀疑住在医院里让她担忧的男人是席慕凡，母亲之所以没问出口，那是因为母亲说不出口。女儿婚内恋上已婚男人，这让一辈子心高气傲的母亲颜面无存。她知道自己是个不让人省心的女儿，可是，却阻挡不住事态的发展。

"那边不想沾上官司，你也知道，他的钱肯定来历不正。"任盈盈无奈地说。

林秀萍默默流泪，"应该让你们贷银行的。"

任盈盈已经在心里盘算过了，如果那边不作证，那些借款确实说不清楚。如果按许文嘉的要求分割，卖掉房子后两个人一人一半，那么，归还那边的钱只能由父母那二十万元中出，那就意味着，把父母一辈子攒的辛苦钱白白送给了许家。她不希望这种情况发生，她必须要知道婚姻双方如果有一人是过错方，过错方在财产分割中是不是比较被动。所以，她没有心思安慰母亲，也没有心思在家待，她急需找律师。

林秀萍却不让她出门，"你这是坐月子呢，你不能出门。"

任盈盈根本不听。

一直在沉思的任旭军冷喝一声，"能不能让耳根子清净会?!"

任盈盈说道："爸爸，对不起。"

任旭军轻叹一声后起身走到她面前，"孩子，人生之中每个选择都应该慎重。已经错了一次，不要再错第二次。文嘉是有不对的地方，可也要找找自己的原因。没有哪个男人愿意让自己的妻子心里想着别的男人。"

任盈盈有点无地自容，"我只是想出去找个律师。"

任旭军揽住她的肩头，"孩子，这些事爸爸去办。你好好养好身子。"

任盈盈一直强忍着的泪终于滑下。林秀萍也走上前，轻拍她的背,"想哭就哭吧。感情的事虽然最勉强不得,可也应该知道什么该取什么该舍。宝贝闺女,吃一堑长一智,你爸说的没错,慎重对待你人生中的每一个选择,对自己负责,也对你爱的人负责。"

任盈盈放声大哭。

席慕凡很担忧吴子琪的状态,因为那天之后她没再给他打过一次电话。虽然知道女儿跟着她,她不会出什么事,可是,心里还是有股子说不清楚的情绪,于是,他每天傍晚都给她打电话。理由很简单,他要和女儿说说话。电话中,吴子琪的声音情绪都没有任何异样,但越是这样他心里越不安。

正好,春节过后席家珍要赶回新郑做生意,席慕凡便和大夫商量回家休养。已经不需要滴液消炎,躺在医院治疗的意义确实不是太大,医生自然同意他的要求。

他交代席家珍回老家不要向母亲提任盈盈的事,席家珍不以为然,她心里有自己的小九九,"我知道分寸。不过,话说回来,吴子琪可真不咋地。这些年,她关心过咱妈吗?"

"姐——"席慕凡拖长声音,"我够烦的了,你就别添乱了。"

席家珍轻哼一声,"她不是不愿意辞职生二胎吗?!正好,她不生有人生。对了,慕凡,那个孩子怎么样了?"

提起任盈盈的孩子,席慕凡心头一窒,"你赶快回去吧。我马上就出院。"

席家珍骂一句"忘恩负义"后提着茶壶往外走,"我现在不能走,什么时候你回家安顿好了我才能放心。"

席家珍的身影刚消失在门外,正准备躺回床上的席慕凡接到了一个电话。两人说了很久,挂断电话后席慕凡陷入沉思。

那个男人不但提出离婚,而且藏起借款协议,怎么能以这种卑劣的手段对待曾经深爱过的女人?这根本不是爷们做的事,太无耻了。任盈盈该怎么办?该怎么应付这几十万元的欠债?朋友已经明言不会出庭作证,如果法庭传唤,即便不要这些欠款朋友也不会对外承认有这笔钱。他明白朋友的意思,也知道朋友的难处,他当场表示会还朋友这笔钱,当然,也表示这个案子不会牵连到朋友。

目前,只有一个方法能暂时应付,只是,他不知道任盈盈愿意不愿意。但是,他还是不假思索地给她打了电话,"是我,慕凡。"

"哦。"

他听得出任盈盈情绪很低落,很自然的,他心里有点难受,"我朋友刚给我打了电话,他说他不想牵连到你的案子中,你也知道他的那些钱不能见光。"

"他已经告诉我了。"

"你准备怎么办?"

任盈盈鼻头有点酸,声音自然有点哽咽,"我也不知道。如果他不帮忙,卖掉房子后我只能用我爸妈的那部分钱付给许文嘉。"

席慕凡柔声安慰她,"别哭了,我有个想法想和你商量一下。"

任盈盈的眼泪扑簌扑簌地往下落,"你说。"

"我们之间重新签一份借款协议。当然,这份协议你拿着,需要作证时你再给我。"

任盈盈有自己的担心,"万一他拿出原先的那一份呢?"

"他既然想用这种方法,那他肯定不会拿出原先那份,那不是自打耳光吗?只是,这份协议是白签的,你自己考虑考虑。"

"我信得过你。只是我家人现在不让我出门。"

席慕凡声音更温和,"没关系,你起草后发到我邮箱,我签过字后快递给你。这些协议放在你那里,案子结束后你销毁就行了。"

"我有点担心。"

席慕凡知道她担心什么,"这是民事官司,即便查出是伪证也不会承担什么责任,没事的。"

任盈盈还是哭出了声,"慕凡,我真的好想见你。"

席慕凡心里有点难受,如果没有这件意外的事,他原本也是想解决好与吴子琪之间的婚姻关系之后再和任盈盈联系。无论是接纳还是拒绝,一锤定音,绝不拖拉。可眼前这情形根本不容他再理性地分析,"盈盈,她同意离婚。"

"真的?!"任盈盈有点不相信自己的耳朵,她没有想到席吴两人离婚这么顺利。

"慕凡,你再说一遍。"

"她同意离婚。"

"太好了。什么时候办手续?"

"我想再等等。她的状态很异常。"

巨大的幸福冲击着任盈盈的每一根神经,"慕凡,我觉得好幸福。"

席慕凡觉得自己应该跟她一样高兴,可是,他就是高兴不起来,这种感觉很奇怪,"这世界上我只对不起两个人,一个是你,一个是她。"

任盈盈愣神间,他已挂断了电话。挂断电话前,她依稀听到了他的一声轻叹。

出院后李晓琼才知道儿子回来住了。不见儿媳踪影,她猜测或许是因为孩子流产的事小夫妻闹了别扭。她没太在意,夫妻间床头吵架床尾和,没什么大不了的。

元宵节过了,草青了,树绿了,儿媳既没有回来住,儿子也没有去岳母家住,李晓琼终于感觉到事情很不正常。她追问夜夜晚归的儿子，儿子却根本不接她的话茬。

于是，坐不住的许氏夫妻俩提着一篮子水果去了任家，从来就没有和谐过的亲家破天荒地和谐了。两对夫妻客客气气地坐下来谈天说地，最终，还是李晓琼按捺不住先说到正题，"亲家，文嘉、盈盈都年轻，心性跟俩大孩子没啥两样。文嘉有啥不对的地方你们多包涵。"

林秀萍吃不准李晓琼的意思，"文嘉没告诉你原因？"

林秀萍这么一说，李晓琼更加肯定是儿子做了出格的事，所以，她的语调也就更谦恭，"那孩子不喜欢讲心里话，他心里的事我问都问不出来。"

其实，林秀萍一直怀疑执意对半分割房产是李晓琼的主意，内心里，她曾狠狠骂过李晓琼。可是，出乎她的意料，李晓琼居然不知道小夫妻俩要离婚的事，她内心升起一丝希望，她很希望借助李晓琼让许文嘉打消那个主意。对女婿她很失望，她也十分不希望女儿再与他生活下去，可是，她希望能暂时稳住他，只要能顺利把房子卖了，然后还给许家二十万元就好了。所以，她敛去脸上的寒霜换上微笑，"亲家，小夫妻俩因为孩子闹了别扭，文嘉心里有些不痛快。"

李晓琼以为自己所料不差，况且，一直高高在上的林秀萍自她住院起一天比一天和善，老太太心里的感动就有些压抑不住了，"这孩子真不懂事，孩子流了盈盈心里更不好受。我回家说说他。"

就这么客套一阵子之后，许氏夫妻离开了任家。

吴子琪整夜失眠，精神一天比一天委靡。工作上出错过几次后，领导委婉地劝她暂时休假，调整状态。

到家后的席慕凡惊呆了。前后不过十天工夫，她竟然变了个人似的，瘦了整整一圈，原先明亮的一双大眼睛深深陷在眼窝里。

四目相望，她问："要不要我暂时出去住？"

席慕凡觉得心里很难过，七年的共同生活，她就像他身体的一部分，平常不觉得怎么样，一旦出现状况就浑身不舒服。就如现在，他回来了，她居然问他她要不要回避，这让他感觉很不舒坦。他想告诉她，他不希望她离开，可是，话到嘴边时脑海里任盈盈的影子一闪而过。

见他不语，她浅浅一笑，"晚上我接妞妞时为她请个假。我们明天就离开。"

"你们去哪？"

"是啊，我们去哪呢？"吴子琪略显呆滞的目光中有些迷茫。

看在席慕凡眼中，他觉得心里像突然被插了把刀进去，疼得全身哆嗦。

吴子琪侧头想了会儿，笑了，"我们回新郑吧。我们也只能回那了。"

"琪琪，不要走。"

吴子琪的反应有些迟钝。

席家珍也觉察到了弟媳的不正常，但她没往深想，"子琪，你走了谁来照顾慕凡。做人别太过分。"

吴子琪混沌的脑子清醒了些，她看向席慕凡，"我遵从你的意愿。你需要我伺候吗？"

席慕凡重重地点点头。然后，他对席家珍说："姐，我这边有子琪，你赶快回去吧。"

席家珍冷冷扫一眼吴子琪后转身而去。

听到身后房门关闭声，席慕凡问她："琪琪，你多久没睡了？"

这时候吴子琪已经正常了许多，"也没多久。你要不要喝些什么？"

席慕凡很坚持，"先不要管我，你去睡会。"

吴子琪很听话地进了卧室，躺在床上，她很疲惫，也很想好好睡一觉，可是，她就是睡不着。眼睛干涩得难受，身子也像裹了层盔甲，人已不受思想的控制。

许文嘉的思想发生了天翻地覆的变化。他不再抗拒女强人的各种邀请，他甚至开始用心琢磨女强人的喜好，讨她欢心。

他认为与任盈盈的婚姻之所以走到今天这种地步，原因只有一个，他的经济基础太薄弱了，而现今社会的女人都太物质了。人，不能在同一个地方摔倒两次，既然勤奋并不能换来等价的劳动成果，他只有另辟捷径，用自己的这身好皮囊换取银子了。有了银子还怕没有好女人吗？

当然，这些心理变化只有他自己知道。他小心翼翼地掩饰着自己的真正情绪，他明白，过分热情会让女强人很快厌烦，他的目的不只是每个月两万元钱的"辛苦费"。他希望顺利得到郑东新区的分部经理位置。

显然，他的用心确实带来了一定效果。在公司里，他成了女强人身边的第一红人。女强人对他越来越满意。

因而，许文嘉成了国际饭店的常客。女强人的常包房成了他的半个家，他可以随意出入。这天，中午陪客人应酬后，半醉的许文嘉与女强人再次去了酒店。

鸳鸯浴后，许文嘉拥被欲睡，女强人却从包里掏出一粒药丸。

许文嘉强忍着睡意，"我根本不需要这种药。"

女强人笑着贴到他胸前，"听说药效不错，咱试一次。"

许文嘉笑着翻身压到她身上，"不用试。"

女强人笑着推开他，然后伸手拿起床头的酒杯，喝一口，然后把药硬塞到许文嘉的口中，用口中的酒帮他咽下去。

药很快起作用，许文嘉觉得浑身有使不完的劲。很久后，他才一头栽到床上沉沉睡去。

任盈盈静静站在电梯口等待着。她一直想找机会和许文嘉谈谈，可是，他不给她见面的机会。没有办法，她只好找到他公司。可是，整整四天，他都没在公司出现。从他同事们闪烁的目光中她明白了一些事，所以，她开始在国际饭店守株待兔。

学校实行坐班制，她已不能像上学期那样上完自己的课就离开。

今天，她终于看到了许文嘉的身影。但当她从马路对面赶过来时，许文嘉和那个女人已经进了房间。

三个小时后，她终于等来了机会。她看到酒店餐车停在那间房前，幸好地毯没什么声音，而餐车服务生也想不到居然会有人尾随他进入客人房间。

虽然有心理准备，可任盈盈依然被眼前的一幕惊呆了。

许文嘉身上只圈了条浴巾，床上那女人露出的肩膀是裸的。

见到眼睛瞪圆的任盈盈的那瞬间，许文嘉心里很慌乱，说实话，他已经明白虽然自己一直强逼着自己恨她，可是，他发现恨得越深想念也就越发强烈。他发现，他根本忘不掉她。

女强人目光扫了一圈，看向许文嘉，"带她出去解决私事。"

许文嘉强压着心头的不安点点头，"盈盈，有话出去说。"

任盈盈这才回过神来，她飞快掏出手机拍了几张照，在许文嘉与女强人呆愣间她已冲出房间。她知道，她已经不需要再与许文嘉沟通了，有了这些照片，谁都会明白哪个人才是婚姻过错方。

许文嘉往身上套衣服时，女强人气呼呼地说："她敢把照片泄露出去，我找人废了她！"

许文嘉赶紧解释："你放心吧，她不会的。她拍这些只想离婚分割财产时威胁我。"

女强人抄起被子盖着肩膀,"希望如你所说。"

许文嘉不敢再耽搁,他边往外跑边拨打任盈盈的手机。直到现在,他还不知道任盈盈早已换了手机号,他不可能联系得上她。

任盈盈拒绝与他交谈。没有办法,他只有在下班的路上截了她,并不由分说抱起她就往出租车里塞,任盈盈大声呼喊,可许文嘉却对路人说:"她是我老婆。"

就这样,任盈盈被许文嘉带回了许家。

李晓琼也由此知道了被她"教育"过的儿子虽然说回任家居住,但其实并不是那么回事。从小夫妻俩的争执中,老太太明白了事态的严重。她给许兵打过电话后,拿出家里的备用钥匙打开了被儿子锁着的卧室,"盈盈,到底怎么回事?"

任盈盈没有接话,她直接调出手机里的照片。

李晓琼大惊之后是大怒。她狠狠扇了儿子一耳光,"你这个不成器的东西,还不给盈盈跪下?!"

许文嘉被母亲这一巴掌打懵了,懵过之后也恼了,"妈,你别只指责我。你知道不知道你大孙子是怎么没的?"

李晓琼颤着声问:"怎么没的?"

许文嘉怒指着任盈盈,恨恨地说:"她去幽会野男人时从楼梯上摔下来摔的。因为房子的事我一直觉得对不起她,所以无论什么事都顺着她,即便亲眼看到她亲吻那野男人我也装作没看到,我希望我的装聋作哑能让她及时醒悟,没有想到,她不仅不收敛,还越发不要脸。我没向任何人提起这件事,并不是我愿意戴绿帽子,我只是不想丢人。"

李晓琼彻底震惊了。她消化不了这个事实,儿子儿媳统统有了外遇。她是传统的女人,认为一旦结婚就是一辈子的事。直觉上,她仍然想撮合他们，"两人都有错就别相互计较了。"

泪流满面却不想开口解释的任盈盈起身就要往外走。

许文嘉一闪身挡在她面前，"手机给我。"

任盈盈冷冷一笑，"我早已另存到其他硬盘上，给你也没用。"

许文嘉觉得一股凉意从脊背蹿起，"你最好删了，别怪我没提醒你。她说了，照片如果泄露，她会找人废了你……你们全家。"

任盈盈直视着他的眼睛，"只要你答应我的条件，我自然会全部删除。"

许文嘉知道她的条件，他直接拒绝了，"离婚协议我不会改。她的话我已经对你转述过了，出了事你别后悔。"

李晓琼听明白了，两人是真不打算往下过了，瞬间工夫，她就把自家人与外人分清楚了，"离婚也行，把房钱还给俺家。"

"我家从来没说过不还，是许文嘉太过分了，他要房款的一半。那房子你们家出了多少钱你们家里人心里有数。"任盈盈决定和李晓琼说清楚，她心里有个主意，这是她刚刚想出来的，"我给你们两天时间考虑。如果同意，我们家马上卖掉房子还你们钱。如果不同意，这院子里的每户居民都会收到这几张照片。"

李晓琼其实也想要房款的一半。既然已经不是亲人，她要把卖老房亏掉的那部分钱要回来，但任盈盈后面那番话吓到了她。照片中的儿子只裹了条小小的浴巾，而且床上那女人一看就是老女人，出卖色相陪女人这种事太糟蹋儿子的名声。因而，一时之间她有点不知道该说什么好。还好，许兵及时赶了回来，知道事情来龙去脉后，老人家脸一唬开始说难听的话，"过不下去就好聚好散。看看你们办的什么事。盈盈，告诉你父母，把我们家二十万元还回来后我们同意离婚。"

任盈盈点点头后决定离开。走到门口时，许兵又说："不过，你要向文嘉写份文字说明。如果因为照片泄露影响到文嘉声誉,你会负全部法律责任。"

任盈盈没有犹豫地直接答应。

Chapter 18　因为爱情

席青诺从幼儿园回来后,一家人吃了顿久违的团圆饭。席间,在席慕凡的刻意诱导下,吴子琪的脸上终于有了笑容。

破天荒地,陪女儿睡时她居然跟着睡着了。

如果不是客厅有手机铃声响起,她想她会一觉睡到天亮。

是席慕凡的手机。书房的门紧闭着,她猜测他已经睡了。不想打扰他,她想告诉对方,明天再打来。可是,接通后,她听到了一个熟悉的声音。

是任盈盈,她说的是,"慕凡,我明天就能去办离婚手续。"

头顶上犹如一颗响雷炸开,吴子琪不是没有怀疑过任盈盈,但她相信席慕凡,她以为辞退了任盈盈就不会有事。她没有料到,她估计错了,大错特错。

"慕凡,你高兴吗?"

吴子琪没有接话,她走过去推开书房门叫醒了他。

席慕凡把手机放在耳边,任盈盈略显担忧的问话再度传来,"慕凡，你不高兴?!"

妻子还在身边，而且听得聚精会神，不清楚前面两个女人之间都说了什么的席慕凡有点不知道该说什么好，"我已经睡了，有事明天再说。"

电话那边的任盈盈有点回过了味，"刚才不是你接的?"

"嗯。"

席慕凡声未落，任盈盈已经挂断电话，那是下意识的动作，那感觉类似于正偷别家果园里的果子时被人发现了。

席慕凡把手机放在床头柜上。

吴子琪仍然没有走的意思，这时候，她有些明白夫妻冷战时他为什么这么异常了，原来是心里装进了别的女人。

"多久了?"吴子琪冷冷地问。

既然吴子琪已经知道有任盈盈的存在，而且，她有些误会，席慕凡觉得有必要对她说清楚，"直到现在，我们之间仍然是清白的。"

"她为了你而离婚?"

席慕凡摇头，"她说过，没有我她仍然会选择离婚。"

吴子琪的笑容十分苦涩，"你提出离婚有她的因素吧?!"

席慕凡没办法否定，"我欠她很多。"

"你欠她?"

"因为我，她失去了她的孩子。"

震惊的吴子琪满脸疑问。

席慕凡的拳头慢慢收紧，"我出车祸后，交警一直联系不上你，但却联系上了她。"

除夕那天下午因为心情愤懑关了机，没有想到会有这么严重的后果。吴子琪后悔不迭却没有一丝机会去挽回。她知道他的个性，无论他爱不爱任盈盈，只要他欠任盈盈的，他必定想办法把这个亏欠补上。况且，他以前就对任盈盈很有好感。似乎现在的他也是喜欢任盈盈的。

见妻子自顾自地发呆，席慕凡心里又开始不安。

吴子琪仍然在剖析自己，她认识到了近三年里她确实太忽略他的感受了，公司发展得越好，她心里的那股恐惧就越强烈。她担忧他会看上比她漂亮的年轻女人，可这些她无法说出口，她只好向他提一个又一个的要求，借以估量她在他心目中的地位，殊不知，这么做却适得其反，把他逼离了她。责任在她，怪不得任何人。她也不想再做无谓的纠缠，爱他，就给他自由吧！这样是正确的选择吧？可是，女儿怎么办？跟着她，她担忧她这种不健康的心态会影响女儿健康成长，跟着他，让女儿叫另外一个女人为妈妈？不行，绝对不行。在这个世界上，女儿只能叫她一个人妈妈。怎么办？放弃了席慕凡，她根本不知道自己有没有活下来的勇气。但女儿怎么办？

"子琪。"

沉溺于自己情绪里的吴子琪这才回过神来，"我回我屋，你睡吧。"

望着她仓促离开书房的背影，席慕凡心里很不是滋味。他不知道任盈盈会这时候打电话过来，实话说，他不想吴子琪知道他感情上背叛了她，他知道，这对于她来说是一个很沉重的打击。可是，人算不如天算，有些事是无法避免的，既然无法避免，那么，就顺着事态的发展往下走吧。生活中的感情，顺应了心才是正确的。这与工作中的想方设法求取利益不是一码事。

吴子琪泪如泉涌，她边回想着过往的点滴边悔恨自责，特别是在医院中席慕凡的责备像一根针一样扎进她的心里。是啊，他也是有父母兄姐的，一味要求他帮助自己的父母弟妹时，为什么从来没有易位思考过？至今，公婆还生活在通信设备不发达的偏远乡村，席慕凡的心里该有多难受，有一点他说的没错，爱屋及乌，她确实没做到这一点。这时候，她才意识到自己一直记恨着当年寒酸的婚礼是多么傻，即便拥有一场人人羡慕的婚礼又能怎么样，只要走进婚姻的两个人是相爱的，这已经足够了。

对，离婚前把这个错误弥补了。

就这么自责着，剖析着，终于在凌晨时分她睡着了。

因为卖得仓促，房子还亏了两万元。即使是这样，任家也觉得万分庆幸。通过银行转账把二十万元打到许文嘉的账户，任盈盈终于等来了办理离婚的日子。

任许两家全部出动，自然，两家谁也不答理谁。

工作人员似乎见惯了这种场面，丝毫不觉尴尬，"结婚证缺男方那一本。"

任盈盈一听就急了，盯着许文嘉嚷："赶快拿出来啊。"

许文嘉慢吞吞地把包翻了个底朝天，然后对工作人员说："忘记带了。"

"下次记得带齐，这不耽误事吗？"工作人员一脸不耐烦地对两人说完后扬起脖子对门外喊，"下一对进来。"

任盈盈认为许文嘉是故意的，还没走出房门她就开始怒斥他："你什么意思？"

许文嘉懒洋洋地看她一眼，"刚不是说了吗，忘记带了。"

"我不管什么原因，你现在马上赶回家拿，我在这里等着。"

"对不起。我公司里还有急事。改天咱们再约时间。"

任盈盈被他这种无赖的做法逼哭了，等候在外的林秀萍慌忙走上前问："怎么回事？"

任盈盈指着许文嘉，哭着说："他没带他的那本结婚证。我让他回家拿,他居然说他还有其他事。"

林秀萍也觉得有点不妙,她拦在许文嘉面前,"既然已经请了假,还是今天办完了吧。"

李晓琼一看任家母女围着儿子,心里也不乐意了,"自然是工作上的事重要。你们放心,我们许家不稀罕勾引野男人的破鞋。"

一辈子生活在象牙塔的林秀萍哪听过这种难听的话,而且,说的对象还是自己的女儿,"你说谁呢?"

顿时,两位母亲开始掐起来。结果很明显,林秀萍自然比不上李晓琼,有些不太好听的字眼她说不出口,可是,李晓琼却张口就来。唇枪舌剑几分钟后,林秀萍败下阵来。李晓琼正沾沾自喜时,许兵开口了,"文嘉回家去拿。我们都在这里等。好聚好散,吵什么吵。"

李晓琼正骂得兴起,一时有点收不住,"要不是那扫帚星,咱家哪会卖老房子,如果不卖老房子,咱家马上就能领到新房的钥匙了。"

许兵脸一沉,"当我的话是放屁呢?"

李晓琼这才住口。许文嘉虽然不情愿,却不敢逆父亲的意思。

吴子琪把席慕凡安顿好了后就上网查看自己的卖房信息,跟帖的人很多,但出价理想的没有多少人。她很焦急,她希望离婚之前能把公婆的房买下来。

还好,十天后一个很理想的买家出现了。谈妥后,她发现她居然纯赚将近三十万元。于是,她打电话约来了席家珍后安心去新郑了。考察比对楼盘,把利于老年人生活的想法全部考虑进去,然后用自己的名字全款买了下来。之所以这么做,她有自己的考虑,她希望公婆百年之后这套房子归女儿席青诺所有,这时候,她已经决定了自己未来的归宿,她希望为女儿的以后做一些安排。

买房手续全部办妥后,她开始跑建材市场。已经成功装修过一套房子的她很有经验,从设计到施工,事无巨细,整整一个月,终于完工。挨个房间最后一遍检查完后,她终于放心地离开新郑回到郑州。走进家门,身心俱疲的她直接走进卧室摔倒在床上,昏睡过去。

不明就里的席家珍站在客厅就骂开了,"不想照顾自己丈夫早点离啊。赶紧把位置腾出来,让想照顾的人照顾。别占着茅坑不拉屎。"

席慕凡从书房推着轮椅快速出来,"姐,你干什么啊?"

"我说错了?!"

"姐,我们俩的事你就别掺和了。我们自己解决。"

"嫌我掺和你们了?我走。"席家珍很不满意弟弟仍然护着弟媳的做法,"告诉她,下午按时接妞妞。"

见姐姐要走,席慕凡轻轻一叹:"姐,你明明知道我不是让你走的意思。"

"那你还护着她。"

"姐——"席慕凡很无奈地拖长声音,"我马上要去公司一趟。妞妞还是你去接吧。"

席慕凡已能拄拐慢走,这些日子常去公司,席家珍已经不再担忧他。送弟弟出门后,她回到客厅默坐了会儿还是有点忍不住,于是,走过去打开主卧,却见吴子琪呼呼大睡。顿时,她的怒火再度高涨,她高声叫:"子琪。"

吴子琪睡得很沉。

席家珍三步并作两步地走到床边拉开被子,声音再度提高,"吴子琪。"

吴子琪终于醒来,望着眼前怒气冲天的大姑子,她有点迷茫,"有事?"

席家珍不可置信地盯着吴子琪,"把撞伤的丈夫和正在上学的女儿丢在家里一个月,你居然还问我有事没事。吴子琪,难怪慕凡会看上别的女人。"

吴子琪有点意外,席家珍居然也知道任盈盈的存在。

席家珍没有住口的意思,既然弟弟已经决定了离婚,那么,她就要把压了七年的不满全部发泄出来,为父母讨个说法,也为自己出口气,"这么多年来,你关心过……赶紧离吧,别再耗了,看在慕凡这些年对你对你家都很好的分上,可怜可怜他,总不能让孩子连户口都报不上吧。"

前面的那些吴子琪从席慕凡口中已经听过,她听得不是太仔细,只是,最后那句她听得不是太明白,"什么孩子?"

席家珍见吴子琪没有恼,她觉得吴子琪能听得进话,她决定动之以情,晓之以理,"听说是个男孩,已经生了。"

吴子琪还是没有听明白,"你是说任盈盈的那个孩子?"

席家珍自弟弟口中听说过这个名字,见弟媳又知道这件事,她心底那丝顾虑也就消失了,"嗯,早产。"

这对吴子琪来说无异于晴天霹雳,任盈盈怀的居然是席慕凡的孩子,难道说他们早就相识,任盈盈之所以来她家教琴,那是早就计划好了的?她很想打吴子妍的电话求证,问问吴子妍与任盈盈到底是什么样的关系,她想知道任盈盈是不是别有用心接近吴子妍的。可是,转念一想,即便真是那样,又能怎么样呢?心里既然已经有了决定,是与不是又有什么关系呢?只是,心底的疼痛一次一次袭向全身的神经,吴子琪彻底崩溃了。在知道席慕凡有离婚的念头时,在知道有任盈盈的存在时,她都没有像此刻这么伤悲。这种被欺瞒的感觉让她痛苦不堪,她觉得泪已经快涌出眼帘,苦苦压下后她轻声对席家珍说:"姐,我这边没问题,可以随时办离婚手续。"

席家珍喜出望外,她没有料到事情这么顺利,"子琪,夫妻做不成可以做朋友嘛。"

吴子琪努力挤出一丝笑后说:"姐,我想安静会儿。"

席家珍咽下未说完的话离去。卧室门合上的那瞬间,吴子琪的泪倾泻而出,如果说之前的选择她心底还有丝犹豫有丝挣扎的话,那么,席家珍的这席话无疑成功堵死了她所有的路。

她明白,她必须尽快离婚,然后早日离开这让她悲痛欲绝的世界。

席慕凡陷入前所未有的苦恼中,离婚后的任盈盈一天比一天热情,一会儿一个电话,隔三差五约他外出见面,这么一来,原先那种渴望却不可得的被需要被宠爱一下子变成了负担。于是,他开始有选择时段地关机,借以躲避任盈盈无微不至的关怀。任盈盈发觉之后沉默了一阵子,这么一来,席慕凡又在心底里开始鄙视自己,怎么可以这样冷落身心均受过重创的她呢?就这样,在席慕凡的迷茫苦恼与歉疚自责这两种心理状态循环下,两人的关系变得敏感而奇妙。

任盈盈再度苦恼起来,即使和席慕凡在一起也时常流露出彷徨忐忑的情绪,她开始小心翼翼地说话行事。对此,席慕凡在心底里骂自己自私,他对自己说,无论结果如何他应该去尝试和任盈盈进一步的发展,他应该用心地去经营他人生的第二段感情。在这种心理作用下,席慕凡与任盈盈的感情路相对平稳了许多。直到他收到一封快递,打开后首先映入他眼帘的是一份房产公证,然后是一封绝笔信。

五雷轰顶,吴子琪居然选择了这么一条不归路。他顾不得考虑她为什么要做这个公证,又是什么时候为他父母买了套房,他唯一想知道的是,吴子琪现在在什么地方,现在的她是不是已经做了傻事。

他疯了似的找她。

家里没有,她单位没有,吴子妍学校的公寓同样没有,致电新郑吴家回复也说没见她的踪影。

吴子琪信中字里行间的那份绝望狠狠地撞击着他身体的每根神经。

她说，慕凡，我从来没有想到有一天我必须和你分开。你知道吗？从决定嫁给你的那刻起，我就对自己说，从今以后，我就是你最亲近的人，是你生命中最重要的那部分。

她说，慕凡，妞妞一天一天长大，我心里的恐惧却一天一天膨胀。花无百日红，青春不再的我皮肤开始变粗糙，眼袋开始变大，眼角的鱼尾纹也越来越多，而立之年的你却玉树临风，岁月不仅没在你身上刻下印记，相反，事业成功的你却越来越有男人味。我不安，我彷徨，但却完全没有办法。慢慢地，我开始想知道我在你心里到底还有没有地位，但是，我的选择很愚蠢，我没有想到这么做却把你推离了我。

她说，慕凡，请允许我再自私一次，我真的真的不想与你离婚。我知道对于我一拖再拖推迟离婚时间，你没有催促，那是因为你是豁达大度的真男人，你不忍也不想催促我。其实，我很想就这么厚脸皮下去，最起码，我和你还生活在一个屋檐下，可是，我知道，我不能再利用你的宽容拖着你。选择离开，也是爱你的一种表现吧。

她说，我在新郑为咱妈买了套适合老年人居住的房子，这也算我迟到的歉意吧。

她说，再娶后请让她善待妞妞。

她说，来生我一定不会再这么做……

时间一分一秒过后，席慕凡心底的恐惧已经无法用言语来形容。他选择了报警，他希望扩大寻找面。

最后，他驱车赶往母校，那是他最后的希望。正是上课时间，学校内几乎没什么行人，他一眼就看到了她。

远远望去，坐在青青杨柳树下仰望半空的吴子琪一如多年前他第一次见到她时,那么安静,那么美好,美好得如一幅画。

他惶恐不安的心这才平静下来,只要没出事就好。

这时候,他才意识到他是不能失去她的。如她所说的那样,她也早已镌刻到他的生命当中了,她也是他最亲近的人,虽然激情不再,虽然爱情转变为亲情,可是,早已成为一体的他们谁也无法离开谁。

他静静地望着她,她静静地望着半空。他与她也仿若成为了画中人。

就这么静止几分钟后,他终于发现了异状。他发觉她的身子似乎倾斜了一点,他觉得她的那种姿势正常人很难坚持得住。

顿时,惊惧再度直袭心头,他快速跑过去,"子琪。"

吴子琪面上没有痛苦之色,嘴角却挂着些异样的白色泡沫。她手脚已经微凉,已经不能再开口说话。

"琪琪,不要吓我。"席慕凡边叫边抱着她往外跑,"琪琪,听见了回答我。是我不好,我鬼迷心窍了,我知道错了,不要离开我和妞妞。"

与此同时,任盈盈也正捏着手中的信发呆。信是吴子琪快递来的,内容很简单,只有一句话:如果爱慕凡,请善待妞妞。如果容不下妞妞,就把她送到奶奶家。

这是什么意思,同意离婚,但是不愿意要孩子?这似乎不是吴子琪的性格。

难道说……她不敢往下想。她掏出手机就拨席慕凡的号码,可是,他根本不接。

她心底有些害怕,她是喜欢席慕凡,但是,如果执意和他在一起的代价是吴子琪的一条命,她认为,她和他永远不会幸福。所以,她把信塞进抽屉就去找吴子妍。

吴子妍已经知道姐姐自杀的消息，半个小时前已经赶往了医院。

因而，任盈盈知道消息已经是两天后。在得知吴子琪虽然抢救过来，但因吞食的药物量太大还需要进一步治疗时，她依稀觉得，她与席慕凡已不太可能还有未来。

对此，她什么也做不了。她能做的只有等，等席慕凡亲口给她宣判结果。

相比任盈盈，许文嘉这阵子可谓春风得意。虽然每次想起那段感情心里还是揪得难受，但工作上的顺风顺水到底还是洗去不少失意。在公司里，他成了女强人的声音，女强人外出的时候，一些中层领导甚至来询问他下一步的工作方向。对此，他不再遮遮掩掩畏首畏尾。

这是常常跟随女强人外出的结果，她的圈子很多男女关系都是暧昧不清的。

他知道，公司里原来比较谈得来的同事们已经不愿意再与他亲近，心里虽然有些怅然若失，但他很快就调整过来了。他有自己的追求目标，新郑新区分公司经理位置到手后，他会努力拼搏几年，等挣到第一桶金，他就要彻底离开这个公司，避开这个行业，他要重新开始。

他也明白，只靠和女强人维持男女关系，那是不长久的。因而，在工作上他对自己毫不放松，他把陪伴女强人之外的所有时间用于钻研业务上。他力求他经手的每项工作都尽善尽美，他是这么想的，也是这么做的。女强人越来越信任他。

吴家的人赶到医院后全体声讨席慕凡，吴子涛甚至借机狠狠地揍了他两拳。席慕凡没有丝毫埋怨，他默默地承受下来。他很细心地照顾着吴子琪，直到她苏醒有了自己的意识，他一直提着的心才落下。

他说:"对不起。"

吴子琪答非所问:"怎么想到去学校找我?"

席慕凡紧紧地握着她的手,"那是我第一次见到你的地方。"

刹那间,吴子琪泪流满面,"我以为你不记得了。"

席慕凡眼角也有点湿润,声音略显哽咽,"失去过才知道珍惜。琪琪,以后不要再做傻事。"

吴子琪心里虽有疑虑,但仍然点了点头。

席慕凡站起身,"有些事我必须现在去处理,我要暂时离开一会儿。"

病房里或坐或站留意着夫妻俩动静的吴家人再次找到修理席慕凡的理由,吴母率先发难,"琪琪刚醒你就要走,你还是不是人啊?!"

吴子琪赶紧阻挡住母亲,"妈,我们夫妻俩的事以后你不要再插手。"

吴母大怒。

见吴家人这样,席慕凡就有些犹豫。吴子琪却知道他要办的是什么事,她也很希望有个了结,于是,她坚持让他离开。

席慕凡离开病房后,吴子琪才看向母亲,"妈,我和慕凡经历了这么多事,你仔细想想为什么。房子,从你们现在住的房子,到想为子涛在郑州买套房子,这中间发生了一系列事情,我们夫妻俩差点反目成仇。妈,我已经累了,不想再为别人的生活牺牲自己的幸福了。自私也好,不孝顺也罢,随便别人说好了。我只想和他平静地过日子。"

见女儿到这种境地,吴母虽然心疼,但是,女儿这番话也彻底伤了她的心,"儿女为父母分忧是理所应当的,你们既然这么想,我就只当没生过你这个女儿,你也只当没我这个老娘吧。走,子涛,子妍,我们回新郑。"

吴子琪没有开口挽留也没有出言辩驳,她拔下手腕上的针站在窗前,仰望着幢幢摩天大楼直冲云霄,她对自己说,房产名利都是身外物,都是过眼云烟,只有感情,只有相爱的人生活在一起才是实实在在的。对于母亲的误解,她想,时间是最好的良药。

其实,对于席慕凡的道歉,她并不清楚是因为他还爱着她,还是因为愧疚。但她想抓住这次机会修补他们夫妻的关系。她坚信,她与他是有感情基础的,之所以走到今天这一步,责任在她,她有义务也有责任去弥补,去修缮。

任盈盈流掉的那个孩子,她认为,不可能会是席慕凡的。他既然说过他与任盈盈是清清白白,那就绝对不会发生席家珍所说的那种事。在这方面,席慕凡从来不撒谎。

未来的路虽不明朗,但是,希望就在眼前。席慕凡不是说过吗,那些事他会去处理,处理的经过她不想去了解,她只等着结果就好了。

面对面坐在一间幽静的茶室里,任盈盈觉得全身发冷。她知道她的宣判结果来了。

席慕凡却不知道从哪里开口。从头到尾,犹豫不决的是他,优柔寡断的是他,一再反口的也是他。他觉得自己很卑鄙,但却不想一错再错。他要告诉她,截至今天,他仍然没有和吴子琪离婚的心理准备,他想告诉她,当看到吴子琪软软倒在他怀里的那瞬间,他觉得他的世界塌陷了。

静静注视着他的任盈盈的眼泪一滴一滴地落在膝头,"慕凡,我只想听实话。我能承受得住。"

席慕凡很想替她拭去那些泪,但他知道他已经不能这么做,他也已经没有权利那么做,"她自杀了。"

"我已经知道了。"

"我离不开她。"

"因为愧疚?"

席慕凡摇头,"我爱她。"

"那么,我呢?"任盈盈觉得似有一把尖刀骤然间插到她的胸膛,"你爱我吗?"

"我感激你,我痛苦时你给予我温柔的安慰。但我更觉得对不起你,因为我,你失去你的孩子。"

这是实话,却也是最伤人的话,任盈盈紧握着的拳头里指甲深深扎进肉里,但这种疼根本不及心里痛的万分之一。她很努力地想忍住越来越多的泪,但是,她发觉,这根本不可能,既然忍不住,她索性就不再忍了。泪如泉涌,笑容却很灿烂,"慕凡,谢谢你说了实话。谢谢你没有欺骗我。"

"盈盈,我……"

任盈盈摇摇头阻止他继续说下去,"慕凡,不要再说了。你先走吧,我不想让你见到我现在这种样子。"

席慕凡挪不开步。

任盈盈突然大哭起来,"我不需要你的可怜!"

"我不是。"

"走!"任盈盈声嘶力竭地大叫一声。

"盈盈,对不起。"席慕凡强忍着眼窝里的酸,仓促离开。

任盈盈起身扑到窗口,她看到他离开了茶室大门,她看到他坐到车内后久久没有启动汽车。她明白,这将是她最后一次看到他。所以,虽然看不到贴着太阳膜的汽车里的他,她依然双目不眨盯在驾驶位置上。

西装革履的许文嘉迈着轻盈的步子走进公司，今天是宣布新郑新区分公司经理人选的日子，他很开心。半年多的忍耐终于有了回报，离他自由的日子越来越近了。

九点钟，预定的会议开始时间，但经理室门依旧紧紧闭着。许文嘉心里有些不安，他担忧有什么变故。他试图拨打女强人的电话，可是，女强人的手机是关机状态。心底的不安加剧，他把知道的联系方式全部用完后，一种类似于灭顶之灾的感觉直袭他的每根神经，他预感到，他的经理之梦已经破灭。焦虑不安中，他度过了两天。在这两天里，他把所有能想到的地方都找了一遍，可是，让他绝望的是女强人仿若一下子从这个世界上消失了一般，完全没有了踪影。

他开始仔细回想每一个和女强人相处的细节。想了无数遍后，他发现，他与她相处将近半年，他却不知道她有没有家人，她的家在不在郑州，她是离异还是婚内出轨，也就是说，他对她根本一无所知。

想得很多，也想得很细，虽然心里还是很焦急，不过，他已经慢慢平静下来。他想，就是现在找不到她的人，对她的公司她总不至于不管不顾吧。

直到一周后的一天，他明白，他又错了。

那天，天气不错，许文嘉的心情也难得不错。坐在位置上无所事事的他浏览网页楼盘信息时，一帮人走进公司。领头的那个男人和女强人容貌有相似，他们直接走向经理办公室。许文嘉心里咯噔一下，他这才意识到他原先的想法过于简单了。

来的年轻男人是女强人的弟弟。他继任经理之位后的第二天宣布了新郑新区分公司经理人选，这个人是他带来的新人，据说是新经理挖来的行业翘楚。这个消息对于许文嘉来说犹如当头一棒，他才平静下来的心又掀起了万丈波澜，他再次发疯似的寻找女强人，他要问问她为什么这么耍他。可很遗憾，他再次失望而归。

这时候,他还不知道有一个更震撼的消息等着他。

许文嘉觉察到同事们都躲着他走,而且,避免与他有身体接触,即便有必须传递的文件,也大多接时直接戴着塑胶手套。他这才发现,一夜之间公司里的员工都配备了塑胶手套。这情况太异常了,他私下里想约出曾经谈得来的同事,可是,同事根本不同意与他见面,"咱还是在电话里说吧。"

许文嘉很尴尬,但却毫无办法,"同事们对我似乎很有意见。"

同事沉默一阵,"你真不知道经理发生了什么事?"

"不知道。"

同事的语调有些吃惊,"听说她得了艾滋病。"

许文嘉直接傻掉了,手机从他手中滑落到地上被摔得七零八落,清脆的声音没能让他回过神来,"艾滋病"这三个字仍在他脑中轰鸣。

绝症,不治之症,活着的死人。

许文嘉仰天哀号一声,然后撒腿就跑。一条街又一条街,他不知道他从人行道上冲到了机动车道,也没留意路口的红绿灯,他被那三个字彻底击垮了,背后急刹车声和司机的怒骂声此起彼伏,终于,在中原路与京广路交叉口,他被交警拦了下来。一番批评教育之后,他才被允许离开。

站在原地举目四望,才惊觉这条路是当初接送任盈盈上下班的必经之路。睹路思人,许文嘉突然万分想念任盈盈。自离婚后他一次也没见过她,她和那个男人怎么样了?会不会已经结婚了?说不定,又怀上孩子了吧?!

突然间,一股恨意自心中迸发。如果不是她逼着他们家卖房买房,他怎么可能在母亲急需用钱时一时糊涂答应那个女人的要求?如果没有和那个女人发生不正常的男女关系,他怎么可能会是如今的局面?都怪她,一切的一切都是她惹出来的。

她应该为此付出代价。是的,她必须为自己曾做的事埋单。想到这里,许文嘉扭头往任盈盈家的方向走。

任盈盈不在家,她又找了一份家教,她把课余所有的时间都利用起来,她害怕闲下来会胡思乱想,她害怕胡思乱想时会想到席慕凡。她明白,她与他不会再有交集,她必须忘掉他。

因而,许文嘉往任家打了五遍电话都是无人接听时,他也意识到她很可能不在家。恨意十足的他不愿就此离去,他再一次选择守株待兔。他决定,如果任盈盈晚上不回来,那说明她已经和那个男人双宿双飞,那么,接下来他会在她学校外面逮,如果她晚上回来,那么,今晚就是她付出代价的时候。

任盈盈从学生家出来,徒步走到家属院楼下时已是晚上九点四十分。心不在焉的她根本没发觉隐身于楼后的许文嘉。当突然被人捂着嘴挟持时,她只是下意识地用力挣扎。

许文嘉担忧她发出的声响引起晚归的住户注意,他凑到她耳边压着声说:"不要叫,是我。"

听出是许文嘉的声音,任盈盈不慌了,平心而论,在与许文嘉短暂的婚姻生活中他对她还是不错的,如他所说,他对她确实很纵容很呵护,只是,那时候一心想离婚的她根本没觉察到这一点。

见她不再挣扎,许文嘉略为犹豫一下还是放了手。

谁知,任盈盈扭头就往回跑,虽然不知道他等她的用意,但绝对不会是什么好事,既然已经选择结束,那么,也没有再聚在一起交谈的必要。况且,许文嘉刚才的所作所为证明他绝对不是单独想交谈这么简单。

许文嘉被她这一举动激怒了,他快速冲上去再度捂住她的口鼻。他推搡着把她拉到黑暗的角落里,然后用抽下的领带反系着她的双手,再从口袋里拿出在家属院门口买的胶带纸封着嘴。做完这些,他扛起她往家属院的东围墙走去。那是家属院唯一的小广场,有供人娱乐的健身器材,也有几条长椅子。许文嘉把任盈盈推坐到其中一条椅子上,自己坐在她身边,"你看上他是因为他有房子吗?"

任盈盈早已被他这粗鲁野蛮的行为吓坏了,她不断地挣扎试图逃离这里,许文嘉却自顾自地说:"别挣扎了,如果你回答得好,我会放你离开的。"

任盈盈哪受过这种委屈,她的眼泪大颗大颗地往下落。

许文嘉很温柔地为她拭去眼泪,"别哭了,这么哭我很心疼的。"

任盈盈被他这种神经质的神情和动作吓呆了,她一个劲地往后缩身子。

"不要躲。盈盈,告诉我,你是为了房子才喜欢上他的吧?"

任盈盈摇摇头。

"你爱他?!"许文嘉的声音有点抖。

任盈盈点点头后又很快摇摇头。

"到底爱不爱?"

任盈盈既不敢点头又不敢摇头,她唯恐惹得他恼怒时他会掐死她。

"我只想听实话。爱还是不爱?"

任盈盈小心翼翼地盯着他的眼睛。

许文嘉回望着她,"我只想听这一个答案。"

瞬息之间,和席慕凡相处的短暂画面从她脑中一闪即过,有什么不敢承认的,曾经爱过就是曾经爱过,现在还爱着就是爱着,可是,她太天真了,她不知道这个答案会给她带来灭顶之灾。

见她点头,许文嘉还是失去了理智。他一把抓起她推倒在地上,然后用力撕扯她的衣服,"一切的一切都是你造成的,我所遭受的你必须一起来承受。你这个贱女人,把我的一生都毁了,你凭什么可以再选择去爱人?！你凭什么什么也没有损失?！你凭什么说开始就开始说结束就结束?！你凭什么任意凌辱我和我的父母……"

男女贴身肉搏,结果显而易见,从许文嘉愤恨的控诉中,任盈盈慢慢清醒过来,是啊,在这场婚姻中,许文嘉所遭受的确实不只是心理创伤,他没有说错什么。春寒料峭,被剥得只着内衣的任盈盈不由得打个寒战。这时候,她发觉挣扎之中系着她双手的领带已经松了,她迅速起身,撕掉胶带纸,把正抽自己皮带的许文嘉一把抱在怀里,"文嘉,是我不好,是我对不起你。可是,当初我们外出租房时,我真的已经决定无论将来怎么样我都会一心一意地和你过下去,我确信那时候我是爱你的。可是,你为什么骗我?你说你去加班,可你却回了自己家。你知道不知道当我看到家里遭了窃时我是多么的恐惧,我是多么想你在我身边,但你在哪里,你回家陪父母在外就餐。你说你包容我是为了让我回心转意,这是真的吗?这难道不是你耐不住寂寞在外和女人鬼混的愧疚心理作怪?你把这一切的一切都怪罪到我身上,我是有错,但错误有这么大吗?我承认,我做的最大一件错事就是明知道能力不足却偏要买房。这些,是你出轨的理由吗?"

许文嘉的动作一顿,"你以为我想和那种老女人在一起我妈撞伤了,我却连医药费都凑不到。"

"对不起,文嘉。对不起。如果你觉得这样可以消你心头之痛,我不会再拦你。"说完,任盈盈就地躺了下来,她静静望着许文嘉,"我们在没有经济基础时错误地选择去买房子,我们在经历感情磨合时任性地选择各自撒气,文嘉,我们的感情被我们自己磨光了,我们没有珍惜,也没有去经营,所以,我们彻底失败了。"

灰暗的光线,心爱女人的眼睛如星星般晶亮,这神情一如热恋时,许文嘉心里一软。

一阵风袭来,任盈盈的身子缩成了一团。

许文嘉又默默地盯了她几秒后脱下身上的衣服准备盖住她,就在衣服即将搭在她身上时他猛然间想到他自身情况,手腕一翻转,衣服已收了回来,"盈盈,赶快披上自己的衣服。"

这一刻,任盈盈泪流满面,她知道,他的理智已经回来,她已经安全了。她想再给他一个拥抱,许文嘉却身子一缩躲开了,"给你妈打个电话,让她来接你。"说完,他仓促离开。

许文嘉不知道此时的自己还有没有明天,不过,他确定不后悔今晚的选择。无论如何,任盈盈总归是他仍然爱着的女人,他不该拿自己的错误去惩罚别人。

他决定,明天就去医院检查,如果不幸感染上艾滋病,他会默默离开这个世界,如果幸运,他会重新万分珍惜这份幸运,并重新开始生活。

(全文完)

广西人民出版社"麦林文化"征稿函

○稿件要求

唯美言情——都市爱情、青春校园、古代言情、穿越、奇幻等,一切以爱情为主题的作品。情节性强,感情线清晰,感动催泪,满足人们对爱情的憧憬。文中反映出的爱情观要健康向上,杜绝低俗、色情。

悬疑推理——悬疑、推理、盗墓探险、侦探等。杜绝迷信、鬼怪、血腥,需要惊悚的氛围、不断迭起的高潮、引人入胜的圈套。思维缜密,逻辑性强,悬念迭起而又能自圆其说,所有的悬念都要有科学合理的解释,要在悬疑惊悚中寻找人性的善与美。

优秀社科——领导科学、益智游戏、传统文化等。要求观点正确,角度新颖,文笔流畅。

○字数要求

10万~20万字,可根据需要适当放宽要求。

○投稿方式

使用微软WORD文字处理软件进行书写和投稿,不收手稿。
投稿资料包括内容简介、作者简介、书稿的特色卖点和样文(3万~5万字)。
投稿时注明作者的真实姓名和联系方式。
投稿邮箱:gxpph@sina.com,投稿QQ见书勒口处。

○投稿结果

审稿结束后,我们会通过QQ或邮件通知您稿件采用与否。一经采用,稿酬从优。

绝对禁止抄袭、剽窃、转译等不道德行为!